感悟名家经典

我所知道的康桥

徐志摩◎著

三环出版社
SANHUAN PUBLISHING HOUSE

图书在版编目（CIP）数据

我所知道的康桥 / 徐志摩著．-- 海口 ：三环出版社（海南）有限公司，2024．8．--（感悟名家经典）．

ISBN 978-7-80773-284-6

Ⅰ．I267

中国国家版本馆 CIP 数据核字第 2024CU0205 号

感悟名家经典 我所知道的康桥

GANWU MINGJIA JINGDIAN WO SUO ZHIDAO DE KANGQIAO

著　　者	徐志摩
责任编辑	刘金玲
责任校对	朱静楠
装帧设计	立丰天
出版发行	三环出版社（海口市金盘开发区建设三横路 2 号） 邮　编　570216　邮　箱　sanhuanbook@163.com
社　　长	王景霞　**总 编 辑**　张秋林
印刷装订	三河市金兆印刷装订有限公司
书　　号	ISBN 978-7-80773-284-6
印　　张	13
字　　数	250 千字
版　　次	2024 年 8 月第 1 版
印　　次	2024 年 8 月第 1 次印刷
开　　本	787 mm × 960 mm　1/16
定　　价	68.00 元

关于作者

徐志摩（1897—1931）浙江海宁人，名章垿，笔名南湖、云中鹤等。1915 年中学毕业后，先后就读于上海沪江大学、天津北洋大学和北京大学。1918 年和 1921 分别赴美国和英国留学。1923 年，参与发起成立“新月社”。1924 年与胡适、陈西滢等创办《现代评论》周刊，并任北京大学教授。1926 年以后，先后任北京《晨报》副刊《诗镌》主编，光华大学、大夏大学和南京中央大学教授，《新月》月刊主编，北京大学与北京女子大学教授等职。主要著作有：诗集《志摩的诗》《翡冷翠的一夜》《猛虎集》《云游》，散文集《落叶》《巴黎的鳞爪》《自剖》《秋》，小说《轮盘》，戏剧《卞昆冈》（与陆小曼合写），日记《爱眉小札》《志摩日记》，译著《曼殊斐尔小说集》等。

目　　录

巴黎的鳞爪

咳巴黎！到过巴黎的一定不会再希罕天堂；尝过巴黎的，老实说，连地狱都不想去了。整个的巴黎就像是一床野鸭绒的垫褥，衬得你通体舒泰，硬骨头都给熏酥了的——有时许太热一些。那也不碍事，只要你受得住。赞美是多余的，正如赞美天堂是多余的；诅咒也是多余的，正是诅咒地狱是多余的。巴黎，软绵绵的巴黎，只在你临别的时候轻轻地嘱咐一声“别忘了，再来！”其实连这都是多余的。谁不想再去？谁忘得了？

香草在你的脚处，春风在你的脸上，微笑在你的周遭。不拘束你，不责备你；不督饬你，不窘你，不恼你，不揉你。它搂着你，可不缚住你；是一条温存的臂膀，不是根绳子。它不是不让你跑，但它那招逗的指尖却永远在你的记忆里晃着。多轻盈的步履，罗袜的丝光随时可以沾上你记忆的颜色！

但巴黎却不是单调的喜剧。赛茵河的柔波里掩映着罗浮宫的倩影，它也收藏着不少失意人最后的呼吸。流着，温驯的水波；流着，缠绵的恩怨。咖啡馆：和着交颈的软语，开怀的笑响，有踞坐在屋隅里蓬头少年计较自毁的哀思。跳舞场：和着翻飞的乐调，迷醇的酒香，有独自支颐的少妇思量着往迹的怆心。浮动在上一层的许是光明，是欢畅，是快乐，是甜蜜，是和谐；但沉淀在底里阳光照不到的才是人事经验的本质，说重一点是悲哀，说轻一点是惆怅，谁不愿意永远在轻快的流波里漾着，可得留神了你往深处去时的发见！

一天一个从巴黎来的朋友找我闲谈，谈起了劲，茶也没喝，烟也没吸，一直从黄昏谈到天亮，才各自上床去躺了一歇，我一合眼就回到了巴黎，方才朋友讲的情境惝怳的把我自己也缠了进去。这巴黎的梦真醇人，醇你的心，醇你的意志，醇你的四肢百体，那味儿除是亲尝过的谁能想象！——我醒过来时还是迷糊的忘了我在哪儿，刚巧一个小朋友进房来站在我的床前笑吟吟喊我：“你做什么梦来了，朋友，为什么两眼潮潮的像哭似的”？我伸手一摸，果然眼里有水，不觉也失笑了——可是朝来的梦，一个诗人说的，同是这悲凉滋味，正不知这泪是为哪一个梦流的呢！

下面写下的不成文章，不是小说，不是写实，也不是写梦，——在我写的人只当是随口曲，南边人说的“出门不认货”，随你们宽容的读者们怎样看罢。

出门人也不能太小心了，走道总得带些探险的意味。生活的趣味大半就在不预期的发现，要是所有的明天全是今天刻板的化身，那我们活什么来了？正如小孩子上山就得采花，到海边就得捡贝壳，书呆子进图书馆想捞新智慧——出门人到了巴黎就想……

你的批评也不能过分严正不是？少年老成——什么话！老成是老年人的特权，也是他们的本分，说来也不是他们甘愿，他们是到了年纪不得不。少年人如何能老成？老成了才是怪哪！

放宽一点说，人生只是个机缘巧合；别瞧日常生活河水似的流得平顺，它那里面多的是潜流，多的是漩涡——轮着的时候谁躲得了给卷了进去？那就是你发愁的时候，是你登仙的时候，是你辨着酸的时候，是你尝着甜的时候。

巴黎也不定比别的地方怎样不同。不同就在那边生活流波里的潜流更猛，漩涡更急，因此你叫给卷进去的机会也就更多。

我赶快得声明我是没有叫巴黎的漩涡给淹了去——虽则也就够险。多半的时候我只是站在赛茵河岸边看热闹，下水去的时候也不能说没有，但至多也不过在靠岸清浅处溜着，从没敢往深处跑——这来漩涡的纹螺，势道，力量，可比远在岸上时认清楚多了。

（一）九小时的萍水缘

我忘不了她。她是在人生的急流里转着的一张萍叶，我见着了它，掬在手里把玩了一晌，依旧交还给它的命运，任它飘流去——它以前的飘泊我不曾见来，它以后的飘泊，我也见不着，但就这曾经相识匆匆的恩缘——实际上我与她相处不过九小时——已在我的心泥上印下踪迹，我如何能忘，在忆起时如何能不感须臾的惆怅？

那天我坐在那热闹的饭店里瞥眼看着她，她独坐在灯光最暗漆的屋角里，这屋内哪一个男子不带媚态，哪一个女子的胭脂口上不沾笑容，就只她：穿一身淡素衣裳，戴一顶宽边的黑帽，在鬋密的睫毛上隐隐闪亮着深思的目光——我几乎疑心她是修道院的女僧偶尔到红尘里随喜来了。我不能不接着注意她，她的别样的支颐的倦态，她的曼长的手指，她的落寞的神情，有意无意间的叹息，在在都激发我的好奇——虽则我那时左边已经坐下了一个瘦的，右边来了肥的，四条光滑的手臂不住的在我面前晃着酒杯。但更使我奇异的是她不等跳舞开始就匆匆的出去了，好像害怕或是厌恶似的。第一晚这样，第二晚又是这样：独自默默的坐着，到时候又匆匆的离去。到了第三晚她再来的时候我再也忍不住不想法接近她。第一次得着的回音，虽则是"多谢好意，我再不愿交友"的一个拒绝，只是加深了我的同情的好奇。我再不能放过她。巴黎的好处就在处处近人情；爱慕的自由是永远容许的，你见谁爱慕谁想接近谁，决不是犯罪，除非你在经程中泄漏了你的尘气暴气，陋相或是贫相，那不是文明的巴黎人所能容忍的。只要你“识相”，上海人说的，什么可能的机会你都可以利用。对方人理你不理你，当然又是一回事；但只要你的步骤对，文明的巴黎人决不让你难堪。

我不能放过她。第二次我大胆写了个字条付中间人——店主人——交去。我心里直怔怔的怕讨没趣。可是回话来了——她就走了，你跟着去吧。

她果然在饭店门口等着我。

你为什么一定要找我说话，先生，像我这样再不愿意有朋友的人？

她张着大眼看我，口唇微微地颤着。

我的冒昧是不望恕的，但是我看了你忧郁的神情我足足难受了三天，也不知怎的我就想接近你，和你谈一次话，如其你许我，那就是我的想望，再没有别的意思。

真的她那眼内绽出了泪来，我话还没说完。

想不到我的心事又叫一个异邦人看透了……她声音都哑了。

我们在路灯的灯光下默默的互注了一晌，并着肩沿马路走去，走不到多远她说不能走，我就问了她的允许雇车坐上，直往波龙尼大林园清凉的暑夜里兜去。

原来如此，难怪你听了跳舞的音乐像是厌恶似的，但既然不愿意何以每晚还去？

那是我的感情作用，我有些舍不得不去，我在巴黎一天，那是我最初遇见——他的地方，但那时候的我……可是你真的同情我的际遇吗，先生？我快有两个月不开口了，不瞒你说，今晚见了你我再也不能制止，我爽性说给你我的生平的始末吧，只要你不嫌。我们还是回那饭庄去吧。

你不是厌烦跳舞的音乐吗？

她初次笑了。多齐整洁白的牙齿，在道上的幽光里亮着！有了你我的生气就回复了不少，我还怕什么音乐？

我们俩重进饭庄去选一个犄角坐下，喝完了两瓶香槟，从十一时舞影最凌乱时谈起，直到早三时客人散尽侍役打扫屋子时才起身走，我在她的可怜身世的演述中遗忘了一切，当前的歌舞再不能分我的丝毫的注意。

下面是她的自述。

我是在巴黎生长的，我从小就爱读天方夜谭的故事，以及当代描写东方的文学；啊东方，我的童真的梦魂哪一刻不在它的玫瑰园中留恋？十四岁那年我的姊姊带我上北京去住，她在那边开一个时式的帽铺，有一天我看见一个小身材的中国人来买帽子，我就觉得奇怪，一来他长得异样的清秀，二来他为什么要来买那样时式的女帽；到了下午一个女太太拿了方才买去的帽子来换了，我姊姊就问她那中国人是谁，她说是她的丈夫，说开了头她就讲当初怎样为爱他触怒了自己的父母，结果断绝了家庭和他结婚，但她一点不追悔因为她的中国丈夫待她怎样好法，她不信西方人会得像他那样体贴，那样温存。我再也忘不了她说话时满心怡悦的笑容。从此我仰慕东方的私衷添深了一层颜色。

我再回巴黎的时候已经长成了，我父亲是最宠爱我的，我要什么他就给我什么。我那时就爱跳舞，啊，那些迷醉轻易的时光，巴黎哪一处舞场上不见我的舞影。我的妙龄，我的颜色，我的体态，我的聪慧，尤其是我那媚人的大眼——啊，如今你见的只是悲惨的余生再不留当时的丰韵——制定了我初期的堕落。我说堕落不是？是的，堕落，人生哪处不是堕落，这社会哪里容得一个有姿色的女人保全她的清洁？我正快走入险路的时候我那慈爱的老父早已看出我的倾向，私下安排了一个机会，叫我与一个有爵位的英国人接近。一个十七岁的女子哪有什么主意，在两个月内我就做了新娘。

说起那四年结婚的生活，我也不应过分的抱怨，但我们欧洲的势利的社会实在是树心里生了蠹，我怕再没有回复健康的希望。我到伦敦去做贵妇人时我还是个天真的孩子，哪有什么心机，哪懂得虚伪的卑鄙的人间的底里，我又是个外国人，到处遭受嫉忌与批评。还有我那叫名的丈夫。他娶我究竟为什么动机我始终不明白，也许贪我年轻，贪我貌美，带回家去广告他自己的手段，因为真的我不曾感着他一息的真情；新婚不到几时他就对我冷淡了，其实他就没有热过，碰巧我是个傻孩子，一天不听着一半句软话，不受些温柔的怜惜，到晚上我就不自制的悲伤。他有的是钱，有的是趋奉谄媚，成天在外打猎作乐，我愁了不来慰我，我病了不来问我，连着三年抑郁的生涯完全消灭了我原来活泼快乐的天机，到第四年实在耽不住了，我与他吵一场回巴黎再见我父亲的时候，他几乎不认识我了。我自此就永别了我的英国丈夫。因为虽则实际的离婚手续在他方面到前年方始办理，他从我走了后也就不再来顾问我——这算是欧洲人夫妻的情分！

我从伦敦回到巴黎，就比久困的雀儿重复飞回了林中，眼内又有了笑，脸上又添了春色，不但身体好多，就连童年时的种种想望又在我心头活了回来。三四年结婚的经验更叫我厌恶西欧，更叫我神往东方。东方，啊，浪漫的多情的东方！我心里常常的怀念着。有一晚，那一个运定的晚上，我就在这屋子内见着了他，与今晚一样的歌声，一样的舞影，想起还不就是昨天，多飞快的光阴，就可怜我一个单薄的女子，无端叫运神摆布，在情网里颠连，在经验的苦海里沉沦。朋友，我自分是已经埋葬了的活人，你何苦又来逼着我把往事掘起，我的话是简短的，但我身受的苦恼，朋友，你信我，是不可量的；你望我的眼里看，凭着你的同情你可以在刹那间领会我灵魂的真际！

他是菲利滨人，也不知怎的我初次见面就迷了他，他肤色是深黄的，但他的性情是不可信的温柔；他身材是短的，但他的私语有多叫人魂销的魔力？啊，我到如今还不能怨他；我爱他太深，我爱他太真，我如何能一刻忘他，虽则他到后来也是一样的薄情，一样的冷酷。你不倦么，朋友，等我讲给你听？

我自从认识了他我便倾注给他我满怀的柔情，我想他，那负心的他，也够他的享受，那三个月神仙似的生活！我们差不多每晚在此聚会的。秘谈是他与我，欢舞是他与我，人间再有更甜美的经验吗？朋友你知道痴心人赤心爱恋的疯狂吗？因为不仅满足了我私心的想望，我十多年梦魂缭绕的东方理想的实现。有他我什么都有了，此外我更有什么沾恋？因此等到我家里为这事情与我开始交涉的时候，我更不踌躇的与我生身的父母根本决绝。我此时又想起了我垂髫时在北京见着的那个嫁中国人的女子，她与我一样也为痴情牺牲一切，我只希冀她这时还能保持着她那纯爱的生活，不比我这失运人成天在幻灭的辛辣中回味。

我爱定了他。他是在巴黎求学的，不是贵族，也不是富人，那更使我放心。因为我早年的经验使我迷信真爱情是穷人才能供给的。谁知他骗了我——他家里也是有钱的，那时我在热恋中抛弃了家，牺牲了名誉，跟了这黄脸人离却巴黎，辞别欧洲，经过一个月的海程，我就到了我理想的灿烂的东方。啊，我那时的希望与快乐！但才出了红海，他就上了心事，经我再三的逼，他才告诉他家里的实情，他父亲是菲利滨最有钱的土著，性情是极严厉的，他怕轻易不能收受我进他们的家庭。我真不愿意把此后可怜的身世烦你的听，朋友，但那才是我痴心人的结果，你耐心听着罢！

东方，东方才是我的烦恼！我这回投进了一个更陌生的社会，呼吸更沉闷的空气；他们自己中间也许有他们温软的人情，但轮着我的却一样还只是猜忌与讥刻，更不容情的刺袭我的孤独的性灵。果然他的家庭不容我进门，把我看作一个“巴黎淌来的可疑的妇人”。我为爱他也不知忍受了多少不可忍的侮辱，吞了多少悲泪，但我自慰的是他对我不变的恩情。因为在初到的一时他还是不时来慰我——我独自赁屋住着，但慢慢的也不知是人言浸润还是他原来爱我不深，他竟然表示割绝我的意思。朋友，试想我这孤身女子牺牲了一切为的还不是他的爱，如今连他都离了我，那我更有什么生机？我怎的始终不曾自毁，我至今还不信，因为我那时真的是没路走了。我又没有钱，他狠心丢了我，我如何能再去缠他，这也许是我们白种人的倔强，我不久便揩干了眼泪，出门去自寻活路。我在一个菲美合种人的家里寻得了一个保姆的职务；天幸我生性是耐烦领小孩的——我在伦敦的日子没孩子管，我就养猫弄狗——救活我的是那三五个活灵的孩子，黑头发短手指的乖乖。在那炎热的岛上我是过了两年没颜色的生活，得了一次凶险的热病，从此我面上再不存青年期的光彩。我的心境正稍稍回复平衡的时候，两件不幸的事情又临着了我：一件是我那他与另一个女子的结婚，这消息使我昏厥了过去：一件是被我弃绝的慈父也不知怎的问得了我的踪迹，来电说他老病快死要我回去。啊，天罚我！等我赶回巴黎的时候正好赶着与老人诀别，忏悔我先前的造孽！

从此我在人间还有什么意趣？我只是个实体的鬼影，活动的尸体；我的心也早就死了，再也不起波澜；在初次失望的时候我想象中还有个辽远的东方，但如今东方只在我的心上留下一个鲜明的新伤，我更有什么希冀，更有什么心情？但我每晚还是不自主的到这饭店来小坐，正如死去的鬼魂忘不了他的老家！我这一生的经验本不想再向人吐露的，谁知又碰着了你，苦苦的追着我，逼我再一度撩拨死尽的火灰，这来你够明白了，为什么我老是这落漠的神情，我猜你也是过路的客人，我深深自幸又接近一次人情的温慰，但我不敢希望什么，我的心是死定了的，时候也不早了，你看方才舞影凌乱的地板上现在只剩一片冷淡的灯光，侍役们已经收拾干净，我们也该走了，再会吧，多情的朋友！

（二）“先生，你见过艳丽的肉没有？”（略）

翡冷翠山居闲话

在这里出门散步去，上山或是下山，在一个晴好的五月的向晚，正像是去赴一个美的宴会，比如去一个果子园，那边每株树上都是满挂着诗情最秀逸的果实，假如你单是站着看还不满意时，只要你一伸手就可以采取，可以恣尝鲜味，足够你性灵的迷醉。阳光正好暖和，决不过暖；风息是温驯的，而且往往因为他是从繁花的山林里吹度过来带一股幽远的淡香，连着一息滋润的水气，摩挲着你的颜面，轻绕着你的肩腰，就这单纯的呼吸已是无穷的愉快；空气总是明净的，近谷内不生烟，远山上不起霭，那美秀风景的全部正像画片似的展露在你的眼前，供你闲暇的鉴赏。

作客山中的妙处，尤在你永不须踌躇你的服色与体态；你不妨摇曳著一头的蓬草，不妨纵容你满腮的苔藓，你爱穿什么就穿什么；扮一个牧童，扮一个渔翁，装一个农夫，装一个走江湖的桀卜闪，装一个猎户；你再不必提心整理你的领结，你尽可以不用领结，给你的颈根与胸膛一半日的自由，你可以拿一条艳色的长巾包在你的头上，学一个太平军的头目，或是拜伦那埃及装的姿态；但最要紧的是穿上你最旧的旧鞋，别管它模样不佳，它们是顶可爱的好友，它们承着你的体重却不叫你记起你还有一双脚在你的底下。

这样的玩顶好是不要约伴，我竟想严格的取缔，只许你独身，因为有了伴多少总得叫你分心，尤其是年轻的女伴，那是最危险最专制不过的旅伴，你应得躲避她像你躲避青草里一条美丽的花蛇！平常我们从自己家里走到朋友的家里，或是我们执事的地方，那无非是在同一个大牢里从一间狱室移到另一间狱室去，拘束永远跟着我们，自由永远寻不到我们；但在这春夏间美秀的山中或乡间你要是有机会独自闲逛时，那才是你福星高照的时候，那才是你实际领受，亲口尝味，自由与自在的时候，那才是你肉体与灵魂行动一致的时候。朋友们，我们多长一岁年纪往往只是加重我们头上的枷，加紧我们脚胫上的链，我们见小孩子在草里在沙堆里在浅水里打滚作乐，或是看见小猫追它自己的尾巴，何尝没有羡慕的时候，但我们的枷，我们的链永远是制定我们行动的上司！所以只有你单身奔赴大自然的怀抱时，像一个裸体的小孩扑入他母亲的怀抱时，你才知道灵魂的愉快是怎样的，单就活着的快乐是怎样的，单就呼吸单就走道单就张眼看耸耳听的幸福是怎样的。因此你得严格的为己，极端的自私，只许你，体魄与性灵，与自然同在一个脉搏里跳动，同在一个音波里起伏，同在一个神奇的宇宙里自得。我们浑朴的天真是像含羞草似的娇柔，一经同伴的抵触，他就卷了起来，但在澄静的日光下，和风中，他的姿态是自然的，他的生活是无阻碍的。

你一个人漫游的时候，你就会在青草里坐地仰卧，甚至有时打滚，因为草的和暖的颜色自然的唤起你童稚的活泼；在静僻的道上你就会不自主的狂舞，看着你自己的身影幻出种种诡异的变相，因为道旁树木的阴影在他们纡徐的婆娑里暗示你舞蹈的快乐；你也会得信口的歌唱，偶尔记起断片的音调，与你自己随口的小曲，因为树林中的莺燕告诉你春光是应该赞美的；更不必说你的胸襟自然会跟着曼长的山径开拓，你的心地会看着澄蓝的天空静定，你的思想和着山壑间的水声，山罅里的泉响，有时一澄到底的清澈，有时激起成章的波动，流，流，流入凉爽的橄榄林中，流入妩媚的阿诺河去……

并且你不但不须应伴，每逢这样的游行，你也不必带书。书是理想的伴侣，但你应得带书，是在火车上，在你住处的客室里，不是在你独自漫步的时候，什么伟大的深沉的鼓舞的清明的优美的思想的根源不是可以在风籁中，云彩里，山势与地形的起伏里，花草的颜色与香息里寻得？自然是最伟大的一部书，葛德说，在他每一页的字句里我们读得最深奥的消息。并且这书上的文字是人人懂得；阿尔帕斯与五老峰，雪西里与普陀山，莱茵河与扬子江，梨梦湖与西子湖，建兰与琼花，杭州西溪的芦雪与威尼市夕照的红湖，百灵与夜莺，更不提一般黄的黄麦，一般紫的紫藤，一般青的青草同在大地上生长，同在和风中波动——他们应用的符号是永远一致的，他们的意义是永远明显的，只要你自己心灵上不长疮瘢，眼不盲，耳不塞，这无形迹的最高等教育便永远是你的名分，这不取费的最珍贵的补剂便永远供你的受用；只要你认识了这一部书，你在这世界上寂寞时便不寂寞，穷困时不穷困，苦恼时有安慰，挫折时有鼓励，软弱时有督责，迷失时有南针。

1925 年 6 月

我所知道的康桥

一

我这一生的周折，大都寻得出感情的线索。不论别的，单说求学。我到英国是为了要从罗素。罗素来中国时，我已经在美国，他那不确的死耗传到的时候，我真的出眼泪不够，还做悼诗来了。他没有死，我自然高兴。我摆脱了哥伦比亚大博士衔的引诱，买船漂过大西洋，想跟这位二十世纪的福禄泰尔认真念一点书去。谁知一到英国才知道事情变样了：一为他在战时主张和平，二为他离婚，罗素叫康桥给除名了，他原来是 Trinity Gollege 的 fellow，这来他的 fellowship 也给取消了。他回英国后就在伦敦住下，夫妻两人卖文章过日子。因此我也不曾遂我从学的始愿。我在伦敦政治经济学院里混了半年，正感着闷想换路走的时候，我认识了狄更生先生。狄更生（Golsworthy Lowes Dickinson）是一个有名的作者，他的《一个中国人通信》（Letters from Chinaman）与《一个现代聚餐谈话》（A Modem Symposium）两本小册子早得了我的景仰。我第一次会着他是在伦敦国际联盟协会席上，那天林宗孟先生演说，他做主席；第二次是在宗孟寓里吃茶，有他。以后我常到他家里去。他看出我的烦闷，劝我到康桥去，他自己是王家学院（King’s College）的 fellow。我就写信去问两个学院，回信都说学额早满了，随后还是狄更生先生替我去在他的学院里说好了，给我一个特别生的资格，随意选科听讲。从此黑方巾黑披袍的风光也被我占着了。初起我在离康桥六英里的乡下叫沙士顿地方租了几间小屋住下，同居的有我从前的夫人张幼仪女士与郭虞裳君。每天一早我坐街车（有时骑自行车）上学，到晚回家。这样的生活过了一个春，但我在康桥还只是个陌生人，谁都不认识，康桥的生活，可以说完全不曾尝着，我知道的只是一个图书馆，几个课室，和三两个吃便宜饭的茶食铺子。狄更生常在伦敦或是大陆上，所以也不常见他。那年的秋季我一个人回到康桥，整整有一学年，那时我才有机会接近真正的康桥生活，同时我也慢慢的“发见”了康桥。我不曾知道过更大的愉快。

二

"单独"是一个耐寻味的现象。我有时想它是任何发见的第一个条件。你要发见你的朋友的"真"，你得有与他单独的机会；你要发见你自己的真，你得给你自己一个单独的机会。你要发见一个地方（地方一样有灵性），你也得有单独玩的机会。我们这一辈子，认真说，能认识几个人？能认识几个地方？我们都是太匆忙，太没有单独的机会。说实话，我连我的本乡都没有什么了解。康桥我要算是有相当交情的，再次许只有新认识的翡冷翠了。啊，那些清晨，那些黄昏，我一个人发痴似的在康桥！绝对的单独。

但一个人要写他最心爱的对象，不论是人是地，是多么使他为难的一个工作？你怕，你怕描坏了它，你怕说过分了恼了它；你怕说太谨慎辜负了它。我现在想写康桥，也正是这样的心理。我不曾写，我就知道这回是写不好的——况且又是临时逼出来的事情。但我却不能不写，上期预告已经出去了。我想勉强分两节写：一是我所知道的康桥的天然景色；一是我所知道的康桥的学生生活。我今晚只能极简的写些，等以后有兴会时再补。

三

康桥的灵性全在一条河上：康河，我敢说是全世界最秀丽的一条水。河的名字是葛兰大（Granta），也有叫康河（River Cam）的，也许有上下流的区别，我不甚清楚。河身多的是曲折，上游是有名的拜伦潭——"Byron's Pool"——当年拜伦常在那里玩的；有一个老村子叫格兰骞斯德，有一个果子园，你可以躺在累累的桃李树荫下吃茶，花果会掉入你的茶杯，小雀子会到你桌上来啄食，那真是别有一番天地。这是上游。下游是从骞斯德顿下去，河面展开，那是春夏间竞舟的场所。上下河分界处有一个坝筑，水流急得很，在星光下听水声，听近村晚钟声，听河畔倦牛刍草声，是我康桥经验中最神秘的一种：大自然的优美，宁静，调谐在这星光与波光的默契中不期然的淹入了你的性灵。

但康河的精华是在它的中权，著名的"Backs"，这两岸是几个最蜚声的学院的建筑。从上面下来是 Pembroke, St. Katharine's, King's Clare, Trinity, St. John's。最令人留连的一节是克莱亚与王家学院的毗连处，克莱亚的秀丽紧邻着王家教堂（King's Chapel）的宏伟。别的地方尽有更美更庄严的建筑，例如巴黎赛茵河的罗浮宫一带，威尼斯的利阿尔多大桥的两岸，翡冷翠维基乌大桥的周遭；但康桥的"Backs"自有它的特长，这不容易用一二个状词来概括，它那脱尽尘埃气的一种清澈秀逸的意境可说是超出了画图而化生了音乐的神味。再没有比这一群建筑更调谐更匀称的了！论画，可比的也许只有柯罗（Corot）的田野；论音乐，可比的也许只有萧班

（Chopin）的夜曲。就这也不能给你依稀的印象，它给你的美感简直是神灵性的一种。

假如你站在王家学院桥边的那棵大椈树荫下眺望，右侧面，隔着一大方浅草坪，是我们的校友居（fellows building），那年代并不早，但它的妩媚也是不可掩的，它那苍白的石壁上春夏间满缀着艳色的蔷薇在和风中摇头，往左是那教堂，森林似的尖阁不可浼的永远直指着天空；更左是克莱亚，啊！那不可信的玲珑的方庭，谁说这不是圣克莱亚（St. Clare）的化身，哪一块石上不闪耀着她当年圣洁的精神？在克莱亚后背隐约可辨的是康桥最高贵最骄纵的三清学院（Trinity），它那临河的图书楼上坐镇着拜伦神采惊人的雕像。

但这时你的注意早已叫克莱亚的三环洞桥魔术似的摄住。你见过西湖白堤上的西泠断桥不是？（可怜它们早已叫代表近代丑恶精神的汽车公司给踩平了，现在它们跟着苍凉的雷峰永远辞别了人间。）你忘不了那桥上斑驳的苍苔，木栅的古色，与那桥拱下泄露的湖光与山色不是？克莱亚并没有那样体面的衬托，它也不比庐山栖贤寺旁的观音桥，上瞰五老的奇峰，下临深潭与飞瀑；它只是怯怜怜的一座三环洞的小桥，它那桥洞间也只掩映着细纹的波粼与婆娑的树影，它那桥上栉比的小穿阑与阑顶上双双的白石球，也只是村姑子头上不夸张的香草与野花一类的装饰；但你凝神的看着，更凝神的看着，你再反省你的心境，看还有一丝屑的俗念沾滞不？只要你审美的本能不曾汩灭时，这是你的机会实现纯粹美感的神奇！

但你还得选你赏鉴的时辰。英国的天时与气候是走极端的。冬天是荒谬的坏，逢着连绵的雾盲天你一定不迟疑的甘愿进地狱本身去试试；春天（英国是几乎没有夏天的）是更荒谬的可爱，尤其是它那四五月间最渐缓最艳丽的黄昏，那才真是寸寸黄金。在康河边上过一个黄昏是一服灵魂的补剂。啊！我那时蜜甜的单独，那时蜜甜的闲暇。一晚又一晚的，只见我出神似的倚在桥阑上向西天凝望：

看一回凝望的桥影，
数一数螺钿的波纹，
我倚暖了石阑的青苔，青苔凉透了我的心坎；……

还有几句更笨重的怎能仿佛那游丝似轻妙的情景：

难忘七月的黄昏，远树凝寂，
像墨泼的山形，衬出轻柔暝色，
密稠稠，七分鹅黄，三分橘绿，
那妙意只可去秋梦边缘捕捉；……

四

这河身的两岸都是四季常青最葱翠的草坪。从校友居的楼上望去，对岸草场上，不论早晚，永远有十数匹黄牛与白马，胫蹄没在恣蔓的草丛中，从容的在咬嚼，星星的黄花在风中动荡，应和着它们尾鬃的扫拂。桥的两端有斜倚的垂柳与椈荫护住。水是澈底的清澄，深不足四尺，匀匀的长着长条的水草。这岸边的草坪又是我的爱宠，在清朝，在傍晚，我常去这天然的织锦上坐地，有时读书，有时看水；有时仰卧着看天空的行云，有时反仆着搂抱大地的温软。

但河上的风流还不止两岸的秀丽。你得买船去玩。船不止一种：有普通的双桨划船，有轻快的薄皮舟（canoe），有最别致的长形撑篙船（punt），最末的一种是别处不常有的：约莫有二丈长，三尺宽，你站直在船梢上用长竿撑着走的。这撑是一种技术。我手脚太蠢，始终不曾学会，你初起手尝试时，容易把船身横住在河中，东颠西撞的狼狈。英国人是不轻易开口笑人的，但是小心他们不出声的皱眉！也不知有多少次河中本来悠闲的秩序叫我这莽撞的外行给捣乱了。我真的始终不曾学会；每回我不服输跑去租船再试的时候，有一个白胡子的船家往往带讥讽的对我说："先生，这撑船费劲，天热累人，还是拿个薄皮舟溜溜吧！我哪里肯听话，长篙子一点就把船撑了开去。结果还是把河身一段段的腰斩了去。

你站在桥上去看人家撑，那多不费劲，多美！尤其是在礼拜天有几个专家的女郎，穿一身缟素衣服，裙裾在风前悠悠的飘着，戴一顶宽边的薄纱帽，帽影在水草间颤动，你看她们出桥洞时的姿态，捻起一根竟像没分量的长竿，只轻轻的，不经心的往波心里一点，身子微微的一蹲，这船身便波的转出了桥影，翠条鱼似的向前滑了去。她们那敏捷，那闲暇，那轻盈，真是值得歌咏的。

在初夏阳光渐暖时你去买一支小船，划去桥边荫下躺着念你的书或是做你的梦，槐花香在水面上飘浮，鱼群的唼喋声在你的耳边挑逗，或是在初秋的黄昏，近着新月的寒光，望上流僻静处远去。爱热闹的少年们携着他们的女友，在船沿上支着双双的东洋彩纸灯，带着话匣子，船心里用软垫铺着，也开向无人迹处去享他们的野福——谁不爱听那水底翻的音乐在静定的河上描写梦意与春光！

住惯城市的人不易知道季候的变迁。看见叶子掉知道是秋，看见叶子绿知道是春；天冷了装炉子，天热了拆炉子；脱下棉袍，换上夹袍，脱下夹袍，穿上单袍，不过如此罢了。天上星斗的消息，地下泥土里的消息，空中风吹的消息，都不关我们的事。忙着哪，这样那样事情多着，谁耐烦管星星的移转，花草的消长，风云的变幻？同时我们抱怨我们的生活，苦痛，烦闷，拘束，枯燥，谁肯承认做人是快乐？谁不多少咒诅人生？

但不满意的生活大都是由于自取的。我是一个生命的信仰者，我信生活决不是我们大多数人仅仅从自身经验推得的那样暗惨。我们的病根是在“忘本”。人是自然的产儿，就比枝头的花与鸟是自然的产儿；但我们不幸是文明人，入世深似一天，离自然远似一天。离开了泥土的花草，离开了水的鱼，能快活吗？能生存吗？从大自然，我们取得我们的生命；从大自然，我们应分取得我们继续的滋养。哪一株婆娑的大木没有盘错的根柢深入在无尽藏的地里？我们是永远不能独立的。有幸福是永远不离母亲抚育的孩子，有健康是永远接近自然的人们。不必一定与鹿豕游，不必一定回“洞府”去；为医治我们当前生活的枯窘，只要“不完全遗忘自然”，一张轻淡的药方我们的病象就有缓和的希望。在青草里打几个滚，到海水里洗几次浴，到高处去看几次朝霞与晚照——你肩背上的负担就会轻松了去的。

这是极肤浅的道理。当然。但我要没有过过康桥的日子，我就不会有这样的自信的，我一辈子就只那一春，说也可怜，算是不曾虚度。就只那一春，我的生活是自然的，是真愉快的！（虽则碰巧那边也是我最感受人生痛苦的时期。）我那时有的是闲暇，有的是自由，有的是绝对单独的机会。说也奇怪，竟像是第一次，我辨认了星月的光明，草的青，花的香，流水的殷勤。我能忘记那初春的睥睨吗？曾经有多少个清晨我独自冒着冷去薄霜铺地的林子里闲步——为听鸟语，为盼朝阳，为寻泥土里渐次苏醒的花草，为体会最细微最神妙的春信。啊，那是新来的画眉在那边凋不尽的青枝上试它的新声！啊，这是第一朵小雪球花挣出了半冻的地面！啊，这不是新来的潮润沾上了寂寞的柳条？

静极了，这朝来水溶溶的大道，只远处牛奶车的铃声，点缀这周遭的沉默。顺着这大道走去，走到尽头，再转入林子里的小径，往烟雾浓密处走去，头顶是交枝的榆荫，透露着漠楞楞的曙色；再往前走去，走尽这林子，当前是平坦的原野，望见了村舍，初青的麦田，更远三两个馒形的小山掩住了一条通道。天边是雾茫茫的，尖尖的黑影是近村的教寺。听，那晓钟和缓的清音。这一带是此邦中部的平原，地形像是海里的轻波。默沉沉的起伏；山岭是望不见的，有的是常青的草原与沃腴的田壤。登那土阜上望去，康桥只是一带茂林，拥戴着几处娉婷的尖阁。妩媚的康河也望不见踪迹，你只能循着那锦带似的林木想象那一流清浅。村舍与树林是这地盘上的棋子，有村舍处有佳荫，有佳荫处有村舍。这早起是看炊烟的时辰：朝雾渐渐的升起，揭开了这灰苍苍的天幕，（最好是微霰后的光景）远近的炊烟，成丝的，成缕的，成卷的，轻快的，迟重的，浓灰的，淡青的，惨白的，在静定的朝气里渐渐的上腾，渐渐的不见，仿佛是朝来人们的祈祷，参差的翳入了天厅。朝阳是难得见的，这初春的天气。但它来时是起早人莫大的愉快。顷刻间这田野添深了颜色，一层轻纱似的金粉糁上了这草，这树，这通道，这庄舍。顷刻间这周遭弥漫了清晨富丽的温柔。顷刻间你的心怀也分润了白天诞生的光荣。“春”！这胜利的晴空仿佛在你的耳边私语。“春”！你那快活的灵魂也仿佛在那里回响。

伺候着河上的风光，这春来一天有一天的消息。关心石上的苔痕，关心败草里的花鲜，关心这水流的缓急，关心水草的滋长，关心天上的云霞，关心新来的鸟语，怯怜怜的小雪球是探春信的小使。铃兰与香草是欢喜的初声。窈窕的莲馨，玲珑的石水仙，爱热闹的克罗克斯，耐辛苦的蒲公英与雏菊——这时候春光已是缦烂在人间，更不须殷勤问讯。

瑰丽的春放，这是你野游的时期。可爱的路政，这里不比中国，哪一处不是坦荡荡的大道？徒步是一个愉快，但骑自转车是一个更大的愉快，在康桥骑车是普遍的技术：妇人，稚子，老翁，一致享受这双轮舞的快乐。（在康桥听说自转车是不怕人偷的，就为人人都自己有车，没人要偷。）任你选一个方向，任你上一条通道，顺着这带草味的和风，放轮远去，保管你这半天的逍遥是你性灵的补剂。这道上有的是清荫与美草，随地都可以供你休憩。你如爱花，这里多的是锦绣似的草原。你如爱鸟，这里多的是巧啭的鸣禽。你如爱儿童，这乡间到处是可亲的稚子。你如爱人情，这里多的是不嫌远客的乡人，你到处可以"挂单"借宿，有酪浆与嫩薯供你饱餐，有夺目的果鲜恣你尝新。你如爱酒，这乡间每"望"都为你储有上好的新酿，黑啤如太浓，苹果酒姜酒都是供你解渴润肺的。……带一卷书，走十里路，选一块清静地，看天，听鸟，读书，倦了时，和身在草绵绵处寻梦去——你能想象更适情更适性的消遣吗？

陆放翁有一联诗句："传呼快马迎新月，却上轻舆趁晚凉。"这是做地方官的风流。我在康桥时虽没马骑，没轿子坐，却也有我的风流：我常常在夕阳西晒时骑了车迎着天边扁大的日头直追。日头是追不到了，我没有夸父的荒诞，但晚景的温存却被我这样偷尝了不少。有三两幅画图似的经验至今还是栩栩的留着。只说看夕阳，我们平常只知道登山或是临海，但实际只须辽阔的天际，平地上的晚霞有时也是一样的神奇。有一次我赶到一个地方，手把着一家村庄的篱笆，隔着一大田的麦浪，看西天的变幻。有一次是正冲着一条宽广的大道，过来一大群羊，放草归来的，偌大的太阳在它们后背放射着万缕的金辉，天上却是乌青青的，只剩这不可逼视的威光中的一条大路，一群生物！我心头顿时感着神异性的压迫，我真的跪下了，对着这冉冉渐翳的金光。再有一次是更不可忘的奇景，那是临着一大片望不到头的草原，满开着艳红的罂粟，在青草里亭亭像是万盏的金灯。阳光从褐色云里斜着过来，幻成一种异样的紫色，透明似的不可逼视，刹那间在我迷眩了的视觉中，这草田变成了……不说也罢，说来你们也是不信的！

一别二年多了，康桥，谁知我这思乡的隐忧？也不想别的，我只要那晚钟撼动的黄昏，没遮拦的田野，独自斜倚在软草里，看第一个大星在天边出现！

1926年1月15日

欧游漫录

一　开篇

你答应了一件事，你的心里就打上了一个结，这个结一天不解开，你的事情一天不完结，你就一天不得舒服。“不做中人不做保，一世无烦恼”，就是这个意思。谁叫我这回出来，答应了人家通讯？在西伯利亚道上我记得曾经发出过一封，但此后，约莫有个半月了，一字我不曾寄去，债愈积愈不容易清呢，我每天每晚揪住了心里的那个结对自己说。同时我知道国内一部分的朋友也一定觉着诧异，他们一定说：“你看出门人没有靠得住的，他临走的时候答应得多好，说一定随时有信来报告行踪，现在两个月都快满了，他那里一个字都不曾寄来！”

但是朋友们，你们得知道我并不是成心叫你们失望的；我至今不写信的缘故决不完全是懒，虽则懒是到处少不了有他的分。当然更不是为无话可说；上帝不许！过了这许多逍遥的日子还来抱怨生活平凡。话多得很，岂止有，难处就在积满了这一肚子的话，从哪里说起才是，这是一层；还有一个难处，在我看来更费踌躇，是这番话应该怎么说法？假如我是一个干脆的报馆访事员，他惟一的金科是有闻必录，那倒好办，只要把你一只耳朵每天收拾干净，出门不要忘了带走，轻易不许他打盹，同时一手拿着记事册，一手拿着“永远尖”，外来的新闻交给耳朵，耳朵交给手，手交给笔，笔交给纸，这不就完事了不是？可惜我没有做访事的天赋，耳朵不够长，手不够快，我又太笨，思想来得奇慢的，笔下请得到的有数几个字也都是有脾气的，只许你去凑他们的趣，休想他们来凑你的趣；否则我要是有画家的本事，见着那边风景好，或是这边人物美，立刻就可以打开本子来白描写生，那不是心灵里的最细沉最飘忽的消息，都有法子可以款留踪迹，我也不怕没有现成文章做了。

我想你们肯费工夫来看我通讯的，也不至于盼望什么时局的新闻。莫索利尼的演说，兴登堡将军做总统，法国换内阁，等等，自有你们驻欧特约通信员担任，我这本记事册上纸张不够宽，恕不备载了。你们也不必期望什么出奇的事项，因为我可以私下告诉你们我这回到欧洲来并不想谋财，也不想害命，也不愿意自己的腿子叫汽车压扁或是牺牲钱包让剪绺先生得意。不，出奇也是不会得的，本来我自己是一个平淡无奇的游客，我眼内的欧洲也只是平淡无奇的几个城子；假如我有话说时也只是在这平淡无奇的经验的范围内平淡无奇的几句话，再没有别的了。

唯其因为到处是平淡无奇，我这里下笔写的时候就格外觉得为难。假如我有机会看得见牛斗，一只穿红衣的大黄牛和一个穿红衣的骑士拼命，千万个看客围着拍掌叫好的话，我要是写下一篇“斗牛记”，那不仅你们看的人合适，我写的人也容易。偏偏牛斗我看不着（听说西班牙都禁绝了），别说牛斗，人斗都难得见着，这世界分明是个和平的世界，你从这国的客栈转运到那国的客栈见着的无非仆欧们的笑脸与笑脸的“仆欧”们——只要你小钱凑手你准看得见一路不断的笑脸。这刻板的笑脸当然不会得促动你做文章的灵机。就这意大利人，本来是出名性子暴躁轻易就会相骂的，也分明涵养好多了；你们念过 W.D. Howells Venetian Life 的那段两位江朵蜡船家吵嘴的妙文，一定以为到此地来一定早晚听得见色彩鲜艳的骂街；但是不，我来了已经有一个多月却还一次都不曾见过暴烈的南人的例证。总之这两月来一切的事情都像是私下说通了，不叫我听到见到或是碰到一些异常的动静！同时我答应做通讯的责任并不因此豁免或是减轻；我的可恨的良心天天掀着我的肘子说：“喂，赶快一点，人家等着你哪！”

寻常的游记我是不会得写的，也用不着我写，这烂熟的欧洲，又不是北冰洋的尖头或是非洲沙漠的中心，谁要你来饶舌。要我拿日记来公开我有些不愿意，叫白天离魂的鬼影到大家跟前来出现似乎有些不妥当——并且老实说近来本子上记下的也不多。当作私人信札写又如何呢？那也是一个写法，但你心目中总得悬拟你一个相识的收信人，这又是困难，因是假如你存想你最亲密的朋友，他或是她，你就有过于啰嗦的危险，同时如其你假定的朋友太生分了，你笔下就有拘束，一样的不讨好。啊。朋友们，你们的失望是定的了。方才我开头的时候似乎多少总有几句话说给你们听，但是你们看我笔头上别扭了好半天，结果还是没有结果。应得说什么，我自己不知道，应得怎么说法，我也是不知道！所以我不得不下流，不得不想法搪塞，笔头上有什么来我就往纸上写，管得选择，管得体裁，管得体面！

二　自愿的充军

“谁叫你去的，这不是话该？”我听得见北京的朋友们说。我是个感情的人；老头病了，想我去，我不得不去，我就去。那时候有许多朋友都反对，他们说：“老头快死了，你赶去送丧不成？趁早取消吧！至于意大利你哪一个年头去不得，等着有更好的机会再去不好？”如今他们更有话说了：“你看老头不是开你玩笑？他要你去，自己倒反早跑了。现在你这光棍吊空在欧洲，何苦来，赶快回家吧！”

三　离京

我往常出门总带着一只装文件的皮箱，这里面有稿本，有日记，有信件，大都是见不得人面的。这次出门有一点特色，就是行李里出空了秘密的累赘，干脆的几件衣服几本书，谁来检查都不怕，也不知怎的生命里是有那种不可解的转变，忽然间你改变了评价的标准，原来看重的这时不看重了，原来隐讳的这时也无庸隐讳了，不但皮箱里口袋里出一个干净，连你的脑子里五脏里本来多的是古怪的复壁夹道，现在全理一个清通，像意大利麦古龙尼似的从这头通到那头。这是一个痛快。做生意的馆子逢到节底总结一次账，进出算个分明，准备下一节重新来过；我们的生命里也应得隔几时算一次总账，赚钱也好，亏本也好，老是没头没脑的窝着堆着总不是道理。好在生意忙的时期也不长，就是中间一段交易复杂些，小孩子时代不会做买卖，老了的时候想做买卖没有人要，就这约莫二十岁到四十岁的二十年间的确是麻烦的，随你怎样认真记账总免不了挂漏。还有记错的隔壁账、糊涂账，吃着的坍账、混账，这时候好经理真不容易做！我这回离京真是爽快，真叫是“一肩行李，两袖清风，俺就此去也！”但是不要得意，以前的账务虽然暂时结清（那还是疑问），你店门还是开着，生意还是做着，照这样热闹的市面，怕要不了一半年，尊驾的账目又该是一塌糊涂了！

四　旅伴

西班牙有一个俗谚，大旨是“一人不是伴，两人正是伴，三数便成群，满四就是乱”。这旅行，尤其是长途的旅行，选伴是一桩极重要的事情。我的理论，我的经验，都使我无条件的主张独游主义——是说把游历本身看做目的。同样一个地方你独身来看，与结伴来看所得的结果就不同。理想的同伴（比如你的爱妻或是爱友或是爱什么）当然有，但与其冒险不如意同伴的懊怅，不如立定主意独身走来得妥当。反正近代的旅行其实是太简单容易了，尤其是欧洲，哑巴瞎子聋子傻瓜都不妨放胆去旅行，只要你认识字，会得做手势，口袋里有钱，你就不会丢。

我这次本来已经约定了同伴，那位先生高明极了，他在西伯利亚打过几年仗，红党白党（据他自己说）都是他的朋友，会说俄国话，气力又大，跟他同走一定吃不了亏。可是我心里明白，天下没有无条件的便宜，况且军官大爷不是容易伺候的，回头他发现假定的“绝对服从”有漏孔时他就对着这无抵抗的弱者发威，那可不是玩！这样一想我觉得还是独身去西伯利亚冒险，比较的不可怖些。说也巧，那位先生在路上发现他的公事还不曾了结，至少须延迟一星期动身，我就趁机会告辞，一溜烟先自跑了！

同时在车上我已经结识了两个旅伴：一位是德国人，做帽子生意的，他的脸子，他的脑袋，他的肚子都一致声明他决不是别一国人。他可没有日耳曼人往常的镇定，在他那一双闪烁的小眼睛里你可以看出他一天害怕与提防危险的时候多，自有主见的时候少。他的鼻子不消说完全是叫啤酒与酒精熏糟了的，皮里的青筋盘全都纠盘的拱着活像一只霁红碎瓷的鼻烟壶。他常常替他自己发现着急的原因，不是担忧他的护照少了一种签字，便是害怕俄国人要充公他新做的衬衫。他念过他的叔本华；每次不论讲什么问题他的结句总是“倒不错，叔本华也是这么说的”！

还有一个更有趣的旅伴在车上结识的是意大利人。他也是在东方做帽子生意的。如其那位德国先生满脑子装着香肠啤酒与叔本华的，我见了不由得不起敬，这位腊丁族的朋友我简直的爱他了。我初次见他，猜他是个大学教授，第二次见他猜他是开矿的，到最后才知道他也是卖帽子给我们的，我与他谈得投机极了，他有的是谐趣，书也看得不少，见解也不平常。像这种无意中的旅伴是很难得的，我一途来不觉着寂寞就幸亏有他，我到了还与他通信。你们都见过大学眼药的广告不是？那有一点儿像我那朋友。只是他漂亮多了，他那烧胡是不往下挂的，修得顶整齐，又黑又浓又紧，骤看像是一块天鹅绒，他的眼最表示他头脑的敏锐，他的两颊是鲜杨梅似的红，益发激起他白的肤色与漆黑的发。他最爱念的书是 Don Quixteo，Ariosto 中他的癖好，丹德当然更是他从小的陪伴。

五　两个生客

我是从满洲里买票的。普通车到莫斯科价共一百二十几卢布，国际车到赤塔才有，我打算到了赤塔再补票。到赤塔时耿济之君到车站来接我，一问国际车，票房说要外加一百卢布，同时别人分两段（即自满洲里至赤塔，再由赤塔买至莫斯科）买票的只花了一百七十多卢布。我就不懂为什么要多花我二三十卢布，一时也说不清，我就上了普通车，那是四个人一间的。但是上车一看情形有些不妥，因为房间里已经有波兰人一家住着，一个秃顶的爸爸，一个搽胭脂的妈妈，一个十三四岁的男孩，一个几个月的乳孩；我想这可要不得，回头拉呀哭呀闹呀叫我这外客怎么办，我就立刻搬家，管他要添多少，搬上了华丽舒服的国际车再说。运气也正好，恰巧还有一间三人住的大房空着，我就住下了；顶奇怪是等到补票时我满想挨花冤钱，谁知他只要我四十三元，合算起来倒比别人便宜了十个左右的卢布，这里面的玄妙我始终不曾想出来。

车上伺候的是一位忠实而且有趣的老先生。他来替我铺床，笑着说：“呀，你好福气，一个人占上这一大间屋子；我想你不应得这样舒服，车到了前面大站我替你放进两位老太太陪你，省得你寂寞好不好？”我说多谢多谢，但是老太太应得陪像你自己这样老头子的，我是年轻的，所以你应得寻一两个一样年轻的与我作伴才对。

我居然过了三天舒服的日子，第四天看了车上消息说今晚有两个客人上来，占我房里的两个空位，我就有点慌，跑去问那位老先生这消息真不真，他说："怎么会得假呢？你赶快想法子欢迎那两位老太太吧！"（俄国车上男女是不分的）回头车到了站，天已经晚了，我回房去看时，果然见有几件行李放着：一只提箱，两个铺盖，一只装食物的蔑箱。间壁一位德国太太过来看了对我说："你舒服了几天，这回要受罪了，方才来的两位样子顶古怪的，不像是西方人，也不像是东方人，你留心点吧。"正说着话他们来了，一个高的，一个矮的；一个肥的，一个瘦的；一个黑脸，一个青脸——（他们两位的尊容真得请教施耐庵先生才对得住他们，我想胖的那位可以借用黑旋风的雅号，瘦的那位得叨光杨志与王英两位："矮脚青面兽"）；两位头上全是黑松松的乱发，身上都穿着青辽辽的布衣，衣襟上都针着红色的列宁像。我是不曾见过杀人的凶手；但如其那两位朋友告诉我们方才从大牢里逃出来的，我一定无条件的相信！我们交谈了。不成，黑旋风先生很显出愿意谈天的样子，虽则青面兽先生绝对的取缄默态度；黑先生只会三两句英国话，再来就是俄国话，再来更不知是什么鸟话。他们是土耳其斯坦来的。"你中国！"他似乎惊喜的回话。阿孙逸仙……死？你……国民党？哈哈哈哈，你共产党？哈哈，你什么党？哈哈……到莫斯科？哈哈！

一回见他们上饭车去了，那位老车役进房来铺房，见我一个人坐着发愣，他就笑说你新来的朋友好不好？我说算了，劳驾，我还是欢迎你的老太太们！"你看年轻人总是这样三心两意的，老的不要，年轻的也不……"喔！枕垫底下可不是放着一对满装子弹的白郎林手枪？他捡了起来往上边床上一放，慢慢的接着说："年轻的也确太危险了，怪不得你不喜欢"，我平常也自夸多少有些"幽默"的，但那晚与那两位形迹可疑的生客睡在一房，心里着实有些放不平，上床时偷偷的把钱包塞在头枕底下，还是过了半夜才落眠，黑旋风先生的鼾声真是雷响一般，你说我那晚苦不苦？明早上醒过来我还有些不相信，伸手去摸自己的脑袋，还好，没有搬家，侥幸侥幸！

六　西伯利亚

一个人到一个不曾去过的地方不免有种种的揣测，有时甚至害怕。我们不很敢到死的境界去旅行也就如此。西伯利亚，这个地名本来就容易使人发生荒凉的联想，何况现在又变了有色彩的去处，再加谣传，附会，外国存心诬蔑苏俄的报告，结果在一般人的心目中这条平坦的通道竟变了不可测的畏途。其实这都是没有根据的。西伯利亚的交通照我这次的经验看，并不怎样比旁的地方麻烦，实际上那边每星期五从赤塔开到莫斯科（每星期三自莫至赤）的特快虽则是七八天的长途车，竟不会耽误时刻，那在中国就是很难得的了，你们从北京到满洲里，从满洲里到赤塔，尽可以坐二等车，但从赤塔到俄京那一星期的路程我劝你们不必省这几十块钱（不到五十），因为那国际车真是舒服，听说战前连洗澡都有设备的，比普通车位差太远了，坐长途火车是顶累人不过的，像我自己就有些晕车，所以有可以节省精力的地方还是多破费些钱来得上算，固然坐上了国际车你的同道只是体面的英美德法人；你如其要参预俄国人的生活时不妨去坐普通车，那就热闹了，男女不分的，小孩是常有的，车间里四张床位，除了各人的行李以外，有的是你意想不到的布置。我说给你们听听：洋磁面盆，小木坐凳，小孩坐车，各式药瓶，洋油锅子，煎咖啡铁罐，牛奶瓶，酒瓶，小儿玩具，晾湿衣服绳子，满地的报纸，乱纸，花生壳，向日葵子壳，痰唾，果子皮，鸡子壳，面包屑……房间里的味道也就不消细说。你们自己可以想象，老实说我有点受不住，但是俄国人自会作他们的乐，往往在一团氤氲（当然大家都吸烟）的中间，说笑的自说笑，唱歌的自唱歌，看书的看书，瞌睡的瞌睡，同时玻璃上的蒸气全结成了冰屑，车外只是白茫茫的一片，静悄悄的莫有声息，偶尔在树林的边沿看得见几处木板造成的小屋，屋顶透露着一缕青灰色的烟痕，报告这荒凉境地里的人迹。

吃饭一路上都有餐车，但不见佳而且贵，愿意省钱的可以到站时下去随便买些食物充饥，这一路每站上都有一两间小木屋（要不然就是几位老太太站在露天提着篮端着瓶子做生意）卖杂物的：面包，牛奶，生鸡蛋，熏鱼，苹果都是平常买得到的（记着我过路的时候是三月，满地还是冰雪，解冻的时候东西一定更多）。

我动身前有人警告我说："苏俄的忌讳多的很，你得留神；上次有几个美国人在餐车里大声叫仆欧（应得叫 Comrade 康姆拉特，意思是朋友、同志或伙计），叫他们一脚踢下车去死活不知下落，你这回可小心！"那是不是神话我不曾有工夫去考据；但为叫一声仆欧就得受死刑（苏州人说的"路倒尸"）我看来有些不像，实际上出门莫谈政治，倒是真的，尤其在革命未定的国家，关于苏俄我下面再讲。我们餐车的几位康姆拉特都是顶年轻的，其中有一位实在不很讲究礼节，他每回来招呼吃饭，就像是上官发命令，斜瞟着一双眼，使动着一个不耐烦的指头，舌尖上滚出几个铁质的字音，嘭的关上你的房门，他又到间壁去发命令了！他是中等身材，胸背是顶宽的，穿一身水色的制服，肩上放一块擦桌白布，走路像疾风似的有劲；但最有意思的是他的脑袋，椭圆的脸盘，扁平的前额上斜擦着一两卷短发，眼睛不大但显示异常的决断力，颧骨也长得高，像一个有威权的人；他每回来伺候你的神情简直要你发抖：他不是来伺候，他是来试你的胆量（我想胆子小些的客人见了他真会哭的）！他手里的杯盘刀叉就像是半空里下冰雪一片片直削到你的面前，叫你如何不心寒；他也不知怎的有那么大气，绷紧着一张脸我始终不曾见他露过些微的笑容；我也曾故意比着可笑的手势想博他一个和善些的顾盼，谁知不行，他的脸上笼罩着西伯利亚冬的严霜，轻易如何消得；真的，他那肃杀的气概不仅是为威吓外来的过客，因为他对他的同僚我留神观察也并没有更温和的嘴脸；顶叫人不舒服的是他那口角边总是紧紧的咬着一枝半焦的俄国纸烟，端菜时也在那里，说话时也在那里，仿佛他一腔的愤慨只有永远咬紧着牙关方可以勉强的耐着！后来看惯了倒也不觉得什么，我可是替他题上一个确切不过的徽号，叫他做“饭车里的拿破仑”，我那意大利朋友十二分的称赞我，因为他那体魄，他那神气，他的简决，尤其是他前额上斜着的几根小发，有时他悻悻的独自在餐车那一头站着，紧攒着眉头，一只手贴着前胸，谁说这不是拿翁再世的相儿？

七　西伯利亚（续）

西伯利亚只是人少，并不荒凉。天然的景色亦自有特色，并不单调；贝加尔湖周围最美，乌拉尔一带连绵的森林不可忘。天气晴爽时空气竟像是透明的，亮极了，再加地面上雪光的反映，真叫你耀眼。你们住惯城里的难得有机会饱尝清洁的空气；下回你们要是路过西伯利亚或是同样地方，千万不要躲懒，逢站停车时，不论天气怎样冷，总是下去散步，借冰清尖锐的气流洗净你恶浊的肺胃，那真是一个快乐。不仅你的鼻孔，就是你面上与颈上露在外面的毛孔，都受着最甜美的洗礼，给你倦懒的性灵一剂绝烈的刺戟，给你松散的筋肉一个有力的约束，激荡你的志气，加添你的生命。

再有你们过西伯利亚时记着，不要忙吃晚饭，牺牲最柔媚的晚景，雪地上的阳光有时幻成最娇嫩的彩色，尤其是夕阳西渐时，最普通是银红，有时鹅黄稍带绿晕。四年前我游小瑞士时初次发现了雪地里光彩的变幻，这回过西伯利亚看得更满意；你们试想像晚风静定时在一片雪白的平原上，疏伶伶的大树间，斜刺里平添出几大条鲜艳的彩带，是幻是真，是真是幻，那妙趣到你亲身经历时从容的辨认罢。

但我此时却不来复写我当时的印象，那太吃苦了，你们知道这逼紧了你的记忆召回早已消散了的景色，再得应用想象的光辉照出他们颜色的深浅，是一件极伤身的工作，比发寒热时出汗还凶。并且这来碰记着不清的地方你就得凭空造，那你们又不愿意了是不是？好，我想出了一个简便的办法；我这本记事册的前面有几页当时随兴涂下的杂记，我就借用不是省事，就可惜我做事情总没有常性，什么都只是片断，那几段琐记又是在车上用铅笔写的英文，十个字里至少有五个字不认识，现在要来对号，真不易！我来试试。

（1）西伯利亚并不坏，天是蓝的，日光是鲜明的，暖和的，地上薄薄的铺着白雪，矮树，丛草，白皮松，到处看得见。稀稀的住人的木房子。

（2）方才过一站，下去走了一走，顶暖和。一个十岁左右卖牛奶的小姑娘手里拿瓶子卖鲜牛奶给我们。她有一只小圆脸，一双聪明的蓝眼，白净的皮肤，清秀有表情的面目，她脚上的套鞋像是一对张着大口的黄鱼，她的褂子也是古怪的样子，我的朋友给她一个半卢布的银币，她的小眼睛滚上几滚，接了过去仔细的查看，她开口问了。她要知道这钱是不是真的通用的银币；“好的，好的，自然好的！”旁边站着看的人（俄国车站上多的是闲人）一齐喊了。她露出一点子的笑容，把钱放进了口袋，一瓶牛奶交给客人，翻着小眼对我们望望，转身快快的跑了去。

（3）入境愈深，当地人民的苦况益发的明显。今天我在赤塔站上留心的看，褴褛的小孩子，从三四岁到五六岁，在站上问客人讨钱，并且也不是客气的讨法，似乎他们的手伸了出来决不肯空了回去的。不但在月台上，连站上的饭馆里都有，无数成年的男女，也不知做什么来的，全靠着我们吃饭处的木栏，斜着他们呆顿的不移动的注视看着你蒸气的热汤或是你肘子边长条的面包。他们的样子并不恶，也不凶，可是晦涩而且阴沉，看见他们的面貌你不由得不疑问这里的人民知不知道什么是自然的喜悦的笑容。笑他们当然是会的，尤其是狂笑，当他们受足了 vodka 的影响，但那时的笑是不自然的，表示他们的变态，不是上帝给我们的喜悦。这西伯利亚的土人，与其说是受一个有自制力的脑府支配的人的身体，不如说是一捆捆的原始的人道，装在破烂的黑色或深黄色的布褂与奇大的毡鞋里，他们行动，他们工作，无非是受他们内在的饿的力量所驱使，再没有别的可说了。

（4）在 Irkutsk 车停一时许，他们全下去走路，天早已黑了，站内的光亮只是几只贴壁的油灯，我们本想出站，却反经过一条夹道走进了那普通待车室，在昏迷的灯光下辨认出一屋子黑魆魆的人群，那景象我再也忘不了，尤其是那气味！悲悯心禁止我尽情的描写；丹德假如到此地来过，他的地狱里一定另添一番色彩！

对面街上有一个山东人开着一家小烟铺，他说他来了二十年，积下的钱还不够他回家。

（5）俄国人的生活我还是懂不得。店铺子窗户里放着的各式物品是容易认识的，但管铺子做生意的那个人，头上戴着厚毡帽，脸上满长着黄色的细毛，是一个不可捉摸的生灵；拉车的马甚至那奇形的雪橇是可以领会的，但那赶车的紧裹在他那异样的袍服里，一只戴皮套的手扬着一根古旧的皮鞭，是一个不可思议的现象。

我怎样来形容西伯利亚天然的美景？气氛是晶澈的，天气澄爽时的天蓝是我们在灰沙里过日子的所不能想象的异景。森林是这里的特色：连绵，深厚，严肃，有宗教的意味。西伯利亚的林木都是直干的；不问是松，是白杨是青松或是灌木类的矮树丛，每株树的尖顶总是正对着天心。白杨林最多，像是带旗帜的军队，各式的军徽奕奕的闪亮着；兵士们屏息的排列着，仿佛等候什么严重的命令。松树林也多茂盛的：干子不大，也不高，像是稚松，但长得极匀净，像是园丁早晚修饰的盆景。不错，这些树的倔强的不曲性是西伯利亚，或许是俄罗斯，最明显的特性。

——我窗外的景色极美，夕阳正从西北方斜照过来，天空，嫩蓝色的，是轻敷着一层纤薄的云气，平望去都是齐整的树林，严青的松，白亮的杨，浅棕的笔竖的青松——在这雪白的平原上形成一幅彩色融和的静景。树林的顶尖尤其是美，他们在这肃静的晚景中正像是无数寺院的尖阁，排列着，对高高的蓝天默祷。在这无边的雪地里有时也看得见住人的小屋，普通是木板造屋顶铺瓦颇像中国房子，但也有黄或红色砖砌的，人迹是难得看见的；这全部风景的情调是静极了，缄默极了，倒像是一切动性的事物在这里是不应得有位置的；你有时也看得见迟钝的牲口在雪地的走道上慢慢的动着，但这也不像是有生活的记认。……

八　莫斯科

啊，莫斯科！曾经多少变乱的大城！罗马是一个破烂的旧梦，爱寻梦的你去；纽约是 Mammon 的宫阙，拜金钱的你去；巴黎是一个肉艳的大坑，爱荒淫的你去；伦敦是一个煤烟的市场，慕文明的你去。但莫斯科？这里没有光荣的古迹，有的是血污的近迹；这里没有繁华的幻景，有的是斑驳的寺院；这里没有和暖的阳光，有的是泥泞的市街；这里没有人道的喜色，有的是伟大的恐怖与黑暗，惨酷，虚无的暗示，暗森森的雀山，你站着，半冻的莫斯科河，你流着。在前二十个世纪的漫游中，莫斯科，是领路的南针，在未来文明变化的经程中，莫斯科是时代的象征，古罗马的牌坊是在残阙的简页中，是在破碎的乱石间；未来莫斯科的牌坊是在文明的骸骨间，是在人类鲜艳的血肉间。莫斯科，集中你那伟大的破坏的天才，一手拿着火种，一手拿着杀人的刀，趁早完成你的工作，好叫千百年后奴性的人类的子孙，多多的来，不断的来，像他们现在去罗马一样，到这暗森森的雀山的边沿，朝拜你的牌坊，纪念你的劳工，讴歌你的不朽！

这是我第一天到莫斯科在 Kremlin 周围散步时心头涌起杂感的一斑，那天车到时是早上六时，上一天路过的森林，大概在 Vladimir 一带，多半是叫几年来战争摧残了的，几百年的古松只存下烧毁或剔残的余骸纵横在雪地里，这底下更不知掩盖着多少残毁的人体，冻结着多少鲜红的热血，沟堑也有可辨认的，虽则不甚分明，多谢这年年的白雪，他来填平地上的丘壑，掩护人类的暴迹，省得伤感派的词客多费推敲，但这点子战场的痕迹，引起过路人惊心的标记，在将到莫斯科以前的确是一个切题的引子，你一路来穿度这西伯利亚白茫茫人迹稀有的广漠，偶尔在这里那里看到俄国人的生活，艰难，缄默，忍耐的生活；你也看了这边地势的特性，贝加尔湖边雄踞的山岭，乌拉尔东西博大的严肃的森林，你也尝着了这里空气异常的凛冽与尖锐，像钢丝似的直透你的气管，逼迫你的清醒——你的思想应得经受一番有力的洗刷，你的神经受一种新奇的戟刺，你从贵国带来的灵性，叫怠惰、苟且、顽固、龌龊，与种种堕落的习惯束缚、压迫、淤塞住的，应得感受一些解放的动力，你的功名心、利欲、色业翳蒙了的眸子也应得觉着一点新来的清爽，叫他们睁开一些，张大一些，前途有得看，应得看的东西多着，即使不是你灵魂绝对的滋养，至少是一帖兴奋剂，防瞌睡的强烈性注射！

因此警醒！你的心；开张！你的眼；——你到了俄国，你到了莫斯科，这巴尔的克海以东，白令峡以西，北冰洋以南，尼也帕河以北千万里雪盖的地圈内一座着火的血红的大城！

在这大火中最先烧烂的是原来的俄国，专制的，贵族的，奢侈的，淫糜的，ancien régime 全没了，曳长裙的贵妇人，镶金的马车，献鼻烟壶的朝贵，猎装的世家子弟全没了，托尔斯泰与屠及尼夫小说中的社会全没了——他们并不曾绝迹，在巴黎，在波兰，在纽约，在罗马你倘然会见什么伯爵夫人什么 vsky 或是子爵夫人什么 owner, 那就是叫大火烧跑的难民，他们，提起俄国就不愿意。他们会告诉你现在的俄国不是他们的国了，那是叫魔鬼占据了去的（因此安琪儿们只得逃难）！俄国的文化是荡尽的了，现在就靠流在外国的一群人，诗人，美术家等等，勉力来代表斯拉夫的精神。如其他们与你讲得投机时，他们就会对你悲惨的历诉他们曾经怎样的受苦，怎样的逃难，他们本来那所大理石的庄子现在怎样了，他们有一个妙龄的侄女在乱时叫他们怎样了……但他们盼望日子已经很近，那班强盗倒运。因为上帝是有公道的，虽则……

你来莫斯科当然不是来看俄国的旧文化来的，但这里却也不定有“新文化”，那是贵国的专利；来这里见的是什么你听着我讲。

你先抬头望天。青天是看不见的，空中只是迷蒙的半冻的云气，这天（我见的）的确是一个愁容的，服丧的天；阳光也偶尔有，但也只在云罅里力乏的露面，不久又不见了，像是楼居的病人偶尔在窗纱间看街似的。

现在低头看地。这三月的莫斯科街道应当受咒诅。在大寒天满地全铺着雪凝成一层白色的地皮也是一个道理；到了春天解冻时雪全化了水流入河去，露出本来的地面，也是一个说法；但这时候的天时可真是刁难了，他不给你全冻，也不给你全化，白天一暖，浮面的冰雪化成了泥泞，回头风一转向又冻上了，同时雨雪还是连连的下，结果这街道简直是没法收拾，他们也就不收拾，让他这“一塌糊涂”的窝着，反正总有一天会干净的！（所以你要这时候到俄国千万别忘记带橡皮套鞋。）

再来看街上的铺子，铺子是伺候主客的；瑞蚨祥的主顾全没了的话，瑞蚨祥也只好上门；这里漂亮的奢侈的店铺是看不见的了，顶多顶热闹的铺子是吃食店，这大概是政府经理的；但可怕的是这边的市价：女太太的丝袜子听说也买得到，但得花十五二十块钱一双，好些的鞋在四十元左右，橘子大的七毛五小的五毛一只；我们四个人在客栈吃一顿早饭连税共付了二十元；

此外类推。

再来看街上的人，先看他们的衣着，再看他们的面目。这里衣着的文化，自从贵族匿迹，波淇洼（bourgeois）销声以后，当然是“荡尽”的了；男子的身上差不多不易见一件白色的衬衫，不必说鲜艳的领结（不带领结的多），衣服要寻一身勉强整洁的就少；我碰着一位大学教授，他的衬衣大概就是他的寝衣，他的外套，像是一个癞毛黑狗皮统，大概就是他的被窝，头发是一团茅草再也看不出曾经爬梳过的痕迹，满面满腮的须毛也当然自由的滋长，我们不期望他有安全剃刀；并且这位先生决不是名流派的例外，我猜想现在在莫斯科会得到的“琴笃儿们”多少也就只这样的体面；你要知道了他们起居生活的情形就不会觉得诧异。惠尔思先生在四五年前形容莫斯科科学馆的一群科学先生们，说是活像监牢里的犯人或是地狱里的饿鬼。我想他的比况一点也不过分。乡下人我没有看见，那是我想不会怎样离奇的，西伯利亚的乡下人，着黄胡子穿大头靴子的，与俄国本土的乡下人应得没有多大分别。工人满街多的是，他们在衣着上并没有出奇的地方，只是襟上戴列宁徽章的多。小学生的游行团常看得见，在烂污的街心里一群乞丐似的黑衣小孩拿着红旗，打着皮鼓瑟东东的过去。做小买卖在街上摆摊提篮的不少，很多是残废的男子与老妇人，卖的是水果，烟卷，面包，朱古力糖（吃不得）等（路旁木亭子里卖书报处也有小吃卖）。

街上见的娘们分两种：一种是好百姓家的太太小姐，她们穿得大都很勉强，丝袜不消说是看不见的。还有一种是共产党的女同志，她们不同的地方除了神态举止以外是她们头上的红巾或是红帽，不是巴黎的时式（红帽），在雪泥斑驳的街道上倒是一点喜色！

什么都是相对的，那年我与陈博生从英国到佛朗德福那天正是星期天，道上不问男女老小都是衣服铺裁缝店里的模型，这一比他与我这风尘满身的旅客真像是外国叫化子了！这回在莫斯科我又觉得窘，可不为穿的太坏，却为穿的太阔；试想在那样的市街上，在那样的人丛中，晦气是本色，褴褛是应分，忽然来一个戴獭皮大帽身穿海龙领（假的）的皮大氅的外客，可不是唱戏似的走了板，错太远了，别说我，就是我们中国学生在莫斯科的（当然除了东方大学生）也常常叫同学们眨眼说他们是“波淇洼”，因为他们身上穿的是荣昌祥或是新记的蓝哔叽！这样看来，改造社会是有希望的；什么习惯都得打破，什么标准都可以翻身，什么思想都可以颠倒，什么束缚都可以摆脱，什么衣服都可以反穿……将来我们这两脚行动厌倦了时竟不妨翻新样叫两只手帮着来走，谁要再站起来就是笑话，那多好玩！

虽则严敛、阴霾、凝滞是寒带上难免的气象，但莫斯科人的神情更是分明的忧郁，惨淡，见面时不露笑容，谈话时少有精神，仿佛他们的心上都压着一个重量似的。

这自然流露的笑容是最不可勉强的。西方人常说中国人爱笑，比他们会笑得多，实际上怎样我不敢说，但西方人见着中国人的笑我怕不免有好多是急笑，傻笑，无谓的笑，代表一切答话的笑；犹之俄国人笑多半是 vodka 入神经的笑，热病的笑，疯笑，道施妥奄夫斯基的 idiot 的笑！那都不是真的喜笑，健康与快乐的表情。其实也不单是莫斯科，现世界的大都会，有哪几处人们的表情是自然的？Dublin（爱尔兰的都城），听说是快乐的，维也纳听说是活泼的，但我曾经到过的只有巴黎的确可算是人间的天堂，那边的笑脸像三月里的花似的不倦的开着，此外就难说了。纽约，芝加哥，柏林，伦敦的群众与空气多少叫你旁观人不得舒服，往往使你疑心错入了什么精神病院或是"偏心"病院，叫你害怕，巴不得趁早告别，省得传染。

现在莫斯科有一个稀奇的现象，我想你们去过的一定注意到，就是男子抱着吃奶的小孩在街上走道，这在西欧是永远看不见的。这是苏维埃以来的情形。现在的法律规定一个人不得多占一间以上的屋子，听差，老妈子，下女，奶妈，不消说，当然是没有的了，因此年轻的夫妇，或是一同居住的男女，对于生育就得格外的谨慎，因为万一不小心下了种的时候，在小孩能进幼稚园以前这小宝贝的负担当然完全在父母的身上。你们姑且想想你们现在北京的，至少总有几间屋子住，至少总有一个老妈子伺候，你们还是常嫌着这样那样不称心哪！但假如有一天莫斯科的规矩行到了我们北京，那时你就得乖乖的放弃你的宅子，听凭政府分配去住东花厅或是西花厅的那一间屋子，你同你的太太就得另做人家，桌子得自己擦，地得自己扫，饭得自己烧，衣服得自己洗，有了小东西就得自己管，有时下午你们夫妻俩想一同出去散步的话，你总不好意思把小宝贝锁在屋子里，结果你得带走，你又没钱去买推车，你又不好意思叫你太太受累（那时候你与你的太太感情会好些的，我敢预言！），结果只有老爷自己抱，但这男人抱小孩其实是看不惯，他又往往不会抱，一个"蜡烛封"在他的手里，他不知道直着拿好还是横着拿好；但你到了莫斯科不看惯也得看惯，到那一天临着你自己的时候老爷你抱不惯也得抱得惯！我想果真有那一天的时候，生小孩决不会像现在的时行，竟许山格夫人与马利司徒博士等等比现在还得加倍的时行；但照莫斯科情形看来，未来的小安琪儿们还用不着过分的着急——也许莫斯科的父母没有余钱去买"法国橡皮"，也许苏维埃政府不许父母们随便用橡皮，我没有打听清楚。

你有工夫时到你的俄国朋友的住处去看看。我去了，他是一位教授。我开门进去的时候他躺在他的类似"行军床"上看书或是编讲义，他见有客人连忙跳了起来，他只是穿着一件毛绒衫，肘子胸部都快烂了，满头的乱发，一脸斑驳的胡髭，他的房间像一条丝瓜，长方的，家具有一只小木桌，一张椅子，墙壁上几个挂衣的钩子，他自己的床是顶着窗的，斜对面另一张床，那是他哥哥或是弟弟的，墙壁上挂着些东方的地图，一联倒挂的五言小字条（他到过中国知道中文的）。桌上乱散着几本书，纸片，棋盘，笔墨等等，墙角里有一只酒精炉，在那里出气，大约是他的饭菜，有一只还不知两只椅子，但你在屋子里转身想不碰东西不撞人已经是不易了。

这是他们有职业的现时的生活，托尔斯泰的大小姐究竟受优待些，我去拜会她了，是使馆里一位屠太太介绍的，她居然有两间屋子，外间大些，是她教学生临画的，里间大约是她自己的屋子，但她不但有书有画，她还有一只顶有趣的小狗，一只顶可爱的小猫，她的情形，他们告诉我，是特别的，因为她现在还管着托尔斯泰的纪念馆，我与她谈了。当然谈起她的父亲（她今年六十），下面再提，现在是讲莫斯科人的生活。

我是礼拜六清早到莫斯科，礼拜一晚上才去的，本想利用那三天工夫好好的看一看本地风光，尤其是戏。我在车上安排得好好的，上午看这样，下午到哪里，晚上再到哪里，哪晓得我的运气真坏，碰巧他们中央执行委员那又死了一个要人，他的名字像是叫什么"妈里妈虎"——他死得我其实不见情，因为他出殡整个莫斯科就得关门当孝子，满街上迎丧，家家挂半旗，跳舞场不跳舞，戏馆不演戏，什么都没了，星期一又是他们的假日，所以我住了三天差不多什么都没看着，真气，那位"妈里妈虎"其实何妨迟几天或是早几天归天，我的感激是没有问题的。

所以如其你们看了这篇杂凑失望，不要完全怪我，妈里妈虎先生至少也得负一半的责。但我也还记得起几件事情，不妨乘兴讲给你们听。

我真笨，没有到以前，我竟以为莫斯科是一个完全新起的城子，我以为亚力山大烧拿破仑那一把火竟化上了整个莫斯科的大本钱，连 Kremlin（皇城）都乌焦了的。你们都知道拿破仑想到莫斯科去吃冰其林那一段热闹的故事，俄国人知道他会打，他们就躲着不给他打，一直诱着他深入俄境，最后给他一个空城，回头等他在 Kremlin 躺下了休息的时候，就给他放火，东边一把，西边一把，闹着玩，不但不请冰其林吃，连他带去的巴黎饼干，人吃的，马吃的，都给烧一个精光，一面天公也跟他作对，北风一层层的吹来，雪花一片片的飞来，拿翁知道不妙，连忙下令退兵已经太迟，逃到了 Beresina 那地方，叫哥萨克的丈八蛇矛"劫杀横来"，几十万的长胜军叫他们切菜似的留不到几个，就只浑身烂污泥的法兰西大皇帝忙里捞着一匹马冲出了战场逃回家去半夜里叫门，可怜 Beresina 河两岸的冤鬼到如今还在那里欷歔，这笔糊涂账是无从算起的了！

但我在这里重提这些旧话，并不是怕你们忘记了拿破仑，我只是提醒你们俄国人的辣手，忍心破坏的天才原是他们的种性，所以拿破仑听见 Kremlin 冒烟的时候，连这残忍的魔王都跳了起来——"什么？"他说，"连他们祖宗的家院都不管了！"正是：斯拉夫民族是从不希罕小胜仗的，要来就给你一个全军覆没。

莫斯科当年并不曾全毁；不但皇城还是在着，四百年前的教堂都还在着。新房子虽则不少，但这城子是旧的。我此刻想起莫斯科，我的想象幻出了一个年老退伍的军人，战阵的暴烈已经在他年纪里消隐，但暴烈的遗迹却还明明的在着，他颊上的刃创，他颈边的枪瘢，他的空虚的注视，他的倔强的髭须，都指示他曾经的生活；他的衣服也是不整齐的。但这衣着的破碎也仿佛是他人格的一部，石上的苍苔似的，斑驳的颜色已经染蚀了岩块本体。在这苍老的莫斯科城内，竟不易看出新生命的消息——也许就只那新起的白宫，屋顶上飘扬着鲜艳的红旗，在赭黄、苍老的 Kremlin 城围里闪亮着的，会引起你的注意与疑问，疑问这新来的色彩竟然大胆的侵占了古迹的中心，扰乱原来的调谐。这决不是偶然，旅行人！快些擦净你风尘眯倦了的一双眼，仔细的来看看，竟许那看来平静的旧城子底下，全是炸裂性的火种，留神！回头地壳都烂成齑粉，慢说地面上的文明！

其实真到炸的时候，谁也躲不了，除非你趁早带了宝眷逃火星上面去——但火星本身炸不炸也还是问题。这几分钟内大概药线还不至于到根，我们也来赶早，不是逃，赶早来多看看这看不厌的地面。那天早上我一个人在那大教寺的平台上初次瞭望莫斯科，脚下全是滑溜的冻雪，真不易走道，我闪了一两次，但是上帝受赞美，那莫斯科河两岸的景色真是我不期望的眼福，要不是那石台上要命的滑，我早已惊喜得高跳起来！方向我是素来不知道的，我只猜想莫斯科河是东西流的，但那早上又没有太阳，所以我连东西都辨不清，我很可惜不曾上雀山去，学拿破仑当年，回头望冻雪笼罩着的莫斯科，一定别有一番气概，但我那天看着的也就不坏，留着雀山下一次再去，也许还来得及。在北京的朋友们，你们也趁早多去景山或是北海饱看看我们独有的"黄瓦连云"的禁城，那也是一个大观，在现在脆性的世界上，今日不知明日事，"趁早"这句话真有道理，回头北京变了第二个圆明园，你们软心肠的再到交民巷去访着色相片，老皱着眉头说不成，那不是活该！

如其北京的体面完全是靠皇帝，莫斯科的体面大半是靠上帝。你们见过希腊教的建筑没有？在中国恐怕就只哈尔滨有。那建筑的特色是中间一个大葫芦顶，有着色的，蓝的多，但大多数是金色，四角上又是四个小葫芦顶，大小的比例很不一致，有的小得不成样，有的与中间那个不差什么。有的花饰繁复，受东罗马建筑的影响，但也有纯白石造的，上面一个巨大的金顶比如那大教堂，别有一种朴素的庄严。但最奇巧的是皇城外面那个有名的老教堂，大约是十六世纪完工的；那样子奇极了，你看了永远忘不了，像是做了最古怪的梦；基子并不大，那是俄国皇家做礼拜的地方，所以那面供奉与祈祷的位置也是逼仄的；顶一共有十个，排列的程序我不曾看清楚，各个的式样与着色都不同：有的像我们南边的十楞瓜；有的像岳传里严成方手里拿的铜锤，有的活像一只波罗蜜，竖在那里，有的像一圈火蛇，一个光头探在上面，有的像隋唐传里单二哥的兵器，叫什么枣方槊是不是？总之那一堆光怪的颜色，那一堆离奇的式样，我不但从没有见过，简直连梦里都不曾见过——谁想得到波罗蜜、枣方槊都会跑到礼拜堂顶上去的！

莫斯科像一个蜂窝，大小的教堂是他的蜂房；全城共有六百多（有说八百）的教堂，说来你也不信，纽约城里一个街角上至少有一家冰其林沙达店，莫斯科的冰其林沙达店是教堂，有的真神气，戴着真金的顶子在半空里卖弄，有的真寒伧，一两间小屋子一个烂芋头似的尖顶，挤在两间壁几层屋子的中间，气都喘不过来。据说革命以来，俄国的宗教大吃亏，这几年不但新的没法造，旧的都没法修，那波罗蜜做顶那教堂里的教士，隐约的讲些给我们听，神情怪凄惨的。这情形中国人看来真想不通，宗教会得那样有销路，仿佛祷告比吃饭还起劲，做礼拜比做面包还重要；到我们绍兴去看看——“五家三酒店，十步九茅坑”，庙也有的，在市梢头，在山顶上，到初一月半再会迟——那是何等的近人情，生活何等的有分称，东西的人生观这一比可差得太远了！

再回到那天早上，初次观光莫斯科，不曾开冻的莫斯科河上面盖着雪，一条玉带似的横在我的脚下，河面上有不少的乌鸦在那里寻食吃。莫斯科的乌鸦背上是灰色的，嘴与头颈也不像平常的那样贫相，我先看竟当是斑鸠！皇城在我的左边，默沉沉的包围着不少雄伟的工程，角上塔形的瞭望台上隐隐的有重裹的卫兵巡哨的影子，塔不高，但有一种监视的威严，颜色更是苍老，像是深赭色的火砖，他仿佛告诉你：“我们是不怕光阴，更不怕人事变迁的，拿破仑早去了，罗曼诺夫家完了，可仑斯基跑了，列宁死了，时间的流波里多添一层血影，我的墙上加深一层苍老。我是不怕老的。你们人类抵拼再流几次热血？”我的右手就是那大金顶的教寺；隔河望去竟像是一只盛开的荷花池，葫芦顶是莲花，高梗的，低梗的，浓艳的，澹素的，轩昂的，葳蕤的——就可惜阳光不肯出来，否则那满池的金莲更加亮一重光辉，多放一重异彩，恐怕西王母见了都会羡慕哩！

5月26日翡冷翠山中

九　托尔斯泰

我在京的时候，记得有一天，为东方杂志上一条新闻，和朋友们起劲的谈了半天，那新闻是列宁死后，他的太太到法庭上去起诉，被告是骨头早腐了的托尔斯泰，说他的书，是代表波淇洼的人生观，与苏维埃的精神不相容的，列宁临死的时候，叮嘱他太太一定得想法取缔他，否则苏维埃有危险，法庭的判决是列宁太太胜诉，宣告托尔斯泰的书一起毁版，现在的书全化成灰，从这灰再造纸，改印列宁的书，我们那时候大家说这消息太离奇了，也许又是美国人存心诬毁苏俄的一种宣传，但同时杜洛茨基为做了《十月革命》那书上法庭被软禁的消息又到了，又似乎不是假的，这样看来苏俄政府，什么事情都做得出，托尔斯泰那话竟许也有影子的。

我们毕竟有些“波淇洼”头脑，对于诗人文学家的迷信，总还脱不了，还有什么言论自由，行动自由，出版自由，那一套古董，也许免不了迷恋，否则为甚么单单托尔斯泰毁版的消息叫我们不安呢？我还记得那天陈通伯说笑话，他说这来你们新文学家应得格外当心了。要不然不但没饭吃，竟许有坐监牢的希望，在坐的人，大约只有郁达夫可放心些，他教人家做贼，那总可以免掉波淇洼的嫌疑了！

所以我一到莫斯科，见人就要打听托尔斯泰的消息，后来我会着了老先生的大小姐，六十岁的一位太太，顶和气的，英国话德国话都说得好，下回你们过莫斯科也可以去看看她，我们使馆李代表太太认识她，如其她还在，你们可以找她去介绍。

托尔斯泰大小姐的颧骨，最使我想起她的老太爷，此外有甚么相似的地方，我不敢说。我当然问起那新闻，但她好像并没有直接答复我，她只说现代书铺子里他的书差不多买不着了，不但托尔斯泰，就是屠格涅夫、道施妥奄夫斯基等一班作者的书都快灭迹了。我问她现在莫斯科还有甚么重要的文学家，她说全跑了，剩下的全是不相干的，我问她这几年他们一定经尝了苦难的生活，她含着眼泪说可不是，接着就讲她们姊妹，在革命期内过的日子，天天与饿死鬼做近邻，不知有多少时候晚上没有灯光点，但是她说倒是在最窘的时候，我们心地最是平安，离着死太近了也就不怕，我们往往在黑夜里在屋内或在门外围坐着，轮流念书唱歌，有时和着一起唱，唱起了劲，什么苦恼都忘了。我问她现在的情形怎样，她说现在好了，你看我不是还有两间屋子，这许多学画的学生，饿死总不至于，除非那恐怖的日子再回来，那是不敢想的了，我下星期就得到法国去，那边请我去讲演，我感谢政府已经给我出境的护照，你知道那是很不易得到的。她又讲起她的父亲的晚年，怎样老夫妻的吵闹，她那时年轻也懂不得，后来托尔斯泰单身跑了出去，死在外面，他的床还在另一处纪念馆里陈列着，到死不见家人的面！

她的外间讲台上坐着一个袒半身的男子，黑胡髭、大眼睛，有些像乔塞夫康赖特，她的学生们都在用心的临着画；一只白玉似纯净的小猫在一张桌上跳着玩，我们临走的时候，她的姑娘进来了，还只十八九岁模样，极活泼的，可是在小姑娘脸上，托尔斯泰的影子都没了。

方才听说道施妥奄夫斯基的女儿快饿死了，现在德国或是波兰，有人替她在报上告急；这样看来，托尔斯泰家的姑娘们，运气还算是好的了。

十　犹太人的怖梦

我听说俄国革命以来，就只戏剧还像样，尤其是莫斯科美术戏院（Moscow Art Theater）一群年轻人的成绩最使我渴望一见，拔垒舞（ballet dance）也还有，虽则有名的全往巴黎纽约跑了。我在西伯利亚就看报，见那星期有青鸟、汉姆雷德，与一个想不到的戏，G.K. Chesterton 的 "The man who was Thursday"，我好不高兴，心想那三天晚上可以不寂寞了，谁知道一到莫斯科，刚巧送"妈里妈虎"先生的丧，什么都看不着，就只礼拜六那晚上一个犹太戏院居然有戏，我们请了一位会说俄国话的先生做领路，赶快跳上马车听戏去。本来莫斯科有一个年代很久的有名犹太戏院，但我们那晚去的是另外一个，大约是新起的。我们一到门口，票房里没有人，一问说今晚不售门票，全院让共产党当俱乐部包了去请客，差一点门都进不去，幸亏领路那位先生会说话，进去找着了主人，说了几句好话，居然成了，为我们特添了椅座，一个钱都不曾花，犹太人会得那样破格的慷慨是不容易的，大约是受莫斯科感化的结果吧。

那晚的情景是不容易忘记的。那戏院是狭长的，戏台正背面有一个楼厢，不卖座的，幔着白幕，背后有乐队作乐，随时幕上有影子出现，说话或是唱曲，与台上的戏角对答，剧本是现代的犹太文，听来与德国话差不远。我们入座的时候，还不曾开戏，幕前站着一位先生，正在那里大声演说。再要可怖的面目是不容易寻到的。那位先生的眼眶看来像是两个无底的深潭，上面凸着青筋的前额，像是快翻下去的陡壁，他的嘴开着说话的时候是斜方形的，露出黑漠漠的一个洞府，因为他的牙齿即使还有也是看不见。他是一个活动的骷髅。但他演说的精神却不但是饱满，而且是剧烈的，像山谷里乌云似的连绵的涌上来，他大约是在讲今晚戏剧与"近代思想潮流"的关系，可惜我听不懂，只听着卡尔马克思，达司开辟朵儿，列宁，国际主义等，响亮的字眼像明星似的出现在满是乌云的天上。他嗓子已快哑了，他的愤慨还不曾完全发泄，来看戏的弟兄们可等不耐烦，这里一声嘘，那里一声嘘，满场全是嘘，骷髅先生没法再嚷，只得商量他的唇皮挂出一个解嘲的微笑，一鞠躬没了。大家拍掌叫好。

戏来了。

我应当说怖梦或是发魇开场了。因为怖梦是我们做小孩子时代的专利：墙壁里伸出一只手来，窗里钻进一个青面獠牙的鬼来，诸如此类。但今晚承犹太人的情，大家来参观一个最十全的理想的怖梦。谁要是胆子小些的，准会得凭空的喊起来。

我实在没法子描写，有人说画鬼顶容易，我有些不信，我就不会画，虽则画人我也觉得难，也许这两样没有多大分别。但戏里的意义却被我猜中了些，我究竟还有几分聪明，我只能把大意讲一些。

那戏除了莫斯科，别的地方是不会得有的，莫斯科本身就是一个怖梦制造厂，换换口味也好，老是寻甜梦做好比老吃甜菜，怪腻烦的，来几盆苦瓜苦笋爽爽口不合式？

你们说史德林堡的戏也是可怕的，不错，但今晚的怖的更透。

那戏的底子，是一个犹太诗人（叫甚么我忘了）早二十几年前做的一首不到两页的诗，他也早十年死了，新近这犹太戏院拿来编成戏，加上音乐，在莫斯科开演。

不消说满台全是鬼，鬼不定可怖，有时鬼还比人可亲些，但今晚的鬼是特选的。我都有些受不住，回头你们听了，就有趣。

这戏的意思（我想）大致是象征现代的生活，台上布景，正中挂着一只多可怖的大手，铁青色的筋骨全暴在皮外，狰狞的在半空里宕着；这手想是象征命运，或是象征资产阶级的压迫，在这铁手势力的底下现代生活的怖梦风车似的转着。

戏里有两个主要的动因（Motif）：一是生命，一是死。但生命是已经迷失了路径的，仿佛在暗沉沉山谷里寻路，同时死的声音从墓窟的底里喊上来，嘲弄他，戏弄他，悲怜他，引诱他。

为什么生命走入了迷路，因为上面有资本阶级的压迫。为什么死的鬼灵敢这样大胆的引诱，因为生命前途没有光亮，它的自然的趋向是永久的坟墓。

布景是一个市场，左右旁侧都有通道，上去有桥，下去有窖，那都是鬼群出入的孔道，配色，电光，布置，动作，唱，——都跟着一个条理走，——叫你看的人害怕。最先出场我记得是四五个褴褛的小孩，叫着冷，嚷着饿，回头鬼来伴着他们玩，——玩鬼把戏。他们的老子娘是做工人，资本家的牛马，身上的脂肪全叫他们吸了去，一天瘦似一天，生下来的子女更是遭罪来的，没衣穿，没饭吃，尤其是没玩具玩，只得寻鬼做伴去。

来了两个工人：一个是打铁的；一个是做木工的。打铁的觉悟了，提起他的铁椎子，袒开了胸膛，赌气寻万恶的资本家算账去。生命的声音鼓励着他，怂恿他去革命，死的声音应和着他。做木工的还不曾觉悟，在他奴隶的生活中消耗他的时光，生命的声音对着他哭泣，死的声音嘲弄他的冥顽。

又来了一男一女，男的是一个醉汉，不知是酒喝醉还是苦恼的生活迷醉的；女的是一个卖淫的，她卖的不是她自己的皮肉，是人道的廉耻，她糟蹋的不是她自己的身体，是人类的圣洁。

又来了一强盗，一个快生产的女子；强盗是叫他的生活逼到杀人，法律又来逼着他往死路走；女子是受骗的，现在她肚子里的小冤鬼逼着叫她放弃生命，因为在这“讲廉耻的社会”里再没有她的地位。

这一群人，还有许多同样的，都跑到生命的陡壁前，望着时间无底的潭壑跳；生命的声音哭丧的唱他的哀词，死的声音在坟墓的底里和着他的歌声——那时间的欲壑有填满的时候吗？

再下去更不得了了！地皮翻过身来，坟里墓底的尸体全竖了起来，排成行列，围成圆圈，往前进，向后退，死的神灵狂喜的跳着，尸体们也跟着跳——死的跳舞。

他们行动了，在空虚无际的道上走着，各样奇丑的尸体：全烂的，半烂的，疮毒死的，饿死的，冻死的，瘦死的，劳力死的，投水死的，生产死的（抱着她不足月的小尸体），淫乱死的，吊死的，煤矿里闷死的，机器上轧死的，老的，小的，中年的，男的，女的，拐着走的，跳着走的，爬着的，单脚窜的，他们一齐跳着，跟着音乐跳舞，旋绕的迎赛着，叫着，唱着，哭着，笑着——死的精灵欣欣的在前面引路，生的影子跟在后背送行，光也灭了，坟墓的光，运命的光，死的青光也全灭了——那大群色彩斑斓的尸体在黑暗的黑暗中舞着唱着，……死的胜利（？）

够了！怖梦也有醒的时候，再要做下去，我就受不住。

犹太朋友们做怖梦的本领可真不小，那晚台上的鬼与尸体至少有好几十，五十以上，但各个有各个的特色，形状与彩色的配置各各不同。不问戏成不成，怖梦总做成了，那也不易。但那晚台上固然异常的热闹——鬼跳鬼脸鬼叫鬼笑，什么都有。台下的情形，在我看来至少有同样的趣味。司蒂文孙如其有机会来，他一定单写台下，不写台上的。你们记得今晚是共产党俱乐部全包请客，这戏院是犹太戏院，我们可因此断定看客里大约十九是犹太人，并且是共产党员。你们不是这几年来各人脑筋里都有一个鲍尔雪微克或是过激派的小影，英美各国报纸上的讽刺画与他们报的消息或造的谣言都是造成那印象的资料。我敢说我们想象中标类的鲍尔雪微克至少有下列几种成分——杀猪屠，刽子手，长毛，黑旋风李逵，吃人的野人或猩猩，谋财害命的强盗；黑脸，蓬头，红眼睛，大胡子，长毛的大手，腰里挂一只放人头的口袋……

所以我那晚特别的留意，心想今晚才可以“饱瞻丰采畅慰生平”了！初起是失望，因为在那群“山魈后人”的脸上一些也看不出他们祖上的异相：拉打胡子，红的眉毛，绿的眼。影子都没有！我坐在他们中间，只是觉着不安，不一定背上有刺，或是孟子说的穿了朝衣朝冠去坐在涂炭上，但总是不舒服，好像在这里不应得有我的位置似的。我定了一定神。第一件事应得登记的，是鼻子里的异味。俄国人的异味我是领教过的，最是在 Irkutsk 的车站里，我上一次通讯讲起过，但那是西伯利亚，他们身上的皮革，屋子里的煤气潮气，外加烧东西的气味，造成一种最辛辣最沉闷的怪臭；今晚的不同，静的多，虽则已经够浓，这里面有土白古，有 Vodka，有热气的熏蒸。但主味还是人气，虽则我不敢断定是斯拉夫，是莫斯科或是希伯来的雅味。第二件事叫我注意的是他们的服装。平常洗了手吃饭，换好衣服看戏，是不论东西的通例，在英国工人们上戏院也得换上一个领结，肩膀上去些灰渍，今晚可不同了，康姆赖特们打破习俗的精神是可佩服的：因为不但一件整齐的褂子不容易看见，简直连一个像样的结子都难得，你竟可以疑心他们晚上就那样子溜进被窝里去，早上也就那样子钻出被窝来；大半是戴着便帽或黑呢帽——歪戴的多；再看脱了帽的那几位，你一定疑问莫斯科的铺子是不备梳子的了，剃头匠有没有也是问题，女同志们当然一致的名士派。解放到这样程度才真有意思，但他们头上的红巾终究是一点喜色。但最有趣的是他们面上的表情，第一你们没到过俄国来的趁早取消你们脑筋里鲍尔雪微克的小影，至少得大大的修正。因为他们，就今晚在场看的，虽则完全脱离了波淇洼的体面主义，虽则一致拒绝安全剃刀的引诱，虽则衣着上是十三分的落拓，但他们的面貌还是官正的多，他们的神情还是和蔼的多，他们的态度也比北京捧角园或南欧戏院里看客们文雅得多（他们虽则嘘跑了那位热心的骷髅先生，那本来是诚实而且公道，他们看戏时却再也不露一些焦躁）。那晚大概是带“恳亲”的意思，所以年纪大些的也很多；我方才说有趣是为想起了他们。你们在电影的滑稽片里，不是常看到东伦敦或是东纽约戏院子里的一群看客吗？那晚他们全来了：胡子挂得老长的，手里拿着红布手巾不住擦眼的，鼻子上开玫瑰花的，嘴边溜着白涎的，驼背的，拐脚的，牙齿全没了下巴往上掬的，秃顶的，祖眼的，形形色色，什么都来了。可惜我没有司蒂文孙的雅趣，否则我真不该老是仰起头跟着戏台上做怖梦，我正应得私下拿着纸笔，替我前后左右的邻居们写生，结果一定比看鬼把戏有趣而且有味。

十一　契诃夫的墓园

诗人们在这喧哗的市街上不能不感寂寞；因此“伤时”是他们怨愫的发泄，“吊古”是他们柔情的寄托。但“伤时”是感情直接的反动：子规的清啼容易转成夜枭的急调，吊古却是情绪自然的流露，想象已往的韶光，慰藉心灵的幽独。在墓墟间，在晚风中，在山一边，在水一角，慕古人情，怀旧光华；像是朵朵出岫的白云，轻沾斜阳的彩色，冉冉的卷，款款的舒，风动时动，风止时止。

吊古便不得不憬悟光阴的实在；随你想象它是汹涌的洪潮，想象它是缓渐的流水，想象它是倒悬的急湍，想象它是无足迹的尾闾，只要你见到它那水花里隐现着的骸骨，你就认识它那无顾恋的冷酷，它那无限量的破坏的馋欲：桑田变沧海，红粉变骷髅，青梗变枯柴，帝国变迷梦。梦变烟，火变灰，石变砂，玫瑰变泥，一切的纷争消纳在无声的墓窟里……那时间人的来踪与去迹，它那色调与波纹，便如夕照晚霞中的山岭融成了青紫一片，是丘是壑，是林是谷，不再分明。但它那大体的轮廓却亭亭的刻画在天边，给你一个最清切的辨认。这一辨认就相联的唤起了疑问：人生究竟是什么？你得加下你的按语，你得表示你的“观”。陶渊明说大家在这一条水里浮沉，总有一天浸没在里面，让我今天趁南山风色好，多种一棵菊花，多喝一杯甜酿；李太白、苏东坡、陆放翁都回响说不错，我们的“观”就在这酒杯里。古诗十九首说这一生一扯即过，不过也得过，想长生的是傻子，抓住这现在的现在尽量的享福寻快乐是真的——“不如饮美酒，被服纨与素”，曹子建望着火烧了的洛阳，免不得动感情，他对着渺渺的人生也是绝望——转蓬离本根，飘飘随长风，何意回飙举，吹我入云中，高高上无极，天路安可穷。光阴“悠悠”的神秘警觉了陈元龙：人们在世上都是无俦伴的独客，各个，在他觉悟时都是寂寞的灵魂；庄子也没奈何这悠悠的光阴，他借重一个调侃的骷髅，设想另一个宇宙，那边生的进行不再受时间的限制。

所以吊古——尤其是上坟——是中国文人的一个癖好。这癖好想是遗传的；因为就我自己说，不仅每到一处地方爱去郊外冷落处寻墓园消遣，那坟墓的意象竟仿佛在我每一个思想的后背音阑着——单这馒形的一块黄土在我就有无穷的意趣——更无须蔓草、凉风、白杨、青磷等等的附带。坟的意象与死的概念当然不能差离多远，但在我坟与死的关系却并不密切：死仿佛有附着或有实质的一个现象，坟墓只是一个美丽的虚无，在这静定的意境里，光阴仿佛止息了波动，你自己的思感收敛了震悸，那时你的性灵便可感到最纯净的慰安，你再不要什么。还有一个原因为什么我不爱想死，是为死的对象就是最恼人不过的生，死只是中止生，不是解决生，更不是消灭生，只是增剧生的复杂，并不清理它的纠纷。坟的意象却不暗示你什么对举或比称的实体，它没有远亲，也没有近邻，它只是它，包涵一切，覆盖一切，调融一切的一个美的虚无。

我这次到欧洲来倒像是专做清明来的；我不仅上知名的或与我有关系的坟（在莫斯科上契诃夫、克鲁泡德金的坟，在柏林上我自己儿子的坟，在枫丹薄罗上曼殊斐儿的坟，在巴黎上茶花女、哈哀内的坟；上菩特莱“恶之花”的坟；上凡尔泰、卢骚、嚣俄的坟；在罗马上雪莱、基茨的坟；在翡冷翠上勃郎宁太太的坟，上密仡郎其罗、梅迪启家的坟；日内到 Ravenna 去还得上丹德的坟，到 Assisi 上法兰西士的坟，到 Mautua 上浮吉尔 Virgil 的坟），我每过不知名的墓园也往往进去留连，那时情绪不定是伤悲，不定是感触，有风听风，在块块的墓碑间且自徘徊，待斜阳淡了再计较回家。

你们下回到莫斯科去，不要贪看列宁，那无非是一个像活的死人放着做广告的（口孽罪过！）反而忘却一个真值得去的好所在——那是在雀山山脚下的一座有名的墓园，原先是贵族埋葬的地方，但契诃夫的三代与克鲁泡德金也在里面，我在莫斯科三天，过得异常的昏闷，但那一个向晚，在那噤寂的寺园里，不见了莫斯科的红尘，脱离了犹太人的怖梦，从容的怀古，默默的寻思，在他人许有更大的幸福，在我已经知足。那庵名像是 Mones—tiere Vinozositoh（可译作圣贞庵），但不敢说是对的，好在容易问得。

我最不能忘情的坟山是日中神户山上专葬僧尼那地方，一因它是依山筑道，林荫花草是天然的，二因两侧引泉，有不绝的水声，三因地位高亢，望见海湾与对岸山岛，我最不喜欢的是巴黎 Montmartre 的那个墓园，虽则有茶花女的芳邻我还是不愿意，因为它四周是市街，驾空又是一架走电车的大桥，什么清宁的意致都叫那些机轮轧成了断片，我是立定主意不去的；罗马雪莱、基茨的坟场也算是不错，但这留着以后再讲；莫斯科的圣贞庵，是应得赞美的，但躺到那边去的机会似乎不多！

那圣贞庵本身是白石的，葫芦顶是金的，旁边有一个极美的钟塔，红色的，方的，异常的鲜艳，远望这三色——白、金、红——的配置，极有风趣；墓碑与坟亭密密的在这塔影下散布着，我去的那天正当傍晚，地下的雪一半化了水，不穿胶皮套鞋是不能走的；电车直到庵前，后背望去森森的林山便是拿破仑退兵时曾经回望的雀山，庵门内的空气先就不同，常青的树荫间，雪铺的地里，悄悄的屏息着各式的墓碑：青石的平台，镂像的长碣；嵌金的塔，中空的享亭，有高踞的，有低伏的，有雕饰繁复的，有平易的：但他们表示的意思却只是极简单的一个，古诗说的："下有陈死人，杳杳即长暮，潜寐黄泉下，千载永不寤。"

我们向前走不久便发现了一个颇堪惊心的事实：有不少极庄严的碑碣倒在地上，有好几处坚致的石阑与铁阑打毁了的；你们记得在这里埋着的贵族居多，近几年来风水转了，贵族最吃苦，幸而不毁，也不免亡命，阶级的怨毒在这墓园里都留下了痕迹——楚平王死得快还是逃不了尸体受刑——虽则有标记与无标记，有祭扫与无祭扫，究竟关不关这底下陈死人的痛痒，还是不可知的一件事。但对于虚荣心重实的活人，这类示威的手段却是一个警告。

我们摸索了半天，不曾寻着契诃夫；我的朋友上那边问去了，我在一个转角站等着，那时候忽的眼前一亮（那天本是阴沉），夕阳也不知从哪边过来，正照着金顶与红塔，打成一片不可信的辉煌；你们没见过大金顶的不易想象它回光的力量，平常玻窗上的反光已够你耀眼的，何况偌大一个纯金的圆穹，我不由得不感谢那建筑家的高见，我看了西游记封神传渴慕的金光神霞，到这里见着了！更有那秀挺的绯红的高塔也在这俄顷间变成了粲花摇曳的长虹，仿佛脱离了地面，将次凌空飞去。

契诃夫的墓上（他父亲与他并肩）只是一块瓷青色的碑，刻着他的名字与生死的年份，有铁栏围着，栏内半化的雪里有几瓣小青叶，旁边树上掉下去的，在那里微微的转动。

我独自倚着铁栏，沉思契诃夫今天要是在着他不知怎样；他是最爱"幽默"，自己也是最有谐趣的一位先生。他的太太告诉我们他临死的时候还要她讲笑话给他听；有幽默的人是不易做感情的奴隶的，但今天俄国的情形，今天世界的情形，他要是看了还能笑否，还能拿着他的灵活的笔继续写他灵活的小说否？……我正想着，一阵异样的声浪从园的那一角传过来打断了我的盘算，那声音在中国是听惯了的，但到欧洲是不提防的；我转过去看时有一位黑衣的太太站在一个坟前，她旁边一个服装古怪的牧师（像我们的游方和尚）高声念着经咒，在晚色团聚时，在森森的墓门间，听着那异样的音调（语尾曼长向上曳作顿），你知道那怪调是念给墓中人听的，这一想毛发间就起了作用，仿佛底下的一大群全爬了上来在你的周围站着倾听似的，同时钟声响动。那边庵门开了，门前亮着一星的油灯，里面出来成行列的尼僧，向另一屋子走去，一体的黑衣黑兜，悄悄的在雪地里走去……

克鲁泡德金的坟在后园，只一块扁平的白石，指示这伟大灵魂遗蜕的歇处，看着颇觉凄惘。关门铃已摇过，我们又得回红尘去了。

十二 “一宿有话”
——真正老牌“迦门”

那晚上车我的手提包里有烟、有糖、有橘子蜜酒。

睡车每间两个床位，我的是上铺，他在下面。

你是日本人?

不。

中国人?

是的。

你喝威司克?唉欧!(他意思是沙达水，不是威司克。)

不，多谢，抽烟。

你到巴黎去长住?

不。

我当过军官——在德皇御队里的。

是的，那你打仗了?

从头到底——我一共打了七十二仗。

大英雄!你对敌是谁——是英是法?

全打过。

你杀死了多少人?

二千法国人，一千英国人。

谁会打些?

英国人；法国人不成。

为什么?

喝的太多。女人太多。

所以你杀了他们，还是看不起他们。法国女人呢?你们一定多的是机会。

喔要多少?她们可不干净你知道，洗得不够你知道。

司墨漆希。哈哈。

她们可长得好看不是?不比贵国人差对不对?

喔好看是有的，可没有用。她们不行，没有好身体，有病的你知道，不成。

你打了那么多仗，没有受伤?

喏你看!(他脱了褂子，剥开里衣，露出一个奇形的肩膀，骨骼像是全断了，凹下一个大坑，皮扭扭皱皱怪难看的。）

现在没有事了。

啊，你试试。（他伸出手臂，叫我摸他铁打似的栗子筋。）我是一个打拳的。

你怎么受伤的？

开花弹炸破的，我在这儿站着，弹子炸了，正当着我面，我赶快旋转身这里着了。

你倒了没有？

一点也不倒。

那你得进医院？

是的，在医院住五个星期，又回家去五个星期。那是十七年的年底。下年正月我又回前敌去打，又弄死了不少法国人。

你是步队？

是的，步队；我专打“汤克”（tank）。

怎么打法？——汤克不是可怕的吗？

先打他的正面，再打旁边，打中就破了——我带了十三个大的。

你打了美国兵没有？

没有，我打法国黑兵，顶没有用，比小鸡还容易捉。

要抽烟，请。你现在做什么事？

做生意——衣服生意，你看我身上穿的就是我自己店里的。

你还愿意打仗吗？

当然！十年内你看着，德国打败英国法国。

怎么打法？

俄国人会得帮我们。他们先拿波兰，法国人的左腿就破了。

啊那你少不了中国人帮忙！

不错不错，日耳曼，俄罗斯，支那联成一起，全世界翻身，法国“卡波脱”（破），日本卡波脱，美国卡波脱，英国更不用提了。

你也不爱日本？

不，日本人不成，他们自己没有文化，有文化就是支那，德意志，日本人是猴子。

喝蜜酒吧，请，祝福我们将来联合的胜利！再来一杯。……

你有家了没有？

你问我有老婆？没有没有。有了家没有自由，我做生意，今天到这里，明天到那里，有了家就……（他想不出字）

Handicapped?

啊不错，Handicapped! 你看我的身体多好！你有刀吗？

（他低了头去到表链上去解小刀，我看着他光秃的头顶，有三个大疤，像老寿星的头，我忍不住笑了。）

你笑什么？

我笑法国人，（这时候他已经把小刀剥开，拿着刀尖叫我摸它的锋利，我莫名其妙。）刀尖快不快？

快。

你看。（他伸出他的右腿，屏着气，手拿着刀，尖头向下，提得高高的，撒手，刀尖着股，咄的一声，弹下了地去，像是碰着一块有弹性的金属，再来一次）

了不得。不得了！（他得意笑了，头皮发亮）好汉！所以你不爱女色？

喔有时候。女人多的是，我们付钱，她们爱——哈哈，可是打仗顶好玩，比女人还有趣。

我信，所以你只盼望再打？你的政党是德意志国民党？

当然，你看这三色的党徽。

你看这次选举谁有希望？

胜利一定是我们——兴登堡将军顶好。

你崇拜他？

一百分。

好，我们再喝酒，祝你们政党的胜利！

昨晚柏林有好戏你看了没有？（他问）

Oscar Wilde？那是第一晚，我嫌贵没有去，你去了？

去了。

做得好？

不错，槐尔德——的事情你信不信？

许有的，他就好奇。

好奇？我看是人的天性。你们中国有没有？

变例自然到处有，德国怎么样？

时行得很，没有什么希奇，学校里，军队里，柏林有俱乐部，你知道吗？

不知道，所以你们竟不以为奇？

一点也不，你到 München 去住几时就知道了。

吒，你们德国人真是伟大的民族！时候不早了，休息吗，夜安。

夜安。

（这是我从柏林到巴黎那晚车上我自以为有趣的谈话，当晚我说过夜安上床去在枕上就记下一些……英文，……今天无意中检看，觉得还是有趣，所以翻了出来。但你们却不要误会以为德国全是这样的，蠢，粗，忍，变性的，虽则像他同样脑筋的一定不少，要不然兴登堡将军哪里会有机会，我在这里又碰到一个德国人，他是我的好友，与那位先生刚巧相反。他也是打了四年的仗，但他恨极了打仗……他是一个深思，勤学，爱和平，有见地，敦厚，可亲的一个少年。只可惜一个人教育入了骨髓，思想有了分寸，他的外表的趣味就淡。你替他写就不易，不比那位先生开口见喉咙，粗极，却也趣极，你想拿刀尖来扎大腿的那类手势，在文明社会里，是否不可多得？）

十三　血
——谒列宁遗体回想

到莫斯科的人大概没有一个不去瞻仰列宁的“金刚不烂”身的。我们那天在雪冰里足足站了半点多钟（真对不起使馆里那位屠太太，她为引导我们鞋袜都湿一个净透），才挨着一个入场的机会。

进门朝北壁上挂着一架软木做展平的地球模型；从北极到南极，从东极到西极（姑且这么说），一体是血色，旁边一把血染的镰刀，一个血染的锤子。那样大胆的空前的预言，摩西见了都许会失色，何况我们不经吓的凡胎俗骨。

我不敢批评苏维埃的共产制，我不配，我配也不来，笔头上批评只是一半骗人，一半自骗。早几年我胆子大得多，罗素批评了苏维埃，我批评了罗素，话怎么说法，记不得了，也不关紧要，我只记得罗素说：“我到俄国去的时候是一个共产党，但……”意思说是他一到俄国，就取消了他红色的信仰。我先前挖苦了他。这回我自己也到那空气里去呼吸了几天，我没有取消信仰的必要，因我从不曾有过信仰，共产或不共产。但我的确比先前明白了些，为什么罗素不能不向后转。怕我自己的脾胃多少也不免带些旧气息，老家里还有几件东西总觉得有些舍不得——例如个人的自由，也许等到我有信仰的日子就舍得也难说，但那日子似乎不很近。我不但旧，并且还有我的迷信；有时候我简直是一个宿命论者——例如我觉得这世界的罪孽实在太深了，枝节的改变，是要不到的，人们不根本悔悟的时候，不免遭大劫，但执行大劫的使者，不是安琪儿，也不是魔鬼，还是人类自己。莫斯科就仿佛负有那样的使命。他们相信天堂是有的，可以实现的，但在现世界与那天堂的中间隔着一座海，一座血污海。人类泅得过这血海，才能登彼岸，他们决定先实现那血海。

再说认真一点，比如先前有人说中国有过激趋向，我再也不信，种瓜栽树也得辨土性，不是随便可以乱扦的。现在我消极的把握都没有了。“怨毒”已经弥漫在空中，进了血管，长出来时是小疽是大痈说不定，开刀总躲不了，淤着的一大包脓，总得有个出路。别国我不敢说，我最亲爱的母国，其实是堕落得太不成话了；血液里有毒，细胞里有菌，性灵里有最不堪的污秽，皮肤上有麻风。血污池里洗澡或许是一个对症的治法，我究竟不是医生，不敢妄断。同时我对我们一部分真有血性的青年们也忍不住有几句话说。我决不怪你们信服共产主义，我相信只有骨里有髓管里有血的人才肯牺牲一切，为一主义做事；只要十个青年里七个或是六个都像你们，我们民族的前途不至这样的黑暗。但同时我要对你们说一句话，你们不要生气：你们口里说的话大部分是借来的，你们不一定明白，你们说话背后，真正的意思是什么，还有，照你们的理想，我们应得准备的代价，你们也不一定计算过或是认清楚；血海的滋味，换一句话说，我们终久还不曾大规模的尝过。叫政府逮捕下狱，或是与巡警对打折了半只臂膀，那固然是英雄气概的一斑，但更痛快更响亮的事业多着，——耶稣对他的妈（她走了远道去寻他）说："妇人，去你的！""你们要跟从我。"耶稣对他的门徒说："就得像渔夫抛弃他的网，儿子抛弃他的父母，丈夫抛弃他的妻儿。"又有人问他我的老子才死，你让我埋了他再来跟你，还是丢了尸首不管专来跟你，耶稣说，让死人埋死人去。不要笑我背圣经，我知道你们不相信的，我也不相信，但这几段话是引称，是比况，我想你们懂得，就是说，照你现在的办法做下去时，你们不久就会觉得你们不知怎的叫人家放在老虎背上去，那时候下来的好，还是不下来的好？你们现在理论时代，下笔做文章时代，事情究竟好办，话不圆也得说他圆来，方的就把四个角剪了去不就圆了，回头你自己也忘了角是你剪的，只以为原来就圆的，那我懂得。比如说到了那一天有人拿一把火种一把快刀交在你的手里，叫你到你自己的村庄你的家族里去见房子放火，见人动刀——你干不干？话说不可怕一点，假如有那一天你想看某作者的书，算是托尔斯泰的，可是有人告诉你不但他的书再也买不到，你有了书也是再也不能看的——你的感想怎样？我们在中国别的事情不说，比较的个人自由我看来是比别国强的多，有时简直太自由了，我们随便骂人，随便谣言，随便说谎，也没人干涉，除了我们自己的良心，那也是不很肯管闲事的。假如这部分里的个人自由有一天叫无形的国家权威取缔到零度以下，你的感想又怎样？你当然打算想做那时代表国家权威的人，但万一轮不到你又怎样？

莫斯科是似乎做定了命运的代理人，只要世界上，不论哪一处，多翻一阵血浪，他们便自以为离他们的理想近一步，你站在他们的地位看出来，这并不背谬，十分的合理。

但就这一点（我搔着我的头发），我说有考虑的必要。我们要救度自己，也许不免流血；但为什么我们不能发明一个新鲜的流法，既然血是我们自己的血，为什么我们就这样的贫，理想是得向人家借的，方法又得向人家借的？不错，他们不说莫斯科，他们口口声声说国际，因此他们的就是我们的。那是骗人，我说：讲和平，讲人道主义，许可以加上国际的字样，那也待考，至于杀人流血有什么国际？你们要是躲懒，不去自己发明流自己的血的方法，却只贪图现成，听人家的话，我说你们就不配，你们辜负你们骨里的髓，辜负你们管里的血！

英国有一个麦克唐诺尔德便是一个不躲懒的榜样，你们去查考查考他的言论与行事。意大利有一个莫索利尼是另一种榜样，虽则法西士的主义你们与我都不一定佩服，他那不躲懒是一个实在。

俄国的橘子卖七毛五一只，为什么？国内收下来的重税，大半得运到外国去津贴宣传，因此生活程度便不免过分的提高，他们国内在饿殍的边沿上走路的百姓们正多着哩！我听了那话觉着伤心；我只盼望我们中国人还不至于去领他们的津贴，叫他们国内人民多挨一分饿！

我不是主张国家主义的人，但讲到革命，便不得不讲国家主义，为什么自己革命自己作不了军师，还得运外国主意来筹划流血？那也是一种可耻的堕落。

革英国命的是克郎威尔；革法国命的是卢骚、丹当、罗佩士披亚、罗兰夫人；革意大利命的是马志尼、加利包尔提；革俄国命的是列宁——你们要记着。假如革中国命的是孙中山，你们要小心了，不要让外国来的野鬼钻进了中山先生的棺材里去！

徐志摩

翡冷翠山中 1925 年 5 月 29 日

天目山中笔记

佛于大众中　说我当作佛
闻如是法音　疑悔悉已除
初闻佛所说　心中大惊疑
将非魔作佛　恼乱我心耶
——莲花经譬喻品

山中不定是清静。庙宇在参天的大木中间藏着，早晚间有的是风，松有松声，竹有竹韵，鸣的禽，叫的虫子，阁上的大钟，殿上的木鱼，庙身的左边右边都安着接泉水的粗毛竹管，这就是天然的笙箫，时缓时急的参和着天空地上种种的鸣籁。静是不静的；但山中的声响，不论是泥土里的蚯蚓叫或是轿夫们深夜里“唱宝”的异调，自有一种各别处：它来得纯粹，来得清亮，来得透澈，冰水似的沁入你的脾肺；正如你在泉水里洗濯过后觉得清白些，这些山籁，虽则一样是音响，也分明有洗净的功能。

夜间这些清籁摇着你入梦，清早你也从这些清籁的怀抱中苏醒。

山居是福，山上有楼住更是修得来的。我们的楼窗开处是一片蓊葱的林海；林海外更有云海！日的光，月的光，星的光：全是你的。从这三尺方的窗户你接受自然的变幻；从这三尺方的窗户你散放你情感的变幻。自在；满足。

今早梦回时睁眼见满帐的霞光。鸟雀们在赞美；我也加入一份。它们的是清越的歌唱，我的是潜深一度的沉默。

钟楼中飞下一声洪钟，空山在音波的磅礴中震荡，这一声钟激起了我的思潮。不，潮字太夸，说思流罢。耶教人说阿门，印度教人说“欧姆”“O——m”，与这钟声的嗡嗡，同是从撮口外摄到合口内包的一个无限的波动：分明是外扩，却又是内潜；一切在它的周缘，却又在它的中心；同时是皮又是核，是轴亦复是廓。这伟大奥妙的“Om”使人感到动，又感到静；从静中见动，又从动中见静。从安住到飞翔，又从飞翔回复安住；从实在境界超入妙空，又从妙空化生实在：——

“闻佛柔软音，深远甚微妙。”

多奇异的力量！多奥妙的启示！包容一切冲突性的现象，扩大刹那间的视域，这单纯的音响，于我是一种智灵的洗净。花开，花落，天外的流星与田畦间的飞萤，上绾云天的青松，下临绝海的巉岩，男女的爱，珠宝的光，火山的溶液：一婴儿在它的摇篮中安眠。

这山上的钟声是昼夜不间歇的，平均五分钟时一次，打钟的和尚独自在钟头上住着，据说他已经不间歇的打了十一年钟，他的愿心是打到他不能动弹的那天。钟楼上供着菩萨，打钟人在大钟的一边安着他的“座”，他每晚是坐着安神的，一只手挽着钟槌的一头，从长期的习惯，不叫睡眠耽误他的职司。“这和尚，”我自忖，“一定是有道理的！和尚是没道理的多：方才那知客僧想把七窍蒙充六根，怎么算总多了一个鼻孔或是耳孔；那方丈师的谈吐里不少某督军与某省长的点缀；那管半山亭的和尚更是贪嗔的化身，无端摔破了两个无辜的茶碗。但这打钟和尚，他一定不是庸流不能不去看看！”他的年岁在五十开外，出家有二十几年，这钟楼，不错，是他管的，这钟是他打的（说着他就过去撞了一下），他每晚，也不错，是坐着安神的，但此外，可怜，我的俗眼竟看不出什么异样。他拂拭着神龛，神坐，拜垫，换上香烛，掇一盂水，洗一把青菜，捻一把米，擦干了手接受香客的布施，又转身去撞一声钟。他脸上看不出修行的清癯，却没有失眠的倦态，倒是满满的不时有笑容的展露。念什么经？不，就念阿弥陀佛，他竟许是不认识字的。“那一带是什么山，叫什么，和尚？”“这里是天目山，”他说。“我知道，我说的是那一带的，”我手点着问。“我不知道。”他回答。

山上另有一个和尚，他住在更上去昭明太子读书台的旧址，盖着几间屋，供着佛像，也归庙管的，叫作茅棚。但这不比得普渡山上的真茅棚，那看了怕人的，坐着或是偎着修行的和尚没一个不是鹄形鸠面，鬼似的东西。他们不开口的多，你爱布施什么就放在他跟前的篓子或是盘子里，他们怎么也不睁眼，不出声，随你给的是金条或是铁条。人说得更奇了。有的半年没有吃过东西，不曾挪过窝，可还是没有死，就这冥冥的坐着。他们大约离成佛不远了，单看他们的脸色，就比石片泥土不差什么，一样这黑刺刺，死僵僵的。“内中有几个，”香客们说，“已经成了活佛，我们的祖母早三十年来就看见他们这样坐着的！”

但天目山的茅棚以及茅棚里的和尚，却没有那样的浪漫出奇。茅棚是尽够蔽风雨的屋子，修道的也是活鲜鲜的人，虽则他并不因此减却他给我们的趣味。他是一个高身材，黑面目，行动迟缓的中年人；他出家将近十年，三年前坐过禅关，现在这山上茅棚里来修行；他在俗家时是个商人，家中有父母兄弟姊妹，也许还有自身的妻子；他不曾明说他中年出家的缘由，他只说“俗业太重了，还是出家从佛的好”，但从他沉着的语音与持重的神态中可以觉出他不仅是曾经在人事上受过磨折，并且是在思想上能分清黑白的人。他的口，他的眼，都泄漏着他内心强自抑制，魔与佛交斗的痕迹；说他是放过火杀过人的忏悔者，可信；说他是个回头的浪子，也可信。他不比那钟楼上人的不着颜色，不露曲折：他分明是色的世界里逃来的一个囚犯。三年的禅关，三年的草棚，还不曾压倒，不曾灭净，他肉身的烈火。“俗业太重了，不如出家从佛的好。”这话里岂不颤栗着一往忏悔的深心？我觉着好奇，我怎么能得知他深夜趺坐时意念的究竟？

佛于大众中　说我当作佛
闻如是法音　疑悔悉已除
初闻佛所说　心中大惊疑
将非魔作佛　恼乱我心耶

但这也许看太奥了。我们承受西洋人生观洗礼的，容易把做人看太积极，人世的要求太猛烈，太不肯退让，把住这热虎虎的一个身子一个心放进生活的轧床去，不叫他留存半点汁水回去；非到山穷水尽的时候，决不肯认输，退后，收下旗帜；并且即使承认了绝望的表示，他往往直接向生存本体的取决，不来半不阑珊的收回了步子向后退；宁可自杀，干脆的生命的断绝，不来出家，那是生命的否认。不错，西洋人也有出家做和尚做尼姑的，例如亚佩腊与爱洛绮丝，但在他们是情感方面的转变，原来对人的爱移作对上帝的爱，这知感的自体与它的活动依旧不含糊的在着；在东方人，这出家是求情感的消灭，皈依佛法或道法，目的在自我一切痕迹的解脱。再说，这出家或出世的观念的老家，是印度不是中国，是跟着佛教来的；印度可以会发生这类思想，学者们自有种种哲理上乃至物理上的解释，也尽有趣味的。中国何以容留这类思想，并且在实际上出家做尼僧的今天不比以前少（我新近的一个朋友差一点做了小和尚）！这问题正值得研究，因为这分明不仅仅是个知识乃至意识的深浅问题，也许这情形尽有极有趣的解释的可能，我见闻浅，不知道我们的学者怎样想法，我愿意领教。

1926 年 8 月

印度洋上的秋思

昨夜中秋。黄昏时西天挂下一大帘的云母屏，掩住了落日的光潮，将海天一体化成暗蓝色，寂静得如黑衣尼在圣座前默祷。过了一刻，即听得船梢布篷上窸窸窣窣啜泣起来，低压的云夹着迷蒙雨色，将海线逼得像湖一般窄，沿边的黑影，也辨认不出是山是云，但涕泪的痕迹，却满布在空中水上。

又是一番秋意！那雨声在急骤之中，有零落萧疏的况味，连着阴沉的气氲，只是在我灵魂的耳畔私语道："秋！"我原来无欢的心境，抵御不住那样温婉的浸润，也就开放了春夏间所积受的秋思，和此时外来的怨艾构合，产出一个弱的婴儿——"愁"。

天色早已沉黑，雨也已休止。但方才啜泣的云，还疏松地幕在天空，只露着些惨白的微光，预告明月已经装束齐整，专等开幕。同时船烟正在莽莽苍苍地吞吐，筑成一座蟒鳞的长桥，直联及西天尽处，和轮船泛出的一流翠波白沫，上下对照，留恋西来的踪迹。

北天云幕豁处，一颗鲜翠的明星，喜孜孜地先来问探消息，像新嫁娘的侍婢，也穿扮得遍体光艳，但新娘依然姗姗未出。

我小的时候，每于中秋夜，呆坐在楼窗外等看"月华"。若然天上有云雾缭绕，我就替"亮晶晶的月亮"担忧。若然见了鱼鳞似的云彩，我的小心就欣欣怡悦，默祷着月儿快些开花，因为我常听人说只要有"瓦楞"云，就有月华；但在月光放彩以前，我母亲早已逼我去上床，所以月华只是我脑筋里一个不曾实现的想象，直到如今。

现在天上砌满了瓦楞云彩，霎时间引起了我早年许多有趣的记忆——但我的纯洁的童心，如今哪里去了！

月光有一种神秘的引力。她能使海波咆哮，她能使悲绪生潮。月下的喟息可以结聚成山，月下的情泪可以培畴百亩的畹兰，千茎的紫琳耿。我疑悲哀是人类先天的遗传，否则，何以我们儿年不知悲感的时期，有时对着一泻的清辉，也往往凄心滴泪呢？

但我今夜却不曾流泪。不是无泪可滴，也不是文明教育将我最纯洁的本能锄净，却为是感觉了神圣的悲哀，将我理解的好奇心激动，想学契古特白登来解剖这神秘的"眸冷骨累"。冷的智永远是热的情的死仇。他们不能相容的。

但在这样浪漫的月夜，要来练习冷酷的分析，似乎不近人情！所以我的心机一转，重复将锋快的智刃剧起，让沉醉的情泪自然流转，听他产生什么音乐；让绻缱的诗魂漫自低回，看他寻出什么梦境。

明月正在云岩中间，周围有一圈黄色的彩晕，一阵阵的轻霭，在她面前扯过。海上几百道起伏的银沟，一齐在微叱凄其的音节，此外不受清辉的波域，在暗中愤愤涨落，不知是怨是慕。

我一面将自己一部分的情感，看人自然界的现象，一面拿着纸笔，痴望着月彩，想从她明洁的辉光里，看出今夜地面上秋思的痕迹，希冀她们在我心里，凝成高洁情绪的菁华。因为她光明的捷足，今夜遍走天涯，人间的恩怨，哪一件不经过她的慧眼呢？

印度的 Ganges（埂奇）河边有一座小村落，村外一个榕绒密绣的湖边，生着一对情醉的男女，他们中间草地上放着一尊古铜香炉，烧着上品的水息，那温柔婉恋的烟篆，沉馥香浓的热气，便是他们爱感的象征——月光从云端里轻俯下来，在那女子胸前的珠串上，水息的烟尾上，印下一个慈吻，微哂，重复登上她的云艇，上前驶去。

一家别院的楼上，窗帘不曾放下，几枝肥满的桐叶正在玻璃上摇曳斗趣，月光窥见了窗内一张小蚊床上紫纱帐里，安眠着一个安琪儿似的小孩，她轻轻挨进身去，在他温软的眼睫上，嫩桃似的腮上，抚摩了一会。又将她银色的纤指，理齐了他脐圆的额发，蔼然微哂着，又回她的云海去了。

一个失望的诗人，坐在河边一块石头上，满面写着幽郁的神情，他爱人的倩影，在他胸中像河水似的流动，他又不能在失望的渣滓里榨出些微的甘液，他张开两手，仰着头，让大慈大悲的月光，那时正在过路，洗沐他泪腺湿肿的眼眶，他似乎感觉到清心的安慰，立即摸出一管笔，在白衣襟上写道：

月光，
你是失望儿的乳娘！

面海一座柴房的窗棂里，望得见屋里的内容：一张小桌上放着半块面包和几条冷肉，晚餐的剩余。窗前几上开着一本家用的圣经，炉架上两座点着的烛台，不住地在流泪，旁边坐着一个皱面驼腰的老妇人，两眼半闭不闭地落在伏在她膝上悲泣的一个少妇，她的长裙散在地板上像一只大花蝶。老妇人掉头向窗外望，只见远远海涛起伏，和慈祥的月光在拥抱密吻，她叹了声气向着斜照在圣经上的月彩嗫道：

“真绝望了！真绝望了！”

她独自在她精雅的书室里，把灯火一齐熄了，倚在窗口一架藤椅上，月光从东墙肩上斜泻下去，笼住她的全身，在花砖上幻出一个窈窕的倩影，她两根垂辫的发梢，她微澹的媚唇，和庭前几茎高峙的玉兰花，都在静谧的月色中微颤，她和她的呼吸，吐出一股幽香，不但邻近的花草，连月儿闻了，也禁不住迷醉，她腮边天然的妙涡，已有好几日不圆满：她瘦损了。但她在想什么呢？月光，你能否将我的梦魂带去，放在离她三五尺的玉兰花枝上。

威尔斯西境一座矿床附近，有三个工人，口衔着笨重的烟斗，在月光中闲坐。他们所能想到的话都已讲完，但这异样的月彩，在他们对面的松林，左首的溪水上，平添了不可言语比说的妩媚，惟有他们工余倦极的眼珠不阖，彼此不约而同今晚较往常多抽了两斗的烟，但他们矿火熏黑，煤块擦黑的面容，表示他们心灵的薄弱，在享乐烟斗以外，虽经秋月溪声的戟刺，也不能有精美情绪之反感。等月影移西一些，他们默默地扑出了一斗灰，起身进屋，各自登床睡去。月光从屋背飘眼望进去，只见他们都已睡熟；他们即使有梦，也无非矿内矿外的景色！

月光渡过了爱尔兰海峡，爬上海尔佛林的高峰，正对着静默的红潭。潭水凝定得像一大块冰，铁青色。四围斜坦的小峰，全都满铺着蟹青和蛋白色的岩片碎石，一株矮树都没有。沿潭间有些丛草，那全体形势，正像一大青碗，现在满盛了清洁的月辉，静极了，草里不闻虫吟，水里不闻鱼跃，只有石缝里潜涧沥淅之声，断续地作响，仿佛一座大教堂里点着一星小火，益发对照出静穆宁寂的境界，月儿在铁色的潭面上，倦倚了半晌，重复拔起她的银舄，过山去了。

昨天船离了新加坡以后，方向从正东改为东北，所以前几天的船梢正对落日，此后“晚霞的工厂”渐渐移到我们船的左手来了。

昨夜吃过晚饭上甲板的时候，船右一海银波，在犀利之中涵有幽秘的彩色，凄清的表情，引起了我的凝视。那放银光的圆球正挂在你头上，如其起靠着船头仰望。她今夜并不十分鲜艳；她精圆的芳容上似乎轻笼着一层藕灰色的薄纱；轻漾着一种悲喟的音调；轻染着几痕泪化的雾霭。她并不十分鲜艳，然而她素洁温柔的光线中，犹之少女浅蓝妙眼的斜瞟；犹之春阳融解在山巅白云反映的嫩色，含有不可解的迷力，媚态，世间凡具有感觉性的人，只要承沐着她的清辉，就发生也是不可理解的反应，引起隐复的内心境界的紧张，——像琴弦一样，——人生最微妙的情绪，戟震生命所蕴藏高洁名贵创现的冲动。有时在心理状态之前，或于同时，撼动躯体的组织，使感觉血液中突起冰流之冰流，嗅神经难禁之酸辛，内藏汹涌之跳动，泪腺之骤热与润湿。那就是秋月兴起的秋思——愁。

昨晚的月色就是秋思的泉湖，岂止，直是悲哀幽骚悱怨沉郁的象征，是季候运转的伟剧中最神秘亦最自然的一幕，诗艺界最凄凉亦最微妙的一个消息。

今夜月明人尽望，不知秋思在谁家。

中国字形具有一种独一的妩媚，有几个字的结构，我看来纯是艺术家的匠心：这也是我们国粹之尤粹者之一。譬如“秋”字，已经是一个极美的字形；“愁”字更是文字史上有数的杰作：有石开湖晕，风扫松针的妙处，这一群点画的配置，简直经过柯罗的书篆，密佗郎其罗的雕圭，Chopin 的神感；像——用一个科学的比喻——原子的结构，将旋转宇宙的大力收缩成一个无形无纵的电核；这十三笔造成的象征，似乎是宇宙和人生悲惨的现象和经验，吁喟和涕泪，所凝成最纯粹精密的结晶，满充了催迷的秘力。你若然有高蒂闲（Cautier）异超的知感性，定然可以梦到，愁字变形为秋霞黯绿色的通明宝玉，若用银槌轻击之，当吐银色的幽咽电蛇似腾入云天。

我并不是为寻秋意而看月，更不是为觅新愁而访秋月；蓄意沉浸于悲哀的生活，是丹德所不许的。我盖见月而感秋色，因秋窗而拈新愁：人是一簇脆弱而富于反射性的神经！

我重复回到现实的景色，轻裹在云锦之中的秋月，像一个遍体蒙纱的女郎，她那团圆清朗的外貌像新娘，但同时她幂弦的颜色，那是藕灰，她踟躇的行踵，掩泣的痕迹，又使人疑是送丧的丽姝。所以我曾说：

秋月呀！
我不盼望你团圆。

这是秋月的特色，不论她是悬在落日残照边的新镰，与“黄昏晓”竞艳的眉钩，中宵斗没西陲的金碗，星云参差间的银床，以至一轮腴满的中秋，不论盈昃高下，总在原来澄爽明秋之中，遍洒着一种我只能称之为“悲哀的轻霭”，和“传愁的以太”。即使你原来无愁，见此也禁不得沾染那“灰色的音调”，渐渐兴感起来！

秋月呀！
谁禁得起银指尖儿
浪漫地搔爬呀！

不信但看那一海的轻涛，可不是禁不住她玉指的抚摩，在那里低徊饮泣呢！就是那：

无聊的云烟，
秋月的美满，
熏暖了飘心冷眼，
也清冷地穿上了轻缟的衣裳，
来参与这美满的婚姻和丧礼。

志摩

10 月 6 日

北戴河海滨的幻想

他们都到海边去了，我为左眼发炎不曾去。我独坐在前廊，偎坐在一张安适的大椅内，袒着胸怀，赤着脚，一头的散发，不时有风来撩拂。清晨的晴爽，不曾消醒我初起时睡态；但梦思却半被晓风吹断。我阖紧眼帘内视，只见一斑斑消残的颜色，一似晚霞的余赭，留恋地胶附在天边。廊前的马樱，紫荆，藤萝，青翠的叶与鲜红的花，都将他们的妙影映印在水汀上，幻出幽媚的情态无数；我的臂上与胸前，亦满缀了绿荫的斜纹。从树荫的间隙平望，正见海湾：海波亦似被晨曦唤醒，黄蓝相间的波光，在欣然的舞蹈。滩边不时见白涛涌起，迸射着雪样的水花。浴线内点点的小舟与浴客，水禽似的浮着；幼童的欢叫，与水波拍岸声，与潜涛呜咽声，相间的起伏，竞报一滩的生趣与乐意。但我独坐在廊前，却只是静静的，静静的无甚声响。妩媚的马樱，只是幽幽的微辗着，蝇虫也敛翅不飞。只有远近树里的秋蝉在纺纱似的缍引它们不尽的长吟。

在这不尽的长吟中，我独坐在冥想。难得是寂寞的环境。难得是静定的意境；寂寞中有不可言传的和谐，静默中有无限的创造。我的心灵，比如海滨，生平初度的怒潮，已经渐次的消翳，只剩有疏松的海砂中偶尔的回响，更有残缺的贝壳，反映星月的辉芒。此时摸索潮余的斑痕，追想当时汹涌的情景，是梦或是真，再亦不须辨问。只此眉梢的轻皱，唇边的微哂，已足解释无穷奥绪，深深的蕴伏在灵魂的微纤之中。

青年永远趋向反叛，爱好冒险：永远如初度航海者，幻想黄金机缘于浩淼的烟波之外；想割断系岸的缆绳，扯起风帆，欣欣的投入无垠的怀抱。他厌恶的是平安，自喜的是放纵与豪迈。无颜色的生涯，是他目中的荆棘；绝海与凶巇，是他爱自由的途径。他爱折玫瑰：为她的色香，亦为她冷酷的刺毒。他爱搏狂澜：为他的庄严与伟大，亦为他吞噬一切的天才，最是激发他探险与好奇的动机。他崇拜冲动：不可测，不可节，不可预逆，起，动，消歇皆在无形中，狂飙似的倏忽与猛烈与神秘。他崇拜斗争：从斗争中求剧烈的生命之意义，从斗争中求绝对的实在，在血染的战阵中，呼嗷胜利之狂欢或歌败丧的哀曲。

幻象消灭是人生里命定的悲剧；青年的幻灭，更是悲剧中的悲剧，夜一般的沉黑，死一般的凶恶，纯粹的，猖狂的热情之火，不同阿拉亭的神灯，只能放射一时的异彩，不能永久的朗照；转瞬间，或许，便已敛熄了最后的焰舌，只留存有限的余烬与残灰，在未灭的余温里自伤与自慰。

流水之光，星之光，露珠之光，电之光，在青年的妙目中闪耀，我们不能不惊讶造化者艺术之神奇；然可怖的黑影，倦与衰与饱餍的黑影，同时亦紧紧的跟着时日进行，仿佛是烦恼、痛苦、失败，或庸俗的尾曳，亦在转瞬间，彗星似的扫灭了我们最自傲的神辉——流水涸，明星没，露珠散灭，电闪不再！

在这艳丽的日辉中，只见愉悦与欢舞与生趣，希望，闪烁的希望，在荡漾，在无穷的碧空中，在绿叶的光泽里，在虫鸟的歌吟中，在青草的摇曳中——夏之荣华，春之成功。春光与希望，是长驻的；自然与人生，是调谐的。

在远处有福的山谷内，莲馨花在坡前微笑，稚羊在乱石间跳跃，牧童们，有的吹着芦笛，有的平卧在草地上，仰看变幻的浮游的白云，放射下的青影在初黄的稻田中缥缈地移过。在远处安乐的村中，有妙龄的村姑，在流涧边照映她自制的春裙；口衔烟斗的农夫三四，在预度秋收的丰盈，老妇人们坐在家门外阳光中取暖，她们的周围有不少的儿童，手擎着黄白的钱花在环舞与欢呼。

在远——远处的人间，有无限的平安与快乐，无限的春光……

在此暂时可以忘却无数的落蕊与残红；亦可以忘却花荫中掉下的枯叶，私语地预告三秋的情意；亦可以忘却苦恼的僵瘪的人间，阳光与雨露的殷勤。不能再恢复他们腮颊上生命的微笑，亦可以忘却纷争的互杀的人间，阳光与雨露的仁慈，不能感化他们凶恶的兽性；亦可以忘却庸俗的卑琐的人间，行云与朝露的丰姿，不能引逗他们刹那间的凝视，亦可以忘却自觉的失望的人间，绚烂的春时与媚草，只能反激他们悲伤的意绪。

我亦可以暂时忘却我自身的种种；忘却我童年期清风白水似的天真；忘却我少年期种种虚荣的希冀；忘却我渐次的生命的觉悟；忘却我热烈的理想的寻求；忘却我心灵中乐观与悲观的斗争；忘却我攀登文艺高峰的艰辛；忘却刹那的启示与彻悟之神奇；忘却我生命潮流之骤转；忘却我陷落在危险的旋涡中之幸与不幸；忘却我追忆不完全的梦境；忘却我大海底里埋着的秘密；忘却曾经刳割我灵魂的利刃，炮烙我灵魂的烈焰，摧毁我灵魂的狂飙与暴雨；忘却我的深刻的怨与艾；忘却我的冀与愿；忘却我的恩泽与惠感；忘却我的过去与现在……

过去的实在，渐渐的膨胀，渐渐的模糊，渐渐的不可辨认；现在的实在，渐渐的收缩，逼成了意识的一线，细极狭极的一线，又裂成了无数不相联续的黑点……黑点亦渐次的隐翳，幻术似的灭了，灭了，一个可怕的黑暗的空虚……

“雨后虹”

我记得儿时在家塾中读书，最爱夏天的打阵。塾前是一个方形铺石的“天井”，其中有石砌的金鱼潭，周围杂生花草，几个积水的大缸，几盆应时的鲜花，——这是我们的“大花园”。南边的夏天下午，蒸热得厉害，全靠傍晚一阵雷雨，来驱散暑气，黄昏时满天星出，凉风透院，我常常袒胸跣足和姊嫂兄弟婢仆杂坐在门口“风头里”，随便谈笑，随便歌唱，算是绝大的快乐。但在白天不论天热得连气都转不过来，可怜的“读书官官”们，还是照常临帖习字，高喊着“黄鸟黄鸟”，“不亦说乎”；虽则手里一把大蒲扇，不住地扇动，满须满腋的汗，依旧蒸炉似的透发，先生亦还是照常抽他的大烟，哼他的“清平乐府”。在这样烦溽的时候，对面四丈高白墙上的日影忽然隐息，清朗的天上忽然满布了乌云，花园里的水缸盆景，也沉静暗淡，仿佛等候什么重大的消息，书房里的光线也渐渐减淡，直到先生榻上那只烟灯，原来只像一磷鬼火，大放光明，满屋子里的书桌，墙上的字画，天花板上挂的方玻璃灯，都像变了形，怪可怕的。突然一股尖劲的凉风，穿透了重闷的空气，从窗外吹进房来，吹得我们毛骨悚然，满身腻烦的汗，几乎结冰，这感觉又痛快又难过；但我们那时的注意，都不在身体上，而在这凶兆所预告的大变，我们新学得的什么：洪水泛滥，混沌，天翻地覆，皇天震怒，等等字句，立刻在我们小脑子的内库里跳了出来，益发引起孩子们只望烟头起的本性。我们在这阴迷的时刻，往往相顾悍然，热性放开，大噪狂读，身子也狂摇得连座椅都磔格作响。

同时沉闷的雷声，已经在屋顶发作，再过几分钟，只听得庭心里石板上劈拍有声，仿佛马蹄在那里踢踏；重复停了；又是一小阵沥淅；如此作了几次阵势，临了紧接着坍天破地的一个或是几个雳霹——我们孩子早把耳朵堵住——扁豆大的雨块，就狠命狂倒下来，屋溜屋檐，屋顶，墙角里的碎碗破铁罐，一齐同情地反响；楼上婢仆争收晒件的慌张咒笑声；关窗声；间壁小孩的嚷叫；雷声不住地震吼；天井里的鱼潭小缸，早已像煮沸的小壶，在那里狂流溢——我们很替可怜的金鱼们担忧；那几盆嫩好的鲜花，也不住地狂颤；阴沟也来不及收吸这汤汤的流水，石天井顷刻名副其实，水一直满出尺半了的阶沿，不好了！书房里的地平砖上都是水了！闪电像蛇似钻入室内，连先生肮脏的炕床都照得烁亮；有时外面厅梁上住家的燕子，也进我们书房来避难，东扑西投，情形又可怜又可笑。

在这一团糟之中，我们孩子反应的心理，却并不简单，第一，我们当然觉得好玩，这里品林嘭朗，那里也品林嘭朗，原来又炎热又乏味的下午忽然变得这样异常的热闹，小孩哪一个不欢迎。第二，天空一打阵，大家起劲看，起劲关窗户，起劲听，当然写字的搁笔，念书的闭口，连先生（我们想）有时也觉得好玩！然而我记得我个人亲切的心理反应，仿佛猪八戒听得师父被女儿国招了亲，急着要散伙的心理。我希望那样半混沌的情形继续，电光永闪着，雨永倒着，水永没上阶沿，漏入室内，因此我们读书写字的责务也永远止歇！孩子们怕拘束，最爱自由，爱整天玩，最恨坐定读书，最厌这牢狱一般的书房——犹之猪八戒一腔野心，其实不愿意跟着穷师父取穷经，整天只吃些穷斋，所以关入书房的孩子，没有一个心愿的，底里没有一个不想造反；就是思想没有连贯力，同时书房和牢房收敛野性的效力也逐渐增大，所以孩子们至多短期逃学，暗祝先生生瘟病，很少敢昌言，从此不进书房的革命谈。但暑天的打阵，却符合了我们潜伏的希冀，俄顷之间，天地变色，书房变色，有时连先生亦变色，无怪这聚锢的叛儿，这勉强修行的猪八戒，感觉到十二分的畅快，甚至盼望天从此再不要清明，雷雨再不要休止！

我生平最纯粹可贵的教育是得之于自然界。田野，森林，山谷，湖，草地，是我的课室；云彩的变幻，晚霞的绚烂，星月的隐现，田野的麦浪是我的功课；瀑吼，松涛，鸟语，雷声是我的教师，我的官觉是他们忠谨的学生，受教的弟子。

大部分生命的觉悟，只是耳目的觉悟；我整整过了二十多年含糊生活，疑视疑听疑嗅疑觉的一个生物！我记得我十三岁那年初次发现我的眼是近视，第一副眼镜配好的时候，天已昏黑，那时我在泥城桥附近和一个朋友走路，我把眼镜试戴上去，仰头一望，异哉！好一个伟大蓝净不相熟的天，张着几千百只指光闪烁的神眼，一直穿过我眼镜眼睛直贯我灵府深处，我不禁大声叫道，好天，今天才规复我眼睛的权利；

但眼镜虽好，只能助你看，而不能使你看。你若然不愿意来看，来认识，来享乐你的自然界，你就带十副二十副托立克，克立托也是无效！

我到今日才再能大声叫道：“好天，今日才知道使用我生命的权利！”我不抱歉“叫”得迟，我只怕配准了眼镜不知道“看”。

我方才记起小时在私塾里夏天打阵的往迹，我现在想记我二日前冒阵待虹的经验。

猫最好看的情形，是在春天下午她从地毯上午寐醒来，回头还想伸懒腰，出去游玩，猛然看见五步之内，站着一只傲梗不参的野狗，她不禁大怒，把她二十个利爪一起尽性放开，擒紧在地毯上，把她的背无限地高控，像一个桥洞，尾巴旗杆似笔直竖起，满身的猫毛也满溢着她的义愤，她圆睁了她的黄睛，对准她的仇敌，从口鼻间哈出一声威吓。这是猫的怒，在旁边看她的人虽则很体谅她的发脾气，总觉得有趣可笑。我想我们站得远远地看人类的悲剧，有时也只觉得有趣可笑。我们在稳固的山楼上，看疾风暴雨，看牛羊牧童在雷震电飙中飞奔躲避，也只觉得有趣可笑。

笑，柏格森说，纯粹是智慧的，示深切的同情感兴，不能同时并存。所以我们需要领会悲剧或深的情感——不论是事实或表现在文字里的——的意义，最简捷的方法是将我们自身和经验的对象同化，开振我们的同情力来替他设身处地。你体会伟大情感的程度愈高，你了解人道的范围亦愈广。我们对待自然界我以为也是如此。我们爱寻常上原，不如我们爱高山大水，爱市河庸沼，不如流涧大瀑，爱白日广天，不如朝彩晚霞，爱细雨微风，不如疾雷迅雨。

简言之，我们也爱自然界情感奋切的际会，他所行动的情绪，当然也不是平常庸气。

所以我十数年前在私塾爱打阵，如今也还是爱打阵，不过这爱字意义不尽同就是。

有一天我正在房里看书，列兰（房东的小女孩，她每次见天象变迁总来报告我，我看见两个最富贵的落日，都是她的功劳）跑来说天快打阵了。我一看窗外果然完全矿灰色，一阵阵的灰在街心里卷起，路上的行人都急忙走着，天上已经叠好无数的雨饼，此等信号一动就下，我赶快穿了雨衣，外加我们的袍，戴上方帽，出门骑上自行车，飞快向我校背赶去。一路雨点已经雹块似抛下。河边满树开花的栗树，曼陀罗，紫丁香，一齐俯首觳觫，专待恣暴，但他们芬芳的呼吸，却彻浃重实的空气，似乎向孟浪的狂且，乞情求免。

我到校门的时候，满天几乎漆黑，雷声已动，门房迎着笑道："呀，你到得真巧，再过一分钟，你准让阵雨漫透！"我笑答道："我正为要漫透来的"！

我一口气跑到河边，四周估量了一下，觉得还是桥上的地位最好，我就去靠在桥栏上老等，我头顶正是那株靠河最大的椈树，对面是棵柳树，从柳丝里望见先华亚学院的一角，和我们著名教堂（King's Chapel）的后背；两树的中间，正对校友居的大部，中隔着百码见方齐整匀净葱翠的草庭。这是在我的右边。从柳树的左手望见亭亭倩倩三环洞，先华亚桥，她的妙景，整整地印在平静的康河里，河左岸的牧场上，依旧有几匹马几条黄白花牛在那里吃草，啮啮有声，完全不理会天时的变迁，只晓得勤拂着马鬃牛尾，驱逐愈狠的马蝇牛虫。此时天色虽则阴沉可怕，然我眼前绝美的一幅图画——绝色的建筑，庄严的寺角，绝色的绿草，绝色的河与桥，绝色的垂柳高椈——只是一片异样恬静，绝不露仓皇形色。草地上有三两只小雀，时常地跳跃；平常高唱好画者黑雀却都住了口，大约伏在巢里看光景，只远处偶然的鸦啼，散沙似的从半天里撒下。

记得，桥上有我站着。

来了！雷雨都到了猖獗的程度，只听见自然界一体的喧哗；雷是鼓，雨落草地是沉溜的弦声，雨落水面是急珠走盘声，雨落柳上是疏郁的琴声，雨落桥阑是击草声。

西南角——牧场那一边我的左手，正对校友居——的云堆里，不时放射出电闪，穿过树林，仿佛好几条紧缠的金蛇掠过光景，一直打到教堂的颜色玻璃和校友居的青藤白石和凹屈别致的窗玻上，像几条铜偏担，同时打一块磨石大的火石，金花日射，光景骇目。

雨怒注不休。云色虽稍开明，但四围都是雨激起的烟雾苍茫，克莱亚的一面几乎看不清楚。我仰庇榭老翁的高荫，身上并不太湿，但桥上的水，却分成几道泥沟，急冲下来，我站在两条泥沟的中间，所以鞋也没有透水。同时我很高兴发现离我十几码一棵大榆树底下，也有两个人站着，但他们分明是避雨，不是像我来经验打阵。他们在那里划火抽烟，想等过这阵急霈。

那边牧场方才不管天时变迁尽吃的朋友，此时也躲在场中间两枝榆树底下，马低着头，牛昂着头，在那里抱怨或是崇拜老天的变怒。

雨已经下了十几分钟，益发大了。雷电都已经休止，天色也更清明了。但我所仰庇的榭老翁，再也不能继续荫庇我，他老人家自己的胡髭，也支不住淋漓起来，结果是我浑身增加好几斤重量。有时作恶的水一直灌进我的领子，直溜到背上，寒透肌骨；桥栏也全没了；我脚下的干土，也已经渐次灭迹，几条泥沟，已经迸成一大股浑流，踊跃进行，我下体也增加了重量，连胫骨都湿了。到这个时候，初阵的新奇已经过去，满眼只是一体的雨色，满耳只是一体的雨声，满身只是一体的雨感觉，我独身——避雨那两位已逃入邻近的屋子里——在大雨里听淹，头上的方巾已成了湿巾，前后左右淋个不住，倒觉得无聊起来。

但我有希望，西天的云已经开解不少，露出夕阳的预兆，我想这雨一停一定有奇景出现——我于是立定主意和雨赌耐心。我向地上看，看无数的榆钱在急涡里乱转，还有几个不幸的虫蚁也葬身在这横流之中，我忽然想起道施妥奄夫斯基的一部小说里的一个设想，他说你若然发现你自己在沧海中一块仅仅容足的拳石上，浪涛像狮虎似向你身上扑来，你在这完全绝望的境地，你还想不想活命？我又想起康赖特的《大风》，人和自然原质的决斗。我又想象我在西伯利亚大雪地，穿着皮蓑，手拿牧杖，站在一大群绵羊中间。我想战阵是冒险，恋爱是更大的冒险，死是最大的冒险。我想起耶稣，魔鬼，薇纳司，福贺司德；我想飞出这雨圈，去踏在雨云的背上，看他们工作。我想……半点钟已过，或心海里至少涌起了几万种幻想，但雨还是倒个不住。

又过了足足十分钟，雨势方才收敛。满林的鸟雀都出了家门，使劲的欢呼高唱；此时云彩很别致，东中北三路，还是满布着厚云，并且极低，似乎紧罩在教堂的 H 形尖阁上，但颜色已从乌黑转入青灰，西南隅的云已经开张了一只大口，从月牙形的云絮背后冲射出一海的明霞，仿佛菩萨背后的万道佛光，这精悍的烈焰，和方才初雨时的电闪一样，直照在教堂和校友居的上权，将一带白玻窗尽数打成纯粹的黄金，教堂颜色玻窗上的反射更为强烈，那些书中人物都像穿扮整齐，在金河里游泳跳舞。妙处尤在这些高宇的后背及顶头，只是一片深青，越显得西天石罅月漏的精神，彩焰奔腾的气象。

未雨之先，万象都只是静，现在雨一过，风又敛迹，天上虽在那里变化，地上还是一体的静；就是阵前的静，是空气空实的现象，是严肃的静，这静是大动大变的符号先声，是火山将炸裂前的静；阵后的静不同，空气里的浊质，已经彻底洗净，草青树绿经过了恐怖，重复清新自喜，益发笑容可掬，四周的水气雾意也完全灭迹，这静是清的静，是平静，和悦安舒的静。在这静里，流利的鸟语，益发调新韵切，宛似金匙击玉磬，清脆无比。我对此自然从大力里产出的美；从剧变里透出的和谐；从纷乱中转出的恬静；从暴怒中映出的微笑；从迅奋里结成的安闲；只觉得胸头塞满——喜悦惊讶，爱好，崇拜，感奋的情绪，满身神经都感受强烈痛快的震撼，两眼火热地蓄泪欲流，声音肢体都随身旁的飞禽歌舞；同时，我自顶至踵完全湿透浸透，方巾上还不住地滴水，假如有人见我，一定疑心我落水，但我那时绝对不觉得体外的冷，只觉得体内高乐的热（我也没有受寒）。

我正注目看西方渐次扫荡满天云锢的太阳，偶然转过身来，不禁失声惊叫。原来从校友居的正中起直到河的左岸，已经筑起一条鲜明五彩的虹桥！

8 月 6 日

罗曼罗兰

罗曼罗兰（Romain Rolland），这个美丽的音乐的名字，究竟代表些什么？他为什么值得国际的敬仰，他的生日为什么值得国际的庆祝？他的名字，在我们多少知道他的几个人的心里，引起些个什么？他是否值得我们已经认识他思想与景仰他人格的更亲切的认识他，更亲切的景仰他；从不曾接近他的赶快从他的作品里去接近他？

一个伟大的作者如罗曼罗兰或托尔斯泰，正像是一条大河，它那波澜，它那曲折，它那气象，随处不同，我们不能划出它的一湾一角来代表它那全流。我们有幸福在书本上结识他们的正比是尼罗河或扬子江沿岸的泥坷，各按我们的受量分沾他们的润泽的恩惠罢了。说起这两位作者——托尔斯泰与罗曼罗兰：他们灵感的泉源是同一的，他们的使命是同一的，他们在精神上有相互的默契（详后），仿佛上天从不教他的灵光在世上完全灭迹，所以在这普遍的混沌与黑暗的世界内往往有这类禀承灵智的大天才在我们中间指点迷途，启示光明。但他们也自有他们不同的地方；如其我们还是引申上面这个比喻，托尔斯泰、罗曼罗兰的前人，就更像是尼罗河的流域，它那两岸是浩瀚的沙碛，古埃及的墓宫，三角金字塔的映影，高矗的棕榈类的林木，间或有帐幕的游行队，天顶永远有异样的明星；罗曼罗兰、托尔斯泰的后人，像是扬子江的流域，更近人间，更近人情的大河，它那两岸是青绿的桑麻，是连栉的房屋，在波鳞里泅着的是鱼是虾，不是长牙齿的鳄鱼，岸边听得见的也不是神秘的驼铃，是随熟的鸡犬声。这也许是斯拉夫与拉丁民族各有的异禀，在这两位大师的身上得到更集中的表现，但他们润泽这苦旱的人间的使命是一致的。

十五年前一个下午，在巴黎的大街上，有一个穿马路的叫汽车给碰了，差一点没有死，他就是罗曼罗兰，那天他要是死了，巴黎也不会怎样的注意，至多报纸上本地新闻栏里登一条小字："汽车肇祸，撞死了一个走路的，叫罗曼罗兰，年四十五岁，在大学里当过音乐史教授，曾经办过一种不出名的杂志叫 Cahiers de la Quinzaine 的。"

但罗兰不死，他不能死；他还得完成他分定的使命。在欧战爆裂的那一年，罗兰的天才，五十年来在无名的黑暗里埋着的，忽然取得了普遍的认识。从此他不仅是全欧心智与精神的领袖，他也是全世界一个灵感的泉源。他的声音仿佛是最高峰上的崩雪，回响在远近的万壑间，五年的大战毁了无数的生命与文化的成绩，但毁不了的是人类几个基本的信念与理想，在这无形的精神价值的战场上，罗兰永远是一个不仆的英雄。对着在恶斗的漩涡里挣扎着的全欧，罗兰喊一声彼此是弟兄放手！对着蜘网似密布，疫疠似蔓延的怨恨，仇毒，虚妄，疯癫，罗兰集中他孤独的理智与情感的力量作战。对着普遍破坏的现象；罗兰伸出他单独的臂膀开始组织人道的势力。对着叫褊浅的国家主义与恶毒的报复本能迷惑住的知识阶级，他大声唤醒他们应负的责任，要他们恢复思想的独立，救济盲目的群众，"在战场的空中"——"Above the Battle Field"——不是在战场上，在各民族共同的天空，不是在一国的领土内，我们听得罗兰的呼声，也就是人道的呼声，像一阵光明的骤雨，激斗着地面上互杀的烈焰。罗兰的作战是有结果的，他联合了国际间自由的心灵，替未来的和平筑一层有力的基础。这是他自己的话：

"我们从战争得到一个付重价的利益，它替我们联合了各民族中不甘受流行的种族怨毒支配的心灵。这次的教训益发激励他们的精力，强固他们的意志。谁说人类友爱是一个绝望的理想？我再不怀疑未来的全欧一致的结合。我们不久可以实现那精神的统一。这战争只是它的热血的洗礼。"

这是罗兰，勇敢的人道的战士！当全国的刀锋一致向着德人的时候，他敢说不，真正的敌人是你们自己心怀里的仇毒。当全欧破碎成不可收拾的断片时，他想象到人类更完美的精神的统一。友爱与同情，他相信，永远是打倒仇恨与怨毒的利器；他永远不怀疑他的理想是最后的胜利者。在他的前面有托尔斯泰与道施妥奄夫斯基（虽则思想的形式不同），他同时有泰戈尔与甘地（他们的思想的形式也不同），他们的立场是在高山的顶上，他们的视域在时间上是历史的全部，在空间里是人类的全体，他们的声音是天空里的雷震，他们的赠与是精神的慰安。

我们都是牢狱里的囚犯，镣铐压住的，铁栏錮住的，难得有一丝雪亮暖和的阳光照上我们黝黑的脸面，难得有喜雀过路的欢声清醒我们昏沉的头脑。"重浊"，罗兰开始他的《贝德花芬传》：

"重浊是我们周围的空气，这世界是叫一种凝厚的污浊的秽息给闷住了……一种卑琐的物质压在我们的心里，压在我们的头上，叫所有民族与个人失却了自由工作的机会。我们全让掐住了转不过气来。来，让我们打开窗子好叫天空自由的空气进来，好叫我们呼吸古英雄们的呼吸。"

打破固执的偏见来认识精神的统一；打破国界的偏见来认识人道的统一。这是罗兰与他同理想者的教训。解脱怨毒的束缚来实现思想的自由；反抗时代的压迫来恢复性灵的尊严。这是罗兰与他同理想者的教训。人生原是与苦俱来的；我们来做人的名分不是咒诅人生因为它给我们苦痛，我们正应在苦痛中学习，修养，觉悟，在苦痛中发现我们内蕴的宝藏，在苦痛中领会人生的真谛。英雄，罗兰最崇拜如密仡郎其罗与贝德花芬一类人道的英雄，不是别的，只是伟大的耐苦者，那些不朽的艺术家，谁不曾在苦痛中实现生命，实现艺术，实现宗教，实现一切的奥义？自己是个深感苦痛者，他推致他的同情给世上所有的受苦痛者；在他这受苦，这耐苦，是一种伟大，比事业的伟大更深沉的伟大。他要寻求的是地面上感悲哀感孤独的灵魂。“人生是艰难的，谁不甘愿承受庸俗，他这辈子就得不断的奋斗。并且这往往是苦痛的奋斗，没有光彩，没有幸福，独自在孤单与沉默中挣扎，穷困压着你，家累累着你，无意味的沉闷的工作消耗你的精力，没有欢欣，没有希冀，没有同伴，你在这黑暗的道上甚至连一个在不幸中伸手给你的骨肉的机会都没有。”这受苦的概念便是罗兰人生哲学的起点，在这上面他要筑起一座强固的人道寓所，因此在他有名的传记里他用力传述先贤的苦难生涯，使我们憬悟至少在我们的苦痛里，我们不是孤独的，在我们切己的苦痛里隐藏着人道的消息与线索。“不快活的朋友们，不要过分的自伤，因为最伟大的人们也曾分尝你们的苦味。我们正应得跟着他们的努奋自勉。假如我们觉得软弱，让我们靠着他们喘息。他们有安慰给我们。从他们的精神里放射着精力与仁慈。即使我们不研究他们的作品，即使我们听不到他们的声音，单从他们面上的光彩，单从他们曾经生活过的事实里，我们应得感悟到生命最伟大，最生产——甚至最快乐——的时候是在受苦痛的时候。”

我们不知道罗曼罗兰先生想象中的新中国是怎样的；我们不知道为什么他特别示意要听他的思想在新中国的回响。但如其他能知道新中国像我们自己知道它一样，他一定感觉与我们更密切的同情，更贴近的关系，也一定更急急的伸手给我们握着——因为你们知道，我也知道，什么是新中国只是新发见的深沉的悲哀与苦痛深深的盘伏在人生的底里！这也许是我个人对新中国的解释；但如其有人拿一些时行的口号，什么打倒帝国主义等等，或是分裂与猜忌的现象，去报告罗兰先生说这是新中国，我再也不能预料他的感想了。

我已经没有时间与地位叙述罗兰的生平与著述；我只能匆匆的略说梗概。他是一个音乐的天才，在幼年音乐便是他的生命。他妈教他琴，在谐音的波动中他的童心便发见了不可言喻的快乐。莫扎德与贝德花芬是他最早发见的英雄。所以在法国经受普鲁士战争，爱国主义最高激的时候，这位年轻的圣人正在“敌人”的作品中尝味最高的艺术。他在自传里写着：“我们家里有好多旧的德国音乐书。德国？我懂得那个字的意义？在我们这一带我相信德国人从没有人见过的。我翻着那一堆旧书，爬在琴上拼出一个个的音符。这些流动的乐音，谐调的细流，灌溉着我的童心，像雨水漫入泥土似的淹了进去。莫扎德与贝德花芬的快乐与苦痛，想望的幻梦，渐渐的变成了我的肉的肉，我的骨的骨。我是它们，它们是我。要没有它们我怎过得了我的日子？我小时生病危殆的时候，莫扎德的一个调子就像爱人似的贴近我的枕衾看着我。长大的时候，每回逢着怀疑与懊丧，贝德花芬的音乐又在我的心里拨旺了永久生命的火星。每回我精神疲倦了，或是心上有不如意事，我就找我的琴去，在音乐中洗净我的烦愁。”

要认识罗兰的不仅应得读他神光焕发的传记，还得读他十卷的 Jean Christophe, 在这书里他描写他的音乐的经验。

他在学堂里结识了莎士比亚，发见了诗与戏剧的神奇。他的哲学的灵感，与葛德一样，是泛神主义的斯宾诺塞。他早年的朋友是近代法国三大诗人：克洛岱尔（Paul Claudel 法国驻日大使），Ande Suares，与 Charles Peguy（后来与他同办 Cahiers de al Quinzaine）。那时槐格纳是压倒一时的天才，也是罗兰与他少年朋友们的英雄，但在他个人更重要的一个影响是托尔斯泰。他早就读他的著作，十分的爱慕他，后来他念了他的《艺术论》，那只俄国的老象——用一个偷来的比喻——走进了艺术的花园里去，左一脚踩倒了一盆花，那是莎士比亚，右一脚又踩倒了一盆花，那是贝德花芬，这时候少年的罗曼罗兰走到了他的思想的歧路了。莎氏、贝氏、托氏，同是他的英雄，但托氏愤愤的申斥莎、贝一流的作者，说他们的艺术都是要不得，不相干的，不是真的人道的艺术——他早年的自己也是要不得不相干的。在罗兰一个热烈的寻求真理者，这来就好似青天里一个霹雳；他再也忍不住他的疑虑。他写了一封信给托尔斯泰，陈述他的冲突的心理，他那年二十二岁，过了几个星期罗兰差不多把那信都忘了，一天忽然接到一封邮件：三十八满页写的一封长信，伟大的托尔斯泰亲笔给这不知名的法国少年的！“亲爱的兄弟，”那六十老人称呼他，“我接到你的第一封信，我深深的受感在心，我念你的信，泪水在我的眼里。”下面说他艺术的见解：我们投入人生的动机不应是为艺术的爱，而应是为人类的爱，只有经受这样灵感的人才可以希望在他的一生实现一些值得一做的事业。这还是他的老话，但少年的罗兰受深彻感动的地方是在这一时代的圣人竟然这样恳切的同情他，安慰他，指示他，一个无名的异邦人。他那时的感奋我们可以约略想象。因此罗兰这几十年来每逢少年人写信给他，他没有不亲笔作复，用一样慈爱诚挚的心对待他的后辈。这来受他的灵感的少年人更不知多少了。这是一件含奖励性的事实，我们从此可以知道凡是一件不勉强的善事就比如春天的熏风，它一路来散布着生命的种子，唤醒活泼的世界。

但罗兰那时离着成名的日子还远，虽则他从幼年起只是不懈的努力。他还得经尝身世的失望（他的结婚是不幸的，近三十年来他几乎是完全隐士的生涯，他现在瑞士的鲁山，听说与他妹子同居），种种精神的苦痛，才能享受他的劳力的报酬——他的天才的认识与接受。他写了十二部长篇剧本，三部最著名的传记（密仡郎其罗，贝德花芬，托尔斯泰），十大篇 Jean

Christople, 算是这时代里最重要的作品的一部，还有他与他的朋友办了十五年灰色的杂志，但他的名字还是在晦塞的炭堆里掩着——直到他将近五十岁那年，这世界方才开始惊讶他的异彩。贝德花芬有几句话，我想可以一样适用到一生劳悴不怠的罗兰身上：

“我没有朋友，我必得单独过活；但是我知道在我心灵的底里上帝是近着我，比别人更近，我走近他我心里不害怕，我一向认识他的。我从不着急我自己的音乐，那不是坏运所能颠仆的，谁要能懂得它，它就有力量使他解除折磨旁人的苦恼。”

泰戈尔

我有几句话想趁这个机会对诸君讲，不知道你们有没有耐心听。泰尔戈先生快走了，在几天内他就离别北京，在一两个星期内他就告辞中国。他这一去大约是不会再来的了。也许他永远不能再到中国。

他是六七十岁的老人，他非但身体不强健，他并且是有病的。去年秋天他还发了一次很重的骨痛热病。所以他要到中国来，不但他的家属，他的亲戚朋友，他的医生，都不愿意他冒险，就是他欧洲的朋友，比如法国的罗曼罗兰，也都有信去劝阻他。他自己曾经踌躇了好久，他心里常常盘算他如其到中国来，他究竟能不能够给我们好处，他想中国人自有他们的诗人，思想家，教育家，他们有他们的智慧，天才，心智的财富与营养，他们更用不着外来的补助与戟刺，我只是一个诗人，我没有宗教家的福音，没有哲学家的理论，更没有科学家实利的效用，或是工程师建设的才能，他们要我去做什么，我自己又为什么要去，我有什么礼物带去满足他们的盼望！他真的很觉得迟疑，所以他延迟了他的行期。但是他也对我们说到冬天完了，春风吹动的时候（印度的春风比我们的吹得早），他不由的感觉了一种内迫的冲动，他面对着逐渐滋长的青草与鲜花，不由的抛弃了，忘却了他应尽的职务，不由的解放了他的歌唱的本能，和着新来的鸣雀，在柔软的南风中开怀的讴吟，同时他收到我们催请的信，我们青年盼望他的诚意与热心，唤起了老人的勇气。他立即定夺了他东来的决心。他说趁我暮年的肢体不曾僵透，趁我衰老的心灵还能感受，决不可错过这最后惟一的机会，这博大，从容，礼让的民族，我幼年时便发心朝拜，与其将来在黄昏寂静的境界中萎衰的惆怅，何如利用这夕阳未暝时的光芒，了却我晋香人的心愿?

他所以决意的东来，他不顾亲友的劝阻，医生的警告，不顾他自己的高年与病体，他也撇开了在本国迫切的任务，跋涉了万里的海程，他来到了中国。

自从四月十二在上海登岸以来，可怜老人不曾有过一半天完整的休息，旅行的劳顿不必说，单就公开的演讲以及较小集会时的谈话，至少也有了三四十次！他的，我们知道，不是教授们的讲义，不是教士们的讲道，他的心府不是堆积货品的栈房，他的辞令不是教科书的喇叭。他是灵活的泉水，一颗颗颤动的圆珠从池心里兢兢的泛登水面，都是生命的精液；他是瀑布的吼声，在白云间，青林中，石罅里，不住的啸响；他是百灵的歌声，他的欢欣、愤慨、响亮的谐音，弥漫在无际的晴空。但是他是倦了。终夜的狂歌已经耗尽了子规的精力，东方的曙色亦照出他点点的心血染红了蔷薇枝上的白露。

老人是疲乏了。这几天他睡眠也不得安宁，他已经透支了他有限的精力。他差不多是靠散拿吐瑾过日的。他不由的不感觉风尘的厌倦，他时常想念他少年时在恒河边沿拍浮的清福，他想望椰树的清荫与曼果的甜瓤。

但他还不仅是身体的惫劳，他也感觉心境的不舒畅。这是很不幸的。我们做主人的只是深深的负歉。他这次来华，不为游历，不为政治，更不为私人的利益，他熬着高年，冒着病体，抛弃自身的事业，备尝行旅的辛苦，他究竟为的是什么？他为的只是一点看不见的情感，说远一点，他的使命是在修补中国与印度两民族间中断千余年的桥梁。说近一点，他只想感召我们青年真挚的同情。因为他是信仰生命的，他是尊崇青年的，他是歌颂青春与清晨的，他永远指点着前途的光明。悲悯是当初释迦牟尼证果的动机，悲悯也是泰戈尔先生不辞艰苦的动机。现代的文明只是骇人的浪费，贪淫与残暴，自私与自大，相猜与相忌，飓风似的倾覆了人道的平衡，产生了巨大的毁灭。芜秽的心田里只是误解的蔓草，毒害同情的种子，更没有收成的希冀。在这个荒惨的境地里，难得有少数的丈夫，不怕阻难，不自馁怯，肩上扛着铲除误解的大锄，口袋里满装着新鲜人道的种子，不问天时是阴是雨是晴，不问是早晨是黄昏是黑夜，他只是努力的工作，清理一方泥土，施殖一方生命，同时口唱着嘹亮的新歌，鼓舞在黑暗中将次透露的萌芽。泰戈尔先生就是这少数中的一个。他是来广布同情的，他是来消除成见的。我们亲眼见过他慈祥的阳春似的表情，亲耳听过他从心灵底里迸裂出的大声，我想只要我们的良心不曾受恶毒的烟煤熏黑，或是被恶浊的偏见污抹，谁不曾感觉他赤诚的力量，魔术似的，为我们生命的前途开辟了一个神奇的境界，燃点了理想的光明？所以我们也懂得他的深刻的懊怅与失望，如其他知道部分的青年不但不能容纳他的灵感，并且存心的诬毁他的热忱。我们固然奖励思想的独立，但我们决不敢附和误解的自由。他生平最满意的成绩就在他永远能得青年的同情，不论在德国，在丹麦，在美国、日本，青年永远是他最忠心的朋友。他也曾经遭受种种的误解与攻击，政府的猜疑与报纸的诬毁与守旧派的讥评，不论如何的谬妄与剧烈，从不曾扰动他优容的大量，他的希望，他的信仰，他的爱心，他的至诚，完全的托付青年。我的须，我的发是白的，但我的心却永远是青的，他常常的对我们说，只要青年是我的知己，我理想的将来就有着落，我乐观的明灯永远不致暗淡。他不能相信纯洁的青年也会坠落在怀疑、猜忌、卑琐的泥溷，他更不能信中国的青年也会沾染不幸的污点。他真不预备在中国遭受意外的待遇。他很不自在，他很感觉异样的怆心。

因此精神的懊丧更加重他躯体倦劳。他差不多是病了。我们当然很焦急的期望他的健康，但他再没有心境继续他的讲演。我们恐怕今天就是他在北京公开讲演最后的一个机会。他有休养的必要。我们也决不忍再使他耗费有限的精力。他不久又有长途的跋涉，他不能不有三四天完全的养息。所以从今天起，所有已经约定的集会，公开与私人的，一概撤销，他今天就出城去静养。

我们关切他的一定可以原谅，就是一小部分不愿意他来作客的诸君也可以自喜战略的成功。他是病了，他在北京不再开口了，他快走了，他从此不再来了。但是同学们，我们也得平心的想想，老人到底有什么罪，他有什么负心，他有什么不可容赦的犯案？公道是死了吗，为什么听不见你的声音？

他们说他是守旧，说他是顽固。我们能相信吗？他们说他是“太迟”，说他是“不合时宜”，我们能相信吗？他自己是不能信，真的不能信。他说这一定是滑稽家的反调。他一生所遭逢的批评只是太新，太早，太急进，太激烈，太革命的，太理想的，他六十年的生涯只是不断的奋斗与冲锋，他现在还只是冲锋与奋斗。但是他们说他是守旧，太迟，太老。他顽固奋斗的对象只是暴烈主义，资本主义，帝国主义，武力主义，杀灭性灵的物质主义；他主张的只是创造的生活，心灵的自由，国际的和平，教育的改造，普爱的实现。但他们说他是帝国政策的间谍，资本主义的助力，亡国奴族的流民，提倡裹脚的狂人！肮脏是在我们的政客与暴徒的心里，与我们的诗人又有什么关连？昏乱是在我们冒名的学者与文人的脑里，与我们的诗人又有什么亲属？我们何妨说太阳是黑的，我们何妨说苍蝇是真理？同学们，听信我的话，像他的这样伟大的声音我们也许一辈子再不会听着的了。留神目前的机会，预防将来的惆怅！他的人格我们只能到历史上去搜寻比拟。他的博大的温柔的灵魂我敢说永远是人类记忆里的一次灵迹。他的无边际的想象与辽阔的同情使我们想起惠德曼；他的博爱的福音与宣传的热心使我们记起托尔斯泰；他的坚韧的意志与艺术的天才使我们想起造摩西像的密仡郎其罗；他的诙谐与智慧使我们想象当年的苏格拉底与老聃！他的人格的和谐与优美使我们想念暮年的葛德；他的慈祥的纯爱的抚摩，他的为人道不厌的努力，他的磅礴的大声，有时竟使我们唤起救主的心像，他的光彩，他的音乐，他的雄伟，使我们想念奥林必克山顶的大神。他是不可侵凌的，不可逾越的，他是自然界的一个神秘的现象。他是三春和暖的南风，惊醒树枝上的新芽，增添处女颊上的红晕。他是普照的阳光。他是一派浩瀚的大水，来自不可追寻的渊源，在大地的怀抱中终古的流着，不息的流着，我们只是两岸的居民，凭借这慈恩的天赋，灌溉我们的田稻，苏解我们的消渴，洗净我们的污垢。他是喜马拉雅积雪的山峰，一般的崇高，一般的纯洁，一般的壮丽，一般的高傲，只有无限的青天枕藉他银白的头颅。

人格是一个不可错误的实在，荒歉是一件大事，但我们是饿惯了的，只认鸠形与鹄面是人生本来的面目，永远忘却了真健康的颜色与彩泽。标准的低降是一种可耻的堕落：我们只是踞坐在井底青蛙，但我们更没有怀疑的余地。我们也许揣详东方的初白，却不能非议中天的太阳。我们也许见惯了阴霾的天时，不耐这热烈的光焰，消散天空的云雾，暴露地面的荒芜，但同时在我们心灵的深处，我们岂不也感觉一个新鲜的影响，催促我们生命的跳动，唤醒潜在的想望，仿佛是武士望见了前峰烽烟的信号，更不踌躇的奋勇前向？只有接近了这样超轶的纯粹的丈夫，这样不可错误的实在，我们方始相形的自愧我们的口不够阔大，我们的嗓音不够响亮；我们的呼吸不够深长，我们的信仰不够坚定，我们的理想不够莹澈，我们的自由不够磅礴，我们的语言不够明白，我们的情感不够热烈，我们的努力不够勇猛，我们的资本不够充实……

我自信我不是恣滥不切事理的崇拜，我如其曾经应用浓烈的文字，这是因为我不能自制我浓烈的感想。但是我最急切要声明的是，我们的诗人，虽则常常招受神秘的徽号，在事实上却是最清明，最有趣，最诙谐，最不神秘的生灵。他是最通达人情，最近人情的。我盼望有机会追写他日常的生活与谈话。如其我是犯嫌疑的，如其我也是性近神秘的（有好多朋友这么说），你们还有适之先生的见证，他也说他是最可爱最可亲的个人：我们可以相信适之先生绝对没有“性近神秘”的嫌疑！所以无论他怎样的伟大与深厚，我们的诗人还只是有骨有血的人，不是野人，也不是天神。惟其是人，尤其是最富情感的人，所以他到处要求人道的温暖与安慰，他尤其要我们中国青年的同情与情爱。他已经为我们尽了责任，我们不应，更不忍辜负他的期望。同学们！爱你的爱，崇拜你的崇拜，是人情不是罪孽，是勇敢不是懦怯！

12日在真光讲

曼殊斐儿

这心灵深处的欢畅，
这情绪境界的壮旷；
任天堂沉沦，地狱开放，
毁不了我内府的宝藏！
——康河晚照即景

美感的记忆，是人生最可珍的产业。认识美的本能，是上帝给我们进天堂的一把秘钥。

有人的性情，例如我自己的，如以气候作喻，不但是阴晴相间，而且常有狂风暴雨，也有最艳丽蓬勃的春光，有时遭逢幻灭，引起厌世的悲观，铅船的重压在心上，比如冬令阴霾，到处冰结，莫有些微生气；那时便怀疑一切：宇宙、人生、自我，都只是幻的妄的；人情，希望，理想，也只是妄的幻的。

Ah, human nature, how,
If utterly frail thou art and vile,
If dust thou art and ashes, is thy heart so great?
If thou art noble in part,
How are thy loftiest and impulses and thoughts
by so ignoble causes kindled and put out?
"Sopra un ritratto di una bella donna."

这几行是最深入的悲观派诗人理巴第（Leopardi）的诗。一座荒坟的墓碑上，刻着冢中人生前美丽的肖像，激起了他这根本的疑问——若说人生是有理可寻的，何以到处只是矛盾的现象，若说美是幻的，何以引起的心灵反动能有如此之深刻？若说美是真的，何以也与常物同归腐朽？但理巴第探海灯似的智力虽则把人间种种事物虚幻的外象，一一给褫剥了，连宗教都剥成了个赤裸的梦，他却没有力量来否认美！美的创现他只能认为神奇的；他也不能否认高洁的精神恋，虽则他不信女子也能有同样的境界。在感美感恋最纯粹的一刹那间，理巴第不能不承认是极乐天国的消息，不能不承认是生命中最宝贵的经验。所以我每次无聊到极点的时候，在层冰般严封的心河底里，突然涌起一股消融一切的热流，顷刻间消融了厌世的凝晶，消融了烦恼的苦冻：那热流便是感美感恋最纯粹的一俄顷之回忆。

To see a world in a grain of sand,
And a Heaven in a wild flower,
Hold infinity in the palm of your hand,
and eternity in an hour……
Auguries of Innocence: William Blake
从一颗沙里看出世界，
天堂的消息在一朵野花，
将无限存在你的掌上，
刹那间涵有无穷的边涯……

这类神秘性的感觉，当然不是普遍的经验，也不是常有的经验。凡事只讲实际的人，当然嘲讽神秘主义，当然不能相信科学可解释的神经作用，会发生科学所不能解释的神秘感觉。但世上“可为知者道不可与不知者言”的事正多着哩！

从前在十六世纪，有一次有一个意大利的牧师学者到英国乡下去，见了一大片盛开的苜蓿在阳光中竟同一湖欢舞的黄金，他只惊喜得手足无措，慌忙跪在地上，仰天祷告，感谢上帝的恩典，使他得见这样的美，这样的神景。他这样发疯似的举动，当时一定招起在旁乡下人的哗笑。我这篇要讲的经历，恐怕也有些那牧师狂喜的疯态，但我也深信读者里自有同情的人，所以我也不怕遭乡下人的笑话！

去年七月中有一天晚上，天雨地湿，我独自冒着雨在伦敦的海姆司堆特（Hampstead）问路警，问行人，在寻彭德街第十号的屋子。那就是我初次，不幸也是末次，会见曼殊斐儿——“那二十分不死的时间！”——的一晚。

我先认识麦雷君（John Middleton Murry），他是Athenaeum的总主笔，诗人，著名评衡家，也是曼殊斐儿一生最后十余年间最密切的伴侣。

他和她自一九一三年起，即夫妇相处，但曼殊斐儿却始终用她到英国以后的“笔名”（Penname）Miss Katherine Mansfield，她生长于纽新兰（New Zealand），原名是Kathleen Beanchamp，是纽新兰银行经理Sir Harold Beanchamp的女儿。她十五年前离开了本乡，同着三个小妹子到英国，进伦敦大学皇后学院读书。她从小就以美慧著名，但身体也从小即很怯弱。她曾在德国住过，那时她写她的第一本小说“In a German Pension”，大战期内她在法国的时候多。近几年她也常在瑞士、意大利及法国南部。她常住外国，就为她身体太弱，禁不得英伦雾迷雨苦的天时，麦雷为了伴她，也只得把一部分的事业放弃，（“Atheneaum”之所以并入“London Nation”就为此。）跟着他安琪儿似的爱妻，寻求健康。据说可怜的曼殊斐儿后得了肺病证明以后，医生明说她不过两三年的寿限，所以麦雷和她相处有限的光阴，真是分秒可数。多见一次夕照，多经一次朝旭，她优昙似的余荣，便也消灭了如许的活力，这颇使人想起茶花女一面吐血一面纵酒恣欢时的名句：

“You know I have not long to live, therefore I will live fast!”——你知道我是活不久长的，所以我存心活他一个痛快！

我正不知道多情的麦雷，眼看这艳丽无双的夕阳，渐渐消翳，心里“爱莫能助”的悲感，浓烈到何等田地！

但曼殊斐儿的“活他一个痛快”的方法，却不是像茶花女的纵酒恣欢，而是在文艺中努力；她像夏夜榆林中的鹃鸟，呕出缕缕的心血来制成无双的情曲，便唱到血枯音嘶，也还不忘她的责任是牺牲自己有限的精力，替自然界多增几分的美，给苦闷的人间几分艺术化精神的安慰。

她心血所凝成的便是两本小说集，一本是“Bliss”，一本是去年出版的“Garden Party”。凭这两部书里的二三十篇小说，她已经在英国的文学界里占了一个很稳固的位置。一般的小说只是小说，她的小说是纯粹的文字，真的艺术；平常的作者只求暂时的流行，博群众的欢迎，她却只想留下几小块“时灰”掩不暗的真晶，只要得少数知音者的赞赏。

但惟其是纯粹的文学，她的著作的光彩是深蕴于内而不是显露于外的，其趣味也须读者用心咀嚼，方能充分的理会。我承作者当面许可选译她的精品，如今她去世，我更应当珍重实行我翻译的特权，虽则我颇怀疑我自己的胜任。我的好友陈通伯他所知道的欧洲文学恐怕在北京比谁都更渊博些，他在北大教短篇小说，曾经讲过曼殊斐儿的，这很使我欢喜，他现在也答应也来选译几篇，我更要感谢他了。关于她短篇艺术的长处，我也希望通伯能有机会说一点。

现在让我讲那晚怎样的会晤曼殊斐儿。早几天我和麦雷在Charing Cross背后一家嘈杂的A.B.C茶店里，讨论英法文坛的状况，我乘便说起近几年中国文艺复兴的趋向，在小说里感受俄国作者的影响最深，他喜得几乎跳了起来，因为他们夫妻最崇拜俄国的几位大作家，他曾经特别研究过道施妥奄夫斯基，著有一本“Dostoievsky: A Critical Study”，曼殊斐儿又是私淑契诃夫（Tchekhov）的，他们常在抱憾俄国文学始终不曾受英国人相当的注意，因之小说的质与式，还脱不尽维多利亚时期的philistinism。我又乘便问起曼殊斐儿的近况，他说她一时身体颇过得去，所以此次敢伴着她回伦敦住两个星期，他就给了我他们的住址，请我星期四晚上去会她和他们的朋友。

所以我会见曼殊斐儿，真算是凑巧的凑巧。星期三那天我到惠尔斯（H.G.Wells）乡里的家去了（Easten Glebe），下一天和他的夫人一同回伦敦，那天雨下得很大，我记得回寓时浑身全淋湿了。

他们在彭德街的寓处，很不容易找（伦敦寻地方总是麻烦的，我恨极了那回街曲巷的伦敦），后来居然寻着了，一家小小一楼一底的屋子，麦雷出来替我开门，我颇狼狈的拿着雨伞，还拿着一个朋友还我的几卷中国字画。进了门，我脱了雨具，他让我进右首一间屋子，我那时为止对于曼殊斐儿只是对于一个有名的年轻女作家的景仰与期望；至于她的“仙姿灵态”我那时绝对没有想到，我以为她只是与 Rose Macaulay, Virginia Woolf, Roma Wilon, Vanessa Bell 几位女文学家的同流人物。平常男子文学家与美术家，已经尽够怪僻，近代女子文学家更似乎故意养成怪僻的习惯，最显著的一个通习是装饰之务淡朴，务不入时，务“背女性”：头发是剪了的，又不好好的收拾，一团和糟的散在肩上；袜子永远是粗纱的；鞋上不是沾有泥就是带灰，并且大都是最难看的样式；裙子不是异样的短就是过分的长，眉目间也许有一两圈“天才的黄晕”，或是带着最可厌的美国式龟壳大眼镜，但她们的脸上却从不见脂粉的痕迹，手上装饰亦是永远没有的，至多无非是多烧了香烟的焦痕；哗笑的声音，十次有九次半盖过同座男子；走起路来也是挺胸凸肚的，再也辨不出是夏娃的后身；开起口来大半是男子不敢出口的话：当然最喜欢讨论是 Freudian Complex, Birth Control, 或是 George Moore 与 James Joyce 私人印行的新书，例如“A Story teller's Holiday”与“Ulysses”。总之她们的全人格只是一幅妇女解放的讽刺画；（Amy Lowell 听说整天的抽大雪茄！）和这一班立意反对上帝造人的本意的“唯智的”女子在一起，当然也有许多有趣味的地方，但有时总不免感觉她们矫揉造作的痕迹过深，引起一种性的憎忌。

我当时未见曼殊斐儿以前，固然没有想她是这样一流的 Futuristic, 但也绝对没有梦想到她是女性的理想化。

所以我推进那门时我就盼望她——一个将近中年和蔼的妇人——笑盈盈的从壁炉前沙发上站起来和我握手问安。

但房里——一间狭长的壁炉对门的房——只见鹅黄色恬静的灯光，壁上炉架上杂色的美术的陈设和画件，几张有彩色画套的沙发围列在炉前，却没有一半个人影。麦雷让我在一张椅上坐了，伴着我谈天，谈的是东方的观音和耶教的圣母，希腊的 Virgin Diana, 埃及的 Isis, 波斯的 Mithraism 里的 Virgin 等等之相仿佛，似乎处女的圣母是所有宗教里一个不可少的象征……我们正讲着，只听门上一声剥啄，接着进来了一位年轻的女郎，含笑着站在门口。“难道她就是曼殊斐儿——这样的年轻……”，我心里在疑惑，她一头的褐色卷发，盖着一张小圆脸，眼极活泼，口也很灵动，配着一身极鲜艳的衣裳——漆鞋，绿丝长袜，银红绸的上衣，酱紫的丝绒围裙——亭亭的立着，像一棵临风的郁金香。

麦雷起来替我介绍，我才知道她不是曼殊斐儿，而是屋主人，不知是密司 Beir 还是 Beek, 我记不清了，麦雷是暂寓在她家的；她是个画家，壁上挂的画，大都是她自己的作品。她在我对面的椅子上坐了。她从炉架上取下一个小发电机似的东西拿在手里，头上又戴了一个接电话生戴的听箍，向我凑得很近的说话，我先还当是无线电的玩具，随后方知这位秀美的女郎听觉是有缺陷的。

她正坐定，外面的门铃大响——我疑心她的门铃是特别响些。来的是我在法兰先生（Roger Fry）家里会过的Sydney Waterloo，极诙谐的一位先生，有一次他从巨大的口袋里一连掏出了七八枝的烟斗，大的小的长的短的，各种颜色的，叫我们好笑。他进来就问麦雷，迦赛琳今天怎样，我耸了耳朵听他的回答。麦雷说："她今天不下楼了，天气太坏，谁都不受用……"华德鲁先生就问他可否上楼去看她，麦说可以的。华又问了密司B的允许站了起来，他正要走出门，麦雷又赶过去轻轻地说："Sydney, don't talk too much!"

楼上微微听得步响，W已在迦赛琳房中了。一面又来了两个客，一个短的**M**才从游希腊回来，一个轩昂的美丈夫，就是London Nation and Athenaeum里每周做科学文章署名S的Sullivan，M就讲他游历希腊的情形，尽背着古希腊的史迹名胜，Parnassus长，Mycenae短，讲个不住。S也向麦雷迦赛琳如何，麦雷说今晚不下楼，W现在楼上。过了半点钟模样，W笨重的足音下来了，S问他迦赛琳倦了没有，W说："不，不像倦，可是我也说不上，我怕她累，所以我下来了。"再等一歇，S也问了麦雷的允许上楼去了，麦也照样叮咛他不要让她乏了。麦问我中国的书画，我乘便就拿那晚带去的一幅赵之谦的"草书法画梅"，一幅王觉斯的草书，一幅梁山舟的行书，打开给他们看，讲了些书法大意，密司B听得高兴，手捧着她的听盘，挨近我身旁坐着。

但我那时心里却颇有些失望，因为冒着雨存心要来一会Bliss的作者，偏偏她又不下楼，同时W，S，麦雷的烘云托月，又增加我对她的好奇心。我想运气不好，迦赛琳在楼上，老朋友还有进房去谈的特权，我外国人的生客，一定是没有份的了。时已十时过半了，我只得起身告别，走出房门，麦雷陪出来帮我穿雨衣。我一面穿衣，一面说我很抱歉，今晚密司曼殊斐儿不能下来，否则我是很想望会她的，不意麦雷竟很诚恳的说，"如其你不介意，不妨请上楼去一见。"我听了这话喜出望外，立即将雨衣脱下，跟着麦雷一步一步地走上楼梯……

上了楼梯，叩门，进房，介绍，S告辞，和**M**一同出房，关门，她请我坐下，我坐下，她也坐下……这么一大串繁复的手续我只觉得是像电火似的一扯过，其实我只推想应有这么些的经过，却并不曾觉到：当时只觉得一阵模糊。事后每次回想也只觉得是一阵模糊，我们平常从黑暗的街上走进一间灯烛辉煌的屋子，或是从光薄的屋子里出来骤然对着盛烈的阳光，往往觉得耀光太强，头晕目眩的，得定一定神，方能辨认眼前的事物。用英文说就是Senses overwhelmed by excessive light; 不仅是光，浓烈的颜色有时也有"潮没"官觉的效能。我想我那时，虽不定是被曼殊斐儿人格的烈光所潮没，她房里的灯光陈设以及她自身衣饰种种各品浓艳璨烂的颜色，已够使我不预防的神经，感觉刹那间的淆惑，那是很可理解的。

她的房给我的印象并不清切，因为她和我谈话时，不容我分心去认记房中的布置，我只知道房是很小，一张大床差不多就占了全房大部分的地位，壁是用画纸裱的，挂着好几幅油画大概是主人画的。她和我同坐在床左贴壁一张沙发榻上，因为我斜倚她正坐的缘故，她似乎比我高得多（在她面前哪一个不是低的，真是！）。我疑心那两盏电灯是用红色罩的，否则何以我想起那房，便联想起“红烛高烧”的景象？但背景究竟不甚重要，重要的是给我最纯粹的美感的——The purest aesthetic feeling——她；是使我使用上帝给我那把进天国的秘钥的——她；是使我灵魂内府里，又增加了一部宝藏的——她。但要用不驯服的文字来描写那晚的她！不要说显示她人格的精华，就是单只忠实地表现我当时的单纯感象，恐怕就够难的了。从前有一个人一次做梦，进天堂去玩了，他异样的欢喜，明天一起身就到他朋友那里去，想描写他神妙不过的梦境。但是！他站在朋友面前，结住舌头，一个字都说不出来，因为他要说的时候，才觉得他所学的在人间适用的字句，绝对不能表现他梦里所见天堂的景色，他气得从此不开口，后来抑郁而死。我此时妄想用字来活现出一个曼殊斐儿，也差不多有同样的感觉，但我却宁可冒猥渎神灵的罪，免得像那位诚实君子活活的闷死。她的打扮与她的朋友 B 女士相像：也是铄亮的漆皮鞋，闪色的绿丝袜，枣红丝绒的围裙，嫩黄薄绸的上衣，领口是尖开的，胸前挂着一串细珍珠，袖口只齐及肘弯。她的发是黑的，也同密司 B 一样剪短的。但她栉发的样式，却是我在欧美从没有见过的。我疑心她是有心仿效中国式，因为她的发不但纯黑，而且直而不卷，整整齐齐的一圈，前面像我们十余年前的“刘海”，梳得光滑异常；我虽则说不出所以然，但觉得她发之美也是生平所仅见。

至于她眉目口鼻之清之秀之明净，我其实不能传神于万一；仿佛你对着自然界的杰作，不论是秋水洗净的湖山，霞彩纷披的夕照，或是南洋莹澈的星空，或是艺术界的杰作，贝德花芬的沁芳南，怀格纳的奥配拉，密佐郎其罗的雕像，卫师德拉（Whistler）或是柯罗（Corot）的画；你只觉得它们整体的美，纯粹的美，完全的美，不能分析的美，可感不可说的美；你仿佛直接无碍的领会了造化最高明的意志，你在最伟大深刻的戟刺中经验了无限的欢喜，在更大的人格中解化了你的性灵。我看了曼殊斐儿像印度最纯澈的碧玉似的容貌，受着她充满了灵魂的电流的凝视，感着她最和软的春风似的神态，所得的总量我只能称之为一整个的美感。她仿佛是个透明体。你只感讶她粹极的灵澈性，却看不见一些杂质。就是她一身的艳服，如其别人穿着，也许会引起琐碎的批评，但在她身上，你只是觉得妥贴，像牡丹的绿叶，只是不可少的衬托，汤林生（H.M.Tomlingson，她生前的一个好友），以阿尔帕斯山岭万古不融的雪，来比拟她清极超俗的美，我以为很有意味的；他说：

曼殊斐儿以美称，然美固未足以状其真，世以可人为美，曼殊斐儿固可人矣，然何其脱尽尘寰气，一若高山琼雪，清澈重霄，其美可惊，而其凉亦可感。艳阳被雪，幻成异彩，亦明明可识，然亦似神境在远，不隶人间。曼殊斐儿肌肤明皙如纯牙，其官之秀，其目之黑，其颊之腴，其约发环整如髹，其神态之闲静，有华族粲者之明粹，而无西艳伉杰之容；其躯体尤苗约，绰如也，若明蜡之静焰，若晨星之澹妙，就语者未尝不自讶其吐息之重浊，而虑是静且澹者之且神化……

汤林生又说她锐敏的目光，似乎直接透入你的灵府深处，将你所蕴藏的秘密，一齐照澈。所以他说她有鬼气，有仙气；她对着你看，不是见你的面之表，而是见你心之底，但她却不是侦刺你的内蕴，不是有目的搜罗，而只是同情的体贴。你在她面前，自然会感觉对她无慎密的必要；你不说她也有数，你说了她不会惊讶。她不会责备，她不会怂恿，她不会奖赞，她不会代你出什么物质利益的主意，她只是默默的听，听完了然后对你讲她自己超于善恶的见解——真理。

这一段从长期的交谊中出来深入的话，我与她仅仅一二十分钟的接近当然不曾体会到，但我敢说从她神灵的目光里推测起来，这几句话不但是可能，而且是极近情的。

所以我那晚和她同坐在蓝丝绒的榻上，幽静的灯光，轻笼住她美妙的全体，我像受了催眠似的，只是痴对她神灵的妙眼，一任她利剑似的光波，妙乐似的音浪，狂潮骤雨似的向我灵府泼淹。我那时即使有自觉的感觉，也只似开茨（Keats）听鹃啼时的：

My heart aches, and a drowsy numbness pains
My Sense, as though of hemlock I had drunk…
This not through envy of thy happy lot.
But being too happy in thy happiness.

曼殊斐儿的声音之美，又是一个 Miracle。一个个音符从她脆弱的声带里颤动出来，都在我习于尘俗的耳中，启示着一种神奇的异境，仿佛蔚蓝的天空中一颗一颗的明星先后涌现。像听音乐似的，虽则明明你一生从不曾听过，但你总觉得好像曾经闻到过的，也许在梦里，也许在前生。她的，不仅引起你听觉的美感，而竟似直达你的心灵底里，抚摩你蕴而不宣的苦痛，温和你半冷半僵的希望，洗涤你窒碍性灵的俗累，增加你精神快乐的情调，仿佛凑住你灵魂的耳畔私语你平日所冥想不得的仙界消息。我便此时回想，还不禁内动感激的悲慨，几乎零泪；她是去了，她的音声笑貌也似蜃彩似的一翳不再，我只能学 Aft Vogler 之自慰，虔信——

Whose voice has gone forth, but each survives for the melodist when eternity affirms the conception of an hour

…

Enough that he heard it once, we shall hear it by and by.

曼殊斐儿，我前面说过，是患肺痨病的，我见她时正离她死不过半年，她那晚说话时，声音稍高，肺管中便如吹荻管似的呼呼作响，她每句语尾收顿时，总有些气促，颧颊间便也多添一层红润，我当时听出了她肺弱的音息，便觉得切心的难过，而同时她天才的兴奋，偏是逼迫她音度的提高，音愈高，肺嘶亦更呖呖，胸间的起伏，亦隐约可辨，可怜！我无奈何，只得将自己的声音特别的放低，希冀她也跟着放低些。果然很灵效，她也放低了不少。但不久她又似内感思想的戟刺，重复节节的高引。最后我再也不忍因我而多耗她珍贵的精力，并且也记得麦雷再三叮嘱 W 与 S 的话，就辞了出来，总计我进房至出房——她站在房口送我——不过二十分的时间。

我与她所讲的话也很有意味，但大部分是她对于英国当时最风行的几个小说家的批评——例如 Rebecca West，Romer Wilson，Hutchingson，Swinnerton 等——恐怕因为一般人不稔悉，那类简约的评语不能引起相当的兴味所以从略。麦雷自己是现在英国中年的评衡家最有学有识的一人——他去年在牛津大学讲的“The Problem of Style”有人誉为安诺德（Mathew Arnold）以后评衡界最重要的一部贡献——而他总常常推尊曼殊斐儿，说她是评衡的天才，有言必中肯的本能。所以我此刻要把她那晚随兴月旦的珠沫，略过不讲，很觉得有些可惜。她说她方才从瑞士回来，在那边和罗素夫妇寓所相距颇近，常常谈起东方的好处，所以她原来对中国景仰，更一进而为爱慕的热忱。她说她最爱读 Arthur Waley 所审的中国诗，她说那样的艺术在西方真是一个 Wonderful Revelation，她说新近 Amy lowell 译的很使她失望，她这里又用她爱用的短句，That’s not the thing! 她问我译过没有，她再三劝我应当试试，她以为中国诗只有中国人能译得好的。

她又问我是否也是写小说的，她又问中国顶喜欢契诃夫的那几篇，译得怎么样，此外谁最有影响。

她问我最喜欢读哪几家小说，我说哈代，康德拉，她的眉梢耸一耸笑道！

“Isn’t it! we have to go back to the masters for good literature—the real thing!”

她问我回中国去打算怎么样，她希望我不进政治，她愤愤地说现代政治的世界，不论哪一国，只是一乱堆的残暴和罪恶。

后来说起她自己的著作。我说她的太是纯粹的艺术，恐怕一般人反而不认识，她说：

That's just it, then of course, popularity is never the thing for us.

我说我以后也许有机会试翻译她的小说，愿意先得作者本人的许可。她高兴的说她当然愿意，就怕她的著作不值得翻译的劳力。

她盼望我早日回欧洲，将来如到瑞士再去找她，她说怎样的爱瑞士风景，琴妮湖怎样的妩媚，我那时就仿佛在湖心柔波间与她荡舟玩景。

Clear, placid leman! …
Thy soft murmuring sounds sweet as if a sister's voice reproved.
That I with stern delights should ever have been so moved…

我当时就满口的答应，说将来回欧一定到瑞士去访她。

末了我说恐怕她已经倦了，深恨与她相见之晚，但盼望将来还有再见的机会。她送我到房门口，与我很诚挚地握别。

将近一月前我得到曼殊斐儿已经在法国的芳丹卜罗去世。这一篇文字，我早已想写出来，但始终为笔懒，延到如今，岂知如今却变了她的祭文了！

译曼殊斐儿诗三首前言

曼殊斐儿，她只是不同，她的诗，正如她的散文，都有她独有的气息与韵味。一种单纯的神秘的美永远在她的笔尖上颤动着。她一生所想望，所追求的是一种晶莹的境界；在人格上，在思想上，在表达的艺术上，她永远凝视着那一个憧憬。

她有一个弟弟，她最爱他。他是夭死的，这于她是莫大的打击，她感到的是不可言宣的悲哀。同时这件大事也使她更透深一层观察人生，在她的作品里留有深刻的痕迹。

这三首小诗，我疑心都是为她弟弟写的。我的翻译当然是粗率到一个亵渎的程度，但你们或许可以由此感到曼殊斐儿，低着声音像孩子似的说话的风趣。她的思想是一群在雪夜里过路的羊；你们能让它们走进你们的心窝如同羊归它们的圈不？

济慈的夜莺歌

诗中有济慈（John Keats）的《夜莺歌》，与禽中有夜莺一样的神奇。除非你亲耳听过，你不容易相信树林里有一类发痴的鸟，天晚了才开口唱，在黑暗里倾吐她的妙乐，愈唱愈有劲，往往直唱到天亮，连真的心血都跟着歌声从她的血管里呕出；除非你亲自咀嚼过，你也不易相信一个二十三岁的青年有一天早饭后坐在一株李树底下迅笔的写，不到三小时写成了一首八段八十行的长歌，这歌里的音乐与夜莺的歌声一样的不可理解，同是宇宙间一个奇迹，即使有哪一天大英帝国破裂成无可记认的断片时，《夜莺歌》依旧保有她无比的价值：万万里外的星亘古的亮着，树林里的夜莺到时候就来唱着，济慈的《夜莺歌》永远在人类的记忆里存着。

那年济慈住在伦敦的 Wentworth Place。百年前的伦敦与现在的英京大不相同，那时候"文明"的沾染比较的不深，所以华次华斯站在威士明治德桥上，还可以放心的讴歌清晨的伦敦，还有福气在"无烟的空气"里呼吸，望出去也还看得见"田地，小山，石头，旷野，一直开拓到天边"。那时候的人，我猜想，也一定比较的不野蛮，近人情，爱自然，所以白天听得着满天的云雀，夜里听得着夜莺的妙乐。要是济慈迟一百年出世，在夜莺绝迹了的伦敦市里住着，他别的著作不敢说，那首《夜莺歌》至少，怕就不会成功，供人类无尽期的享受。说起真觉得可悲，在我们南方，古迹而兼是艺术品的，只淘成了西湖上一座孤单的雷峰塔，这千百年来雷峰塔的文学还不曾见面，雷峰塔的映影已经永别了波心！也许我们的灵性是麻皮做的，木屑做的，要不然这时代普遍的苦痛与烦恼的呼声还不是最富灵感的天然音乐；——但是我们的济慈在哪里？我们的《夜莺歌》在哪里？济慈有一次低低的自语——"I feel the flowers growing on me"。意思是"我觉得鲜花一朵朵的长上了我的身"，就是说他一想着了鲜花，他的本体就变成了鲜花，在草丛里掩映着，在阳光里闪亮着，在和风里一瓣瓣的无形的伸展着，在蜂蝶轻薄的口吻下羞晕着。这是想象力最纯粹的境界：孙猴子能七十二般变化，诗人的变化力更是不可限量——莎士比亚戏剧里至少有一百多个永远有生命的人物，男的女的，贵的贱的，伟大的，卑琐的，严肃的，滑稽的，还不是他自己摇身一变变出来的。济慈与雪莱最有这与自然谐合的变术；——雪莱制《云歌》时我们不知道雪莱变了云还是云变了雪莱；歌《西风》时不知道歌者是西风还是西风是歌者；颂《云雀》时不知道是诗人在九霄云端里唱着还是百灵鸟在字句里叫着；同样的济慈咏“忧郁”“Odeon Melancholy”时他自己就变了忧愁本体，“忽然从天上吊下来像一朵哭泣的云”；他赞美“秋”“To Autumn”时他自己就是在树叶底下挂着的叶子中心那颗渐渐发长的核仁儿，或是在稻田里静偃着玫瑰色的秋阳！这样比称起来，如其赵松雪关紧房门伏在地下学马的故事可信时，那我们的艺术家就落粗蠢，不堪的“乡下人气味”！

他那《夜莺歌》是他一个哥哥死的那年做的，据他的朋友有名肖像画家 Robert Haydon 给 Miss Mitford 的信里说，他在没有写下以前早就起了腹稿，一天晚上他们俩在草地里散步时济慈低低的背诵给他听——“……in a low, tremulous undertone which affected me extremely.”那年碰巧——据著《济慈传》的 Lord Houghton 说，在他屋子的邻近来了一只夜莺，每晚不倦的歌唱，他很快活，常常留意倾听，一直听得他心痛神醉逼着他从自己的口里复制了一套不朽的歌曲。我们要记得济慈二十五岁那年在意大利在他一个朋友的怀抱里作古，他是，与他的夜莺一样，呕血死的！

能完全领略一首诗或是一篇戏曲，是一个精神的快乐，一个不期然的发现，这不是容易的事；要完全了解一个人的品性是十分难，要完全领会一首小诗也不得容易。我简直想说一半得靠你的缘分，我真有点儿迷信。就我自己说，文学本不是我的行业，我的有限的文学知识是“无师传授”的。斐德（Walter Pater）是一天在路上碰着大雨到一家旧书铺去躲避无意中发现的，葛德（Goethe）——说来更怪了——是司蒂文孙（R.L.S）介绍给我的，（在他的 Art of Writing 那书里他称赞 George Henry Lewes 的《葛德评传》；Everyman edition 一块钱就可以买到一本黄金的书）柏拉图是一次在浴室里忽然想着要去拜访他的。雪莱是为他也离婚才去仔细请教他的，杜思退益夫斯基、托尔斯泰、丹农雪乌、波特莱耳、卢骚，这一班人也各有各的采法，反正都不是经由正宗的介绍：都是邂逅，不是约会。这次我到平大教书也是偶然的，我教着济慈的《夜莺歌》也是偶然的，乃至我现在动手写这一篇短文，更不是料得到的。友鸾再三要我写才鼓起我的兴来，我也很高兴写，因为看了我的乘兴的话，竟许有人不但发愿去读那《夜莺歌》，并且从此得到了一个亲口尝味最高级文学的门径，那我就得意极了。

但是叫我怎样讲法呢？在课堂里一头讲生字一头讲典故，多少有一个讲法，但是现在要我坐下来把这首整体的诗分成片段诠释他的意义，可真是一个难题！领略艺术与看山景一样，只要你地位站得适当，你这一望一眼便吸收了全景的精神；要你“远视”的看，不是近视的看；如其你捧住了树才能见树，那时即使你不惜工夫一株一株的审查过去，你还是看不到全林的景子。所以分析的看艺术，多少是杀风景的，综合的看法才对。所以我现在勉强讲这《夜莺歌》，我不敢说我能有什么心得的见解！我并没有！我只是在课堂里讲书的态度，按句按段的讲下去就是；至于整体的领悟还得靠你们自己，我是不能帮忙的。

你们没有听过夜莺先是一个困难。北京有没有我都不知道。下回萧友梅先生的音乐会要是有贝德花芬的第六个“泌芳南”（The Pastoral Symphony）时，你们可以去听听，那里面有夜莺的歌声。好吧，我们只要能同意听音乐——自然的或人为的——有时可以使我们听出神：譬如你晚上在山脚下独步时听着清越的笛声，远远的飞来，你即使不滴泪，你多少不免“神往”不是？或是在山中听泉乐，也可使你忘却俗景，想象神境。我们假定夜莺的歌声比白天听着的什么鸟都要好听；他初起像是龚云甫，嗓子发沙的，很懈的试她的新歌；顿上一顿，来了，有调了。可还不急，只是清脆悦耳，像是珠走玉盘（比喻是满不相干的！）。慢慢的她动了情感，仿佛忽然想起了什么事情使他激成异常的愤慨似的，他这才真唱了，声音越来越亮，调门越来越新奇，情绪越来越热烈，韵味越来越深长，像是无限的欢畅，像是艳丽的怨慕，又像是变调的悲哀——直唱得你在旁倾听的人不自主的跟着她兴奋，伴着她心跳。你恨不得和着她狂歌，就差你的嗓子太粗太浊合不到一起！这是夜莺；这是济慈听着的夜莺，本来晚上万籁静定后声音的感动力就特强，何况夜莺那样不可模拟的妙乐。

好了，你们先得想象你们自己也教音乐的沉醴浸醉了，四肢软绵绵的，心头痒荠荠的，说不出的一种浓味的馥郁的舒服，眼帘也是懒洋洋的挂不起来，心里满是流膏似的感想，辽远的回忆，甜美的惆怅，闪光的希冀，微笑的情调一齐兜上方寸灵台时——再来——“in a low, tremulous undertone”——开诵济慈的《夜莺歌》，那才对劲儿！

这不是清醒时的说话，这是半梦呓的私语，心里畅快的压迫太重了流出口来绻缱的细语——我们用散文译过他的意思来看：——

（一）“这唱歌的，唱这样神妙的歌的，决不是一只平常的鸟；她一定是一个树林里美丽的女神，有翅膀会飞翔的。她真乐呀，你听独自在黑夜的树林里，在枝干交叉，浓荫如织的青林里，她畅快的开放她的歌调，赞美着初夏的美景，我在这里听她唱，听的时候已经很多，她还是恣情的唱着；啊，我真被她的歌声迷醉了，我不敢羡慕她的清福，但我却让她无边的欢畅催眠住了，我像是服了一剂麻药，或是喝尽了一剂鸦片汁，要不然为什么这睡昏昏思离离的像进了黑甜乡似的，我感觉着一种微倦的麻痹，我太快活了，这快感太尖锐了，竟使我心房隐隐的生痛了！”

（二）“你还是不倦的唱着——在你的歌声里我听出了最香冽的美酒的味儿。呵，喝一杯陈年的真葡萄酒多痛快呀！那葡萄是长在暖和的南方的，普鲁罔斯那种地方，那边有的是幸福与欢乐，他们男的女的整天在宽阔的太阳光底下作乐，有的携着手跳春舞，有的弹着琴唱恋歌；再加那遍野的香草与各样的树馨——在这快乐的地土下他们有酒窖埋着美酒。现在酒味益发的澄静，香冽了。真美呀，真充满了南国的乡土精神的美酒，我要来引满一杯，这酒好比是希宝克林灵泉的泉水，在日光里滟滟发虹光的清泉，我拿一只古爵盛一个扑满。啊，看呀！这珍珠似的酒沫在这杯边上发瞬，这杯口也叫紫色的浓浆染一个鲜艳；你看看，我这一口就把这一大杯酒吞了下去——这才真醉了，我的神魂就脱离了躯壳，幽幽的辞别了世界，跟着你清唱的音响，像一个影子似淡淡的掩入了你那暗沉沉的林中。”

（三）“想起这世界真叫人伤心。我是无沾恋的，巴不得有机会可以逃避，可以忘怀种种不如意的现象，不比你在青林茂荫里过无忧的生活，你不知道也无须过问我们这寒伧的世界，我们这里有的是热病，厌倦，烦恼，平常朋友们见面时只是愁颜相对，你听我的牢骚，我听你的哀怨；老年人耗尽了精力，听凭痹症摇落他们仅存的几茎可怜的白发，年轻人也是叫不如意事蚀空了，满脸的憔悴，消瘦得像一个鬼影，再不然就进墓门；真是除非你不想他，你要一想的时候就不由得你发愁，不由得你眼睛里钝迟迟的充满了绝望的晦色；美更不必说，也许难得在这里，那里，偶然露一点痕迹，但是转瞬间就变成落花流水似没了，春光是挽留不住的，爱美的人也不是没有，但美景既不常驻人间，我们至多只能实现暂时的享受，笑口不曾全开，愁颜又回来了！因此我只想顺着你歌声离别这世界，忘记却这世界，解化这忧郁沉沉的知觉。”

（四）“人间真不值得留恋，去吧，去吧！我也不必乞灵于培克司（酒神）与他那宝辇前的文豹，只凭诗情无形的翅膀我也可以飞上你那里去。啊，果然来了！到了你的境界了！这林子里的夜是多温柔呀，也许皇后似的明月此时正在她天中的宝座上坐着，周围无数的星辰像侍臣似的拱着她。但这夜却是黑，暗阴阴的没有光亮，只有偶然天风过路时把这青翠荫蔽吹动，让半亮的天光丝丝的漏下来，照出我脚下青茵浓密的地土。”

（五）“这林子里梦沉沉的不漏光亮，我脚下踏着的不知道是什么花，树枝上渗下来的清馨也辨不清是什么香；在这薰香的黑暗中我只能按着这时令猜度这时候青草里，矮丛里，野果树上的各色花香；——乳白色的山楂花，有刺的野蔷薇，在叶丛里掩盖着的芝罗兰已快萎谢了，还有初夏最早开的麝香玫瑰，这时候准是满承着新鲜的露酿，不久天暖和了，到了黄昏时候，这些花堆里多的是采花来的飞虫。”

我们要注意从第一段到第五段是一顺下来的：第一段是乐极了的谵语，接着第二段声调跟着南方的阳光放亮了一些，但情调还是一路的缠绵。第三段稍为激起一点浪纹，迷离中夹着一点自觉的愤慨，到第四段又沉了下去，从“already with thee!”起，语调又极幽微，像是小孩子走入了一个阴凉的地窖子，骨髓里觉着凉，心里却觉着半害怕的特别意味，他低低的说着话，带颤动的，断续的；又像是朝上风来吹断清梦时的情调；他的诗魂在林子的黑荫里闻着各种看不见的花草的香味，私下一一的猜测诉说，像是山涧平流入湖水时的尾声……这第六段的声调与情调可全变了；先前只是畅快的惝恍，这下竟是极乐的谵语了。他乐极了，他的灵魂取得了无边的解脱与自由，他就想永保这最痛快的俄顷，就在这时候轻轻的把最后的呼吸和入了空间，这无形的消灭便是极乐的永生；他在另一首诗里说——

I know this being's lease,
My fancy to its utmost bliss spreads,
Yet could I on this very midnight cease,
And the worlds gaudy ensign see in shreds;
Verse, Fame and Beauty are in tense indeed,
But Death in tenser —— Death is Life's high Meed

在他看来（或是在他想来），"生"是有限的，生的幸福也是有限的——诗，声名与美是我们活着时最高的理想，但都不及死，因为死是无限的，解化的，与无尽流的精神相投契的，死才是生命最高的蜜酒，一切的理想在生前只能部分的，相对的实现，但在死里却是整体的绝对的谐合，因为在自由最博大的死的境界中一切不调谐的全调谐了，一切不完全的全完全了，他这一段用的几个状词要注意，他的死不是苦痛，是"Easeful Death"舒服的，或是竟可以翻作"逍遥的死"；还有他说"Quiet Breath"，幽静或是幽静的呼吸，这个观念在济慈诗里常见，很可注意；他在一处排列他得意的幽静的比象——

AUTUMN SUNS
Smiling at eve upon the quiet sheaves
Sweet Sapphos cheek—a sleeping infant's breath—
The gradual sand that through an hour glass runs
A woodland rivulet, a poet's death

秋田里的晚霞，沙浮女诗人的香腮，睡孩的呼吸，光阴渐缓的流沙，山林里的小溪，诗人的死。他诗里充满着静的，也许香艳的，美丽的静的意境，正如雪莱的诗里无处不是动，生命的振动，剧烈的，有色彩的，嘹亮的。我们可以拿济慈的《秋歌》对照雪莱的《西风歌》，济慈的《夜莺》对比雪莱的《云雀》，济慈的《忧郁》对比雪莱的《云》，一是动、舞、生命、精华的、光亮的、搏动的生命，一是静、幽、甜熟的、渐缓的"奢侈"的死，比生命更深奥更博大的死，那就是永生。懂了他的生死的概念我们再来解释他的诗。

（六）"但是我一面正在猜测着这青林里的这样那样，夜莺他还是不歇的唱着，这回唱得更浓更烈了。（先前只像荷池里的雨声，调虽急，韵节还是很匀净的；现在竟像是大块的骤雨落在盛开的丁香林中，这白英在狂颤中缤纷的堕地，雨中的一阵香雨，声调急促极了）所以他竟想在这极乐中静静的解化，平安的死去，所以他竟与无痛苦的解脱发生了恋爱，昏昏的随口编着钟爱的名字唱着赞美他，要他领了他永别这生的世界，投入永生的世界。这死所以不仅不是痛苦，真是最高的幸福，不仅不是不幸，并且是一个极大的奢侈；不仅不是消极的寂灭，这正是真生命的实现。在这青林中，在这半夜里，在这美妙的歌声里，轻轻的挑破了生命的水泡，啊，去吧！同时你在歌声中倾吐了你的内蕴的灵性，放胆的尽性的狂歌好像你在这黑暗里看出比光明更光明的光明，在你的叶荫中实现了比快乐更快乐的快乐；——我即使死了，你还是继续的唱着，直唱到我听不着，变成了土，你还是永远的唱着。”

这是全诗精神最饱满音调最神灵的一节，接着上段死的意思与永生的意思，他从自己又回想到那鸟的身上，他想我可以在这歌声里消散，但这歌声的本体呢？听歌的人可以由生入死，由死得生，这唱歌的鸟，又怎样呢？以前的六节都是低调，就是第六节调虽变，音还是像在浪花里浮沉着的一张叶片，浪花上涌时叶片上涌，浪花低伏时叶片也低伏；但这第七节是到了最高点，到了急调中的急调——诗人的情绪，和着鸟的歌声，尽情的涌了出来，他的迷醉中的诗魂已经到了梦与醒的边界。

这节里 Ruth 的本事是在旧约书里 The Book of Ruth，她是嫁给一个客民的，后来丈夫死了，她的姑要回老家，叫她也回自己的家再嫁人去，罗司一定不肯，情愿跟着她的姑到外国去守寡，后来她在麦田里收麦，她常常想着她的本乡，济慈就应用这段故事。

（七）“方才我想到死与灭亡，但是你，不死的鸟呀，你是永远没有灭亡的日子，你的歌声就是你不死的一个凭证。时代尽迁异，人事尽变化，你的音乐还是永远不受损伤，今晚上我在此地听你，这歌声还不是在几千年前已经在着，富贵的王子曾经听过你，卑贱的农夫也听过你：也许当初罗司那孩子在黄昏时站在异邦的田里割麦，她眼里含着一包眼泪思念故乡的时候，这同样的歌声，曾经从林子里透出来，给她精神的慰安，也许在中古时期幻术家在海上变出蓬莱仙岛，在波心里起造着楼阁，在这里面住着他们摄取来的美丽的女郎，她们凭着窗户望海思乡时，你的歌声也曾经感动她们的心灵，给她们平安与愉快。”

（八）这段是全诗的一个总束，夜莺放歌的一个总束，也可以说人生大梦的一个总束。他这诗里有两个相对的（动机）：一个是这现世界，与这面目可憎的实际的生活，这是他巴不得逃避，巴不得忘却的，一个是超现实的世界，音乐声中不朽的生命，这是他所想望的，他要实现的，他愿意解脱了不完全暂时的生为要化入这完全的永久的生。他如何去法，凭酒的力量可以去，凭诗的无形的翅膀亦可以飞出尘寰，或是听着夜莺不断的唱声也可以完全忘却这现世界的种种烦恼。他去了，他化入了温柔的黑夜，化入了神灵的歌声——他就是夜莺；夜莺就是他。夜莺低唱时他也低唱，高唱时他也高唱，我们辨不清谁是谁，第六第七段充分发挥“完全的永久的生”那个动机，天空里，黑夜里已经充塞了音乐——所以在这里最高的急调尾声一个字音 forlorn 里转回到那一个动机，他所从来那个现实的世界，往来穿着的还是那一条线，音调的接合，转变处也极自然；最后糅和那两个相反的动机，用醒（现世界）与梦（想象世界）结束全文，像拿一块石子掷入山壑内的深潭里，你听那音响又清切又谐和，余音还在山壑里回荡着，使你想见那石块慢慢的，慢慢的沉入了无底的深潭……音乐完了，梦醒了，血呕尽了，夜莺死了！但他的余韵却袅袅的永远在宇宙间回响着……

十三年十二月二日夜半

谒见哈代的一个下午[①]

一

“如其你早几年，也许就是现在，到道骞司德的乡下，你或许碰得到《裘德》[②]的作者，一个和善可亲的老者，穿着短裤便服，精神飒爽的，短短的脸面，短短的下颏，在街道上闲暇的走着，招呼着，答话着，你如其过去问他卫撒克士小说里的名胜，他就欣欣的从详指点讲解；回头他一扬手，已经跳上了他的自行车，按着车铃，向人丛里去了。我们读过他著作的，更可以想象这位貌不惊人的圣人，在卫撒克士广大的，起伏的草原上，在月光下，或在晨曦里，深思地徘徊着。天上的云点，草里的虫吟，远处隐约的人声都在他灵敏的神经里印下不磨的痕迹；或在残败的古堡里拂拭乳石上的苔青与网结；或在古罗马的旧道上，冥想数千年前铜盔铁甲的骑兵曾经在这日光下驻踪或在黄昏的苍茫里，独倚在枯老的大树下，听前面乡村里的青年男女，在笛声琴韵里，歌舞他们节会的欢欣；或在济茨[③]或雪莱或史文庞[④]的遗迹，悄悄的追怀他们艺术的神奇……在他的眼里，像在高蒂闲[⑤]（Théophile Gautier）的眼里，这看得见的世界是活着的；在他的‘心眼’（The Inward Eye）里，像在他最服膺的华茨华士[⑥]的心眼里，人类的情感与自然的景象是相联合的；在他的想象里，像在所有大艺术家的想象里，不仅伟大的史迹，就是眼前最琐小最暂忽的事实与印象，都有深奥的意义，平常人所忽略或竟不能窥测的。从他那六十年不断的心灵生活，——观察、考量、揣度、印证，——从他那六十年不懈不驰的真纯经验里，哈代，像春蚕吐丝制茧似的抽绎他最微妙最桀傲的音调，纺织他最缜密最经久的诗歌——这是他献给我们可珍的礼物。”

① 本文发表时作为《汤麦士哈代》一文的附录，其实是一篇独立的散文，这里另置一题。

② “裘德”，即哈代的长篇小说《无名的裘德》。

③ 济茨，通译济慈（1795—1821），英国诗人。

④ 史文庞，通译史文朋（1837—1909），英国诗人。

⑤ 高蒂闲，通译戈蒂埃（1811—1872），法国诗人。

⑥ 华茨华士，通译华兹华斯（1770—1850），英国诗人。

二

上文是我三年前慕而未见时半自想象半自他人传述写来的哈代。去年七月在英国时，承狄更生[①]先生的介绍，我居然见到了这位老英雄，虽则会面不及一小时，在余小子已算是莫大的荣幸，不能不记下一些踪迹。我不讳我的“英雄崇拜”。山，我们爱踹高的；人，我们为什么不愿意接近大的？但接近大人物正如爬高山，往往是一件费劲的事；你不仅得有热心，你还得有耐心。半道上力乏是意中事，草间的刺也许拉破你的皮肤，但是你想一想登临危峰时的愉快！真怪，山是有高的，人是有不凡的！我见曼殊斐儿[②]，比方说，只不过二十分钟模样的谈话，但我怎么能形容我那时在美的神奇的启示中的全生的震荡？——

我与你虽仅一度相见——
但那二十分不死的时间[③]

果然，要不是那一次巧合的相见，我这一辈子就永远见不着她——会面后不到六个月她就死了。自此我益发坚持我英雄崇拜的势利，在我有力量能爬的时候，总不教放过一个“登高”的机会。我去年到欧洲完全是一次“感情作用的旅行”；我去是为泰谷尔[④]，顺便我想去多瞻仰几个英雄。我想见法国的罗曼罗兰；意大利的丹农雪乌[⑤]，英国的哈代。但我只见着了哈代。

在伦敦时对狄更生先生说起我的愿望，他说那容易，我给你写信介绍，老头精神真好，你小心他带了你到道骞斯德林子里去走路，他仿佛是没有力乏的时候似的！那天我从伦敦下去到道骞斯德，天气好极了，下午三点过到的。下了站我不坐车，问了 Max Gate[⑥] 的方向，我就欣欣的走去。他家的外园门正对一片青碧的平壤，绿到天边，绿到门前；左侧远处有一带绵延的平林。进园径转过去就是哈代自建的住宅，小方方的壁上满爬着藤萝。有一个工人在园的一边剪草，我问他哈代先生在家不，他点一点头，用手指门。我拉了门铃，屋子里突然发一阵狗叫声，在这宁静中听得怪尖锐的，接着一个白纱抹头的年轻下女开门出来。

“哈代先生在家，”她答我的问，“但是你知道哈代先生是‘永远’不见

① 狄更生，英国学者，曾任剑桥大学王家学教授。
② 曼珠斐儿，通译曼斯菲尔德（1888—1923），英国女小说家。
③ 这两句诗见本书《曼殊斐儿》一文附诗《哀曼殊斐儿》。
④ 泰谷尔，通译泰戈尔（1861—1941）印度作家、诗人、社会活动家。
⑤ 丹农雪乌，通译邓南遮（1863—1938），意大利作家。
⑥ Max Gate，即马克斯门。哈代 1885 年在英国西南部多塞特郡多切斯特郊区建立的住宅，他在此定居直到逝世。

客的。”

我想糟了。“慢着，”我说，“这里有一封信，请你给递了进去。”“那末请候一候，”她拿了信进去又关上了门。

她再出来的时候脸上堆着最俊俏的笑容。“哈代先生愿意见你，先生，请进来。”多俊俏的口音！“你不怕狗吗，先生。”她又笑了。“我怕。”我说。“不要紧，我们的梅雪就叫，她可不咬，这儿生客来得少。”

我就怕狗的袭来！战兢兢的进了门，进了官厅，下女关门出去，狗还不曾出现，我才放心。壁上挂着沙琴德[①]（John Sargent）的哈代画像，一边是一张雪莱的像，书架上记得有雪莱的大本集子，此外陈设是朴素的，屋子也低，暗沉沉的。

我正想着老头怎么会这样喜欢雪莱，两人的脾胃相差够多远，外面楼梯上一阵急促的脚步声和狗铃声下来，哈代推门进来了。我不知他身材实际多高，但我那时站着平望过去，最初几乎没有见他，我的印像是他是一个矮极了的小老头儿。我正要表示我一腔崇拜的热心，他一把拉了我坐下，口里连着说“坐坐”，也不容我说话，仿佛我的“开篇”辞他早就有数，连着问我，他那急促的一顿顿的语调与干涩的苍老的口音，“你是伦敦来的？”“狄更生是你的朋友？”“他好？”“你译我的诗？”“你怎么翻的？”“你们中国诗用韵不用？”前面那几句问话是用不着答的（狄更生信上说起我翻他的诗），所以他也不等我答话，直到末一句他才收住了。坐着也是奇矮，也不知怎的，我自己只显得高，私下不由的踌躇，似乎在这天神面前我们凡人就在身材上也不应分占先似的！（啊，你没见过萧伯纳——这比下来你是个蚂蚁！）这时候他斜着坐，一只手搁在台上头微微低着，眼往下看，头顶全秃了，两边脑角上还各有一鬃也不全花的头发；他的脸盘粗看像是一个尖角往下的等边形三角，两颧像是特别宽，从宽浓的眉尖直扫下来束住在一个短促的下巴尖；他的眼不大，但是深凹的，往下看的时候多，不易看出颜色与表情。最特别的，最“哈代的'是他那口连着两旁松松往下堕的夹腮皮。如其他的眉眼只是忧郁的深沉，他的口脑的表情分明是厌倦与消极。不，他的脸是怪，我从不曾见过这样耐人寻味的脸。他那上半部，秃的宽广的前额，着发的头角，你看了觉得好玩，正如一个孩子的头，使你感觉一种天真的趣味，但愈往下愈不好看，愈使你觉得难受，他那皱纹龟驳的脸皮正使你想起苍老的岩石，雷电的猛烈，风霜的侵凌，雨溜的剥蚀，苔藓的沾染，虫鸟的斑斓，什么时间与空间的变幻都在这上面遗留着痕迹！你知道他是不抵抗的，忍受的，但看他那下颊，谁说这不泄露他的怨毒，他的厌倦，他的报复性的沉默！他不露一点笑容，你不易相信他与我们一样也有嘻笑的本能。正如他的脊背是倾向伛偻，他面上的表情也只是一种不胜压迫的伛偻。喔哈代！

---

① 莎琴德，通译约翰·萨金特（1856—1925），意大利裔的美国画家，晚年在伦敦定居。

回讲我们的谈话。他问我们中国诗用韵不。我说我们从前只有韵的散文，没有无韵的诗，但最近……但他不要听最近，他赞成用韵，这道理是不错的。你投块石子到湖心里去，一圈圈的水纹漾了开去，韵是波纹。少不得。抒情诗（Lyric）是文学的精华的精华。颠不破的钻石，不论多小。磨不灭的光彩。我不重视我的小说。什么都没有做好的小诗难〔他背了莎士比亚“Tell me where is Fancy bred”[①]，朋琼生（Ben Jonson）的“Drink to me only with thine eyes”[②]高兴的说子[③]〕。我说我爱他的诗因为它们不仅结构严密像建筑，同时有思想的血脉在流走，像有机的整体。我说了Organic[④]这个字；他重复说了两遍：“Yes, Organic yes, Organic：A poem ought to be a living thing.”[⑤]练习文字顶好学写诗；很多人从学诗写好散文，诗是文字的秘密。

他沉思了一晌。“三十年前有朋友约我到中国去。他是一个教士，我的朋友，叫莫尔德，他在中国住了五十年，他回英国来时每回说话先想起中文再翻英文的！他中国什么都知道，他请我去，太不便了，我没有去。但是你们的文字是怎么一回事？难极了不是？为什么你们不丢了它，改用英文或法文，不方便吗？”哈代这话骇住了我。一个最认识各种语言的天才的诗人要我们丢掉几千年的文字！我与他辩难了一晌，幸亏他也没有坚持。

说起我们共同的朋友。他又问起狄更生的近况，说他真是中国的朋友。我说我明天到康华尔去看罗素。谁？罗素？他没有加案语。我问起勃伦腾[⑥]（Edmund Blunden），他说他从日本有信来，他是一个诗人。讲起麦雷[⑦]（John M.Murry）他起劲了。“你认识麦雷？”他问。“他就住在这儿道骞斯德海边，他买了一所古怪的小屋子，正靠着海，怪极了的小屋子，什么时候那可以叫海给吞了去似的。他自己每天坐一部破车到镇上来买菜。他是有能干的。他会写。你也见过他从前的太太曼殊斐儿？他又娶了，你知道不？我说给你听麦雷的故事。曼殊斐儿死了，他悲伤得很，无聊极了，他办了他的报（我怕他的报维持不了），还是悲伤。好了，有一天有一个女的投稿几首诗，麦雷觉得有意思，写信叫她去看他，她去看他，一个年轻的女子，两人说投机了，就结了婚，现在大概他不悲伤了。”

他问我那晚到那里去。我说到Exeter[⑧]看教堂去，他说好的。他就讲建

① 莎士比亚的这句话是，“告诉我是什么培养了想象力”。
② 本·琼生的这句话是，“为你的观察力干杯”。
③ “说子”，江浙方言，犹如“说道”。
④ Organic，有机的。
⑤ 这句话意为：“是的，有机的，是的，有机的：诗必须是活的东西。”
⑥ 勃伦腾，通译布伦登（1896—1974），英国诗人，二十年代在日本教书。
⑦ 麦雷，通译默里（1889—1956），英国批评家，编辑，曾与曼斯菲尔德同居。
⑧ Exeter，通译埃克塞特，英国德文郡一区（城市），历史名城。

筑，他的本行[①]。我问你小说里常有建筑师，有没有你自己的影子？他说没有。这时候梅雪出去了又回来，咻咻的爬在我的身上乱抓。哈代见我有些窘，就站起来呼开梅雪，同时说我们到园里去走走吧，我知道这是送客的意思。我们一起走出门绕到屋子的左侧去看花，梅雪摇着尾巴咻咻的跟着。我说哈代先生，我远道来你可否给我一点小纪念品。他回头见我手里有照相机，他赶紧他的步子急急的说，我不爱照相，有一次美国人来给了我很多的麻烦，我从此不叫来客照相，——我也不给我的笔迹（Autograph），你知道？他脚步更快了，微偻着背，腿微向外弯一摆一摆的走着，仿佛怕来客要强抢他什么东西似的！“到这儿来，这儿有花，我来采两朵花给你做纪念好不好？”他俯身下去到花坛里去采了一朵红的一朵白的递给我：“你暂时插在衣襟上吧，你现在赶六点钟车刚好，恕我不陪你了，再会，再会——来，来，梅雪：梅雪……”老人扬了扬手，径自进门去了。

啬刻的老头，茶也不请客人喝一盅！但谁还不满足，得着了这样难得的机会？往古的达文謇[②]、莎士比亚、葛德、拜伦，是不回来了的；——哈代！多远多高的一个名字！方才那头秃秃的背弯弯的腿屈屈的，是哈代吗？太奇怪了！那晚有月亮，离开哈代家五个钟头以后，我站在哀克刹脱[③]教堂的门前玩弄自身的影子，心里充满着神奇。

（原刊 1928 年 3 月《新月》第 1 卷第 1 期）

① 哈代早年学过建筑。

② 达文謇，通译达·芬奇（1452—1519），意大利文艺复兴时期画家、雕塑家。

③ 哀克刹脱，通译埃克塞特，即上文中提到的 Exeter。

白郎宁夫人的情诗

一

“伟大的灵魂们是永远孤单的”。不是他们甘愿孤单，他们是不能不孤单。他们的要求与需要不是寻常人的要求与需要；他们评价的标准也不是寻常的标准。他们到人间来一样的要爱、要安慰、要认识、要了解。但不幸他们的组织有时是太复杂太深奥太曲折了，这浅薄的人生不能担保他们的满足。只有生物性生活的人们，比方说，只要有饭吃，有衣穿，有相当的异性配对，他们就可以平安的过去，再不来抱怨什么，惆怅什么。一个诗人，一个艺术家，却往往不能这样容易对付。天才是不容易伺候的。在别的事情方面还可以迁就，配偶这件事最是问题。想象你做一个大诗人或大画家的太太（或是丈夫，在男女享受平等权利的时候！），你做到一个贤字，他不定见你情，你做到一个良字，他不定说你对，他们不定要生活上的满足，那他们有时尽可随便，他们却想象一种超生活的满足，因为他们的生活不是生根在这现象的世界上。你忙着替他补袜子，端整点心，他说你这是白忙，他破的不是袜子，他饿的不是肚子！这样的男人（或是女人）真是够别扭的，叫你摸不着他（或她）的脾胃。他快活的时候简直是发疯，也许当着人前就搂住了你亲吻，也不知是为些什么。他发愁的时候一只脸绷得老长，成天可以不开口，整晚可以不睡，像是跟谁不共天日的过不去，也不知是又为些什么。一百个女人里有九十九喜欢她们的丈夫是明白晓畅一流，说什么是什么，顾室家，体惜太太，到晚上睡着了就开着嘴甜甜的打呼。谁受得了一个诗人，他

> “…Wants to know
> What one has felt from earliest days,
> Why one thought not in other ways,
> And one’s loves of long ago”

因此家室这件事在有天才的人们十九是没有幸福的。“我不能想象一个有太太的思想家。”尼采说。怎怪得很多的大艺术家，比如达文謇与密仡郎其罗，终身不会想到过成家？他们是为艺术活着的，再没有余力来敷衍一个

家。就是在成家的中间，在全部思想文艺史上，你举得出几个人在结婚这件事上说得到圆满的。拜伦的离婚，他一生颠沛的张本，就为得他那太太只顾得替他补袜子端整点心。歌德一生只是浮沉在无定的恋爱的浪花间，但他的结婚是没有多大光彩的。卢骚先生检到了一个客寓里扫地的下女就算完事一宗。哈哀内的玛蒂尔代又是一个不识字的姑娘，虽则她的颜色足够我们诗人的倾倒。史文庞孤独了一生，济慈为了一个娶不着的女人呕血。喀莱尔蒙着了一个又俊又慧的洁痕韦尔许，但他的怪僻只酿成了一个历史上有名不快活的家庭。这一路的人真难得知道幸福的。

二

本来恋爱是一件事，夫妻又是一件事。拿破仑说结婚是恋爱的埋葬。这话的意思是说这两件事儿是不相容的。这不是说夫妻间就没有爱。世上尽有十分相爱的夫妻。但“浪漫的爱”，它那热度不是寻常温度表所能测量的，却是提另一回事。比如罗米欧与朱丽叶那故事。它那动人，它那美，它那力量，就在一个惨死。死是有恩惠的。它成全了真有情人热情的永恒，朱丽叶要是做了罗米欧太太，过天发了福，走道都显累赘，再带着一大群的儿女，那还有什么意味？剧烈的东西是不能久长的：这是物理。由恋爱而结婚的人当然多的是，但谁能维持那初恋时一股子又泼辣又猖獗像是狂风像是暴雨的热情？结婚是成家。家本身就包涵有长久，即使不是永久的意义。有家就免不了家务，家累，尤其免不了小安琪儿们的降生。所以全看你怎样看法。如其现代多的是新发明的种种人生观，恋爱观的种类也不得单简。最发挥狭义的恋爱观的要算是哥谛霭的马斑小姐，她只准她的情人一整宵透明的浓艳的快乐，算是彼此尽情的还愿，不到天晓她就偷偷的告别，一辈子再不许他会面，她的唯一的理由就是要保全那“浪漫的热恋”的晶莹的印象。一往下拖就毁！但是话说回来，这类的见解，虽则美，当然是窄，有时竟有害，为人类繁衍的大目标计，是不应得听凭蔓延的。爱是不能没有的，但不能太热了。情感不能不受理性的相当节制与调剂。浪漫的爱虽则是纯粹的吕律格，但结婚的爱也不一定是宽弛的散文。靠着在月光中泛滥的白石栏杆，散披着一头金黄的发丝，在夜莺的歌声中吸呼情致的缠绵，固然是好玩，但带上老棉帽披着睡衣看尊夫人忙着招呼小儿女的鞋袜同时得照料你的早餐的冷热，也未始没有一种可寻味的幽默。露水甜，雨水也不定是酸。

假如更进一步说，一对夫妻的结合不但是渊源于纯粹的相爱，不是肤浅的颠倒，而是意识的心性的相知，而且能使这部纯粹的感情建筑成一个永久的共同生活的基础，在一个结婚的事实里阐发了不止一宗美的与高尚的德性，哪一对夫妻怕还不是人类社会一个永久的榜样与灵感？

三

但不幸这类完全的夫妻在人类社会上实在是难得，虽则恋爱与结婚同是普遍而且普通的一回事。好夫妻，贤孟梁，才子佳人，福寿双全子孙满堂的老伉俪，当然是有，多的是，但要一对完全创造性的配偶，在人类进化史上画高一道水平线，同时给厌世主义者一个积极的答复，哪里有？男子间常有伟大的友谊，例如歌德与席勒的，他们那彼此相互的启发与共同擎举的事业是一个永远不可磨灭的灵感。夫妻呢？

在女子在教育上不会得到完全的解放，在社会不得到与男子平等的地位，我们不能得到一个正确的夫妇的观念。在一个时候女性是战利品。在又一个时候女性是玩物。在一个时候女性是装饰，是奢侈品。在又一个时候女性是家奴。在所有的时候女性是“母畜”，它的唯一的使命与用处是为人类传种。因此人类的历史是男性的光荣，它的机会是男性的专利。直到最近的百年前，跟着一般思想的解放，女性身上的压迫方始有松放的希冀，又跟着女权的运动，婚姻的观念方始得到了根本的修正，原先的谬误渐次在事实的显著中消失。

这是一件大事，因为女性的解放不仅给我们文化努力一宗新添的力量，它是我们理想中合理生活的实现的一个必要条件。夫妻是两个个性自由的化合；这是最密切的伙伴，最富创造性的一宗冒险。

四

诗人白郎宁与衣里查白·裴雷德的结合是人类一个永久的纪念。如其他们结婚以前的经过是一叶薰香的恋迹；他们结婚以后的生活一样是值得我们的赞美。如其他们彼此感情的交流是不涉丝毫强勉，他们各自的忍耐与节制同样是一宗理性的胜利。如其这婚姻使他们二个完全实现这地面上可能的幸福，他们同时为蹒跚的人类立下了一个健全的榜样。他们使我们艳羡，也使我们崇仰，他们的不是那猥琐的局促的一流。如其白郎宁在这段情史中所表现的品格是男性的高尚与华贵，白夫人的是女性的坚贞与优美与灵感。他们完全实现了配偶的理想，他们是一对理想的夫妻。

白郎宁是一个比较晚成的诗人，在他同时期的谭宜孙诗名炫耀全国的时候认识他的天才只有少数的几个人，例如穆勒约翰与诗人画家罗刹蒂，他在大英博物院中亲手抄缮白郎宁的第一首长诗。但他的诗，虽则不曾入时，已经有幸运得着了若衣里查白·裴雷德的深闺中的认识与同情。同时白郎宁也看到了裴雷德的诗，发现她引用他自己的诗句，这给了他莫大的愉快。这是第一步。经由一个父执的介绍，裴雷德是他的表妹，白郎宁开始与他未来的夫人通信。裴雷德早年是极活泼的一个女孩，但不幸为骑马闪损了脊骨，终年困守在她楼上的静室里，在一只沙发上过生活，莎士比亚与古希腊的诗人是她唯一的慰藉。她有一个严厉的经商的父亲，但她的姊妹是与她同情并且随后给她帮助的。她有一个忠心的女仆叫威尔逊，一只更忠心的狗叫佛露喜。她比白郎宁大至六岁，与他开始通信的那年已是三十九岁。

你们见过她的画像的不能忘记她那凝注的悲怆的一双眼，与那蓬松的厚重的两鬓垂鬈。她的本来是无欢的生活。一个废人，一个病人，空怀着一腔火热的情感与希有的天才，她的日子是在生死的边界上黯然的消散着，在这些黯惨的中间造化又给她一下无情的打击，她的一个爱弟，无端做了水鬼，这惨酷的意外几乎把她震成一种失心的狂痴，正如近时曼殊斐儿也有同样的悲伤。她是一个可怜人，哀愁与绝望是人生给她的礼物。

但这哀愁与绝望是运定不久长的。当代她最崇拜的一个诗人开始对她谦卑的表示敬意，她不能不为他的至诚所感动。在病榻上每日展读矫健敦笃的来书，从病榻上每日邮送郑重绰约的去缄。彼此贡献早晚的灵感，彼此许诺忠实的批评。由文学到人生，由兴会到性情，彼此发现彼此间是一致的同心。在不曾会面以先，他俩已经听熟了彼此的声音——不可错误的性灵的声音。

这初期五个月密接的通信，在她感到一种新来的光明驱散了她生活上的暗塞，在他却是更深一层的认识。这还不是她理想中的伴侣？没有她人生是一个伟大的虚无，有了她人生是一个实现的奇迹，他再不能怀疑，这是造化恩赐给他的唯一的机缘。她准许他去见她，在她的病房中，他见着了她，可怜的瘦小的病模样，蜷伏在她的沙发上，贵客来都不能欠身让坐！他知道这是不治的病，但他只感到无限的悲怜。他爱她，他不能不爱她。在第一次会见以后，伟大的白郎宁再不能克制他的热情。他要她。他的尽情倾吐的一封信给了温斐尔街五十号的病人一次不预期的心震，一宵不眠的踌躇。到早上她写回信，警告他再要如此她就不再见他。伟大的白郎宁这次当真红了脸，顾不得说谎，立即写信谢罪，解释前信只是感激话说过了分，请求退还原函（他生平就这一次不说真话）。信果然退了回来，他又带着脸红立即给毁了去（他们的通信单缺了这一封，这使白夫人事后颇感到懊怅的），这风险过去，他们重复回到原先平稳的文字的因缘。裴雷德准许他的朋友过时去看她，同时邮梭的投织更显得殷勤，他讲他的意大利忻快的游踪，但她酬答他的只有她的悲惨的余生——这不使他感到单调吗？他们每周会面的一天是他俩最光亮的日子。他那时住在伦敦的近郊。这正是花香的季候，乡间的清芬，黄的玫瑰，紫的铃兰，相继在函缄内侵入温斐尔街五十号的楼房。裴雷德的感情也随着初秋的阳光渐渐的成熟。她不能不把她心里的郁积——她的悲哀，她的烦闷——缓缓的流向她唯一朋友的心里。他的感激又是一度的过分，但他还记得他三月前的冒昧，既然已经忍何妨忍耐到底。他现在早已认定，无上的幸福是他的了。她不能一天不接他的信，她不能定心，她求他“一行的慈善"，她的心已经为他跳着了。但她还不能完全放开她的踌躇。她能承受他的爱吗？这是公平吗？他，一个完全的丈夫。她，一个颓废的病人。他能不白费他的黄金吗？这砂留得住这清泉吗？她是一个对生命完全放弃的人，幸福，又是这样的幸福，这念头使她忖着时都觉得眩晕。但这些不是阻难。在他只求每天在她的身旁坐一小时，承受她的灵感，写他的诗，由此救全他的灵魂，他还有什么可求的？不，她即使是永远残废都不成问题，他要的只是性灵的化合。她再不能固执，再不能坚持，她只求他不要为她过分迁就，她如其有命，这命完全是他一手救活的，对他她只有无穷的感恩。她准许他用她的乳名称呼！

五

现在唯一的困难就只裴雷德的家庭，她的父亲。他不能想象他女儿除了对上帝和他自己忠贞还能有别的什么感情的活动。他是一个无可通融的人。他唯一的德性是他每天非得到下午六点不得回家，这一点他的女儿们都是知感的。裴雷德想到南方去，地中海的边沿，阳光暖和处去养息身体，因为她现在的生命是贵重的了。从死的黑影里劫出来，幸福已经不是不可能的梦想了。但她的父亲如何能容她有这种思想。她只要一开口这狮子就会叫吼得一屋子发震。她空怀着希望，却完全没有主意。她的朋友是永远主张抵御恶的势力的，他贡献他的勇敢，他建议积极的动作。裴雷德不能不信任他那雄健的膀臂与更雄健的意志。同时他俩的感情也已经到了无可再容忍的程度。至少在文字上他们再不能防御真情的泛滥。纯粹的爱在了解的深处流溢着。他们这时期的通信不再是书柬，不再是文字，是——"一对搏动的心"。从黑暗转到光明，从死转到爱，从残废的绝望转到健康的欢欣，爱的力量是一个奇迹。等到第二个春天回来的时候，裴雷德已经恢复她步履的愉快，走出病室的囚困，重享呼吸的清新。在阳光下，在草青与花香间，在禽鸟的歌声中，她不能不讶异生活的神秘，不能不膜拜造化的慈恩。他给她的庄严的爱在她的心中像是一盘发异香的仙花，她是在这香息中迷醉了。正如他的玫瑰，他的铃兰曾经从乡间输入她的深闺，她这时也在和风中为他亲手采撷浓蕊的蝴蝶花。在这些甜蜜的时光的流转中，她的家庭的困难一天严重似一天，她的父亲的颟顸是无法可想的，这使情人们不得不立即商量一条甘脆的出路，他们决意走。到意大利去，他俩的精神的故乡。他们先结了婚，在一个隐僻的教堂里，在上帝的跟前永远合成了一体；再过了几天他俩悄悄的离别了岛国，携着忠心的威尔逊与更忠心的佛露喜，投向自由的大陆，攀度了阿尔帕斯，在阿诺河入海处玲珑的皮萨城中小住，随后又迁去翡冷翠，在那有名的 Casa Euidi（应为 Casa Guidi）中过他们无上的幸福的生活。

六

这无上的幸福有十五年的生命，在这十五年中他俩不知道一天的分离。他们是爱游历的，在罗马与巴黎与伦敦间他们流转着他们按季候的踪迹。白夫人，本来一个沙发上的废人，如今是一个健游者，巴黎是她的“软弱”，意大利是她的“热情”，她也能登山，也能涉水。她的创作的成绩也不弱于她的“劳勃脱”，虽则她是常病，有时还得收拾她的“盆”儿的嘴脸与袜鞋。他俩的幸福正是英国文学的幸福。劳勃脱在他的“巴”的天才的跟前，只是低头，他自己即使有什么成就，那都是她的灵感。“盆”儿是他们最大的欢欣，忠心的佛露喜也给他们不少的快乐。在交友上他们也是十分幸运的。白郎宁的刚健与博大，他夫人的率真与温驯，使得凡是接近他们的没有不感到深彻的愉快。出名坏脾气的喀莱尔，“狂窜的火焰”似的老诗人兰道（Savage Landor），长厚的谭尼孙，伟大的罗斯金，美秀的罗刹蒂弟兄，都一致的倾倒这一双无双的佳偶。罗刹蒂最说得妙，他说他就奇怪“那两个小小的人儿（指白氏夫妇）何以会得包容真实世界的那么多的一部分，他们在舟车上占不到多大的位置，在客寓里用不到一只双人床？”他们所知道的唯一的悲伤与遗憾就只白郎宁的母亲的死和白夫人父亲的倔强，他们的幸福始终得不到他的宽恕。白夫人对意大利的自由奋斗有最热烈的同情，也正当意大利得到完全解放的那一年——一八六一——白夫人和她的劳勃脱永诀。如其她在生时实现了人生的美满，她的死更是一个美满的纪录。她并没有什么病痛，只是觉得倦，临终的那一晚她正和白郎宁商量消夏的计划。“她和他说着话，说着笑话，用最温存的话表示她的爱情；在半夜的时候，她觉得倦，她就偎倚在白郎宁的手臂上假寐着。在几分钟内，她的头垂了下来。他以为她是暂时的昏晕，但她是去了，再不回来。”那临终时一些温存的话是白郎宁终身的神圣的纪念。她最后的一句话，回答白郎宁问她觉到怎么样，是一单个无价的字——“Beautiful”！“微笑的，快活的，容貌似少女一般”，她在她情人的怀抱中瞑目。

七

美！苦闷的人生难得有这样完全的美满！这不仅是文艺史的一段佳话，这是人类史上一次光明的纪录。这是不可磨灭的。这是值得永久流传的。但这段恋史本身固然是可贵，更可贵的是白夫人留给我们那四十四首十四行诗（The Sonnets from the Portuguese）。在这四十四首情诗里白夫人的天才凝成了最透明的纯晶。这在文学史上是第一次一个女子澈透的供承她对一个男子的爱情，她的情绪是热烈而抟聚的，她的声音是在感激与快乐中颤震着，她的精神是一团无私的光明。我们读她的情诗，正如我们读她的情书，我们不觉得是窥探一种不应得探窥的秘密，在这里正如在别的地方，真诚是解释一切，辩护一切，洁化一切的。她的是一种纯粹的热情，它的来源是一切人道与美德的来源，她的是不灭的神圣的火焰。只有白夫人才能感受这些伟大的情绪，也只有她才能不辜负这些伟大的情绪。这样伟大的内心的表现是稀有的。

关于那四十四首诗也还有一小段的佳话。白夫人发心写这一束情诗大约是在她秘密结婚以前，也许大半还是在她那楼房里写的。她不让白郎宁知道她的工作，她只在一次通信上隐隐的提过，“将来到了皮萨”，她说，“我再让你看我现在不给你看的东西”。他们夫妇俩写诗的工作是划清疆界的。在一首诗完成以前，谁都不能要求看谁的。在皮萨那时候，白夫人的书房是在楼上，照例每天在楼下吃过早饭，她就上楼去作工，让他在楼下做他的。有一天早上白夫人已经上楼去，白郎宁正站在窗前看街，他忽然觉得屋子里有人偷偷的走着，他正要回头，他的身子已经叫他夫人给推住了，叫他不许动，一面拿一卷纸塞在他的口袋里。她要他看一遍，要是不喜欢就把它撕了，话说完就逃上了楼去。这卷纸就是她那一束的情诗。白郎宁看过了就直跳了起来，说：她不但是给了他一份无价的礼物，她是给人类创造了一种独一的至宝。因此他坚持她有公开这些诗的必要。最早的单印本是一八四七年在李亭地方印的送本，书面上写着——***Sonnets by E.B.B***，一八五〇年的印本才改称“Sonnets from the Portuguese”，那是白郎宁的主意。他特别挑葡萄牙因为她有过一首诗“***Cotarina to Camoens***”是讲葡萄牙的一段故事，他又常把夫人叫作“我的小葡萄牙人”。这四十四首情诗现在已经闻一多先生用语体文译出。这是一件可纪念的工作。因为“商籁体”（一多译）那诗格是抒情诗体例中最美最庄严、最严密亦最有弹性的一格，在英国文学史上从汤麦斯槐哀德爵士（Sir Thomas Wyatt）到阿塞沙孟士（Arthur Symons）这四百年间经过不少名手的应用还不曾穷尽它变化的可能。这本是意大利的诗体彼屈阿克（Petrach）的情诗多是商籁体，在英国槐哀德与石垒伯爵（Earl of Sarrey）最初试用时是完全仿效彼屈阿克的体裁与音韵的组织，这就叫作彼屈阿克商籁体。后来莎士比亚也用商籁体写他的情诗，但他又另创一格，韵的排列与意大利式不同，虽则规模还是相仿的，这叫做莎士比亚商籁体。写商籁体最有名的，除了莎士比亚自己与史本塞，近代有华茨华士与罗刹蒂，与阿丽思梅纳儿夫人，最近有沙孟士。白夫人当然是最显著的一个。她的地位是在莎士比亚与罗刹蒂的中间。初学诗的很多起首就试写商籁体，正如我们学做诗先学律诗，但很少人写得出色，即在最大的诗人中，有的，例如雪莱与白郎宁自己，简直是不会使用的（如同我们的李白不会写律诗）。商籁体是西洋诗式中格律最谨严的，最适宜于表现深沉的盘旋的情绪。像是山风、像是海潮，它的是圆浑的有回响的声音。在能手中它是一只完全的弦琴，它有最激昂的高音，也有最呜咽的幽声。一多这次试验也不是轻率的，他那耐心先就不易，至少有好几首是朗然可诵的。当初槐衰德与石磊伯爵既然能把这原种从意大利移植到英国，后来果然开结成异样的花果，我们现在，在解放与建设我们文学的大运动中，为什么就没有希望再把它从英国移植到我们这边来？开端都是至微细的，什么事都得人们一半凭纯粹的耐心去做。为要一来宣传白夫人的情诗，二来引起我们文学界对于新诗体的注意，我自告奋勇在一多已经锻炼的译作的后面加上这一篇多少不免蛇足的散文。

第一首

我们已经知道在白郎宁还不曾发现她的时候，白夫人是怎样一个在绝望中沉沦着的病人。她简直是一个残废。年纪将近四十，在病房中不见天日，白夫人自分与幸福的人生是永远断绝缘分了的。但她不是寻常女子，她的天赋是丰厚的，她的感情是热烈的。像她这样人偏叫命运给“活埋”在病房中，够多么惨！白郎宁对她的知遇之感从初起就不是平常的，但在白夫人，这不仅使她惊奇，并且使她苦痛。这个心理是自然的，就比是一个瞎眼的忽然开眼，阳光的刺激是十分难受的。

在这第一首诗里她说她自己万不料想的叫“爱”给找到时的情形，她说的那位希腊诗人是梯奥克立德斯（Theocritos）。他是古希腊文化最迟开的一朵鲜花。他是雪腊古市人，但他的生活多半是西西利岛上过的。他是一个真纯乐观的诗人。在他的诗里永远映照着和暖的阳光，回响着健康的笑声。所以白夫人在这诗里说她最初想起那位乐观诗人，在他光阴不是一个警告因为他随时随地都可以发现轻松的快活的人生。春风是永远骀荡的，果子永远在秋阳中结实，少也好，老也好，人生何处不是快乐。但她一转念想着了她自己。既然按那位诗人说光阴是有恩有惠的，她自己年头又是怎样过的呢。她先想起她的幼年，那时她是多活泼的一个孩子，那些年头在回忆中还是甜的，但自从她因骑马闪成病废以来她的时光不再是可爱，她的一个爱弟又叫无情的水波给吞了去，在这打击下她的日子益发显得黯惨，到现在在想象中她只见她自己的生命道上重重的盖着那些怆心的年分的黑影，她不由的悲不自制了。但正在这悲伤的时候她忽然觉到在她的身后晃动着一个神秘的形象，它过来一把拧住了她的头发直往后拉。在挣扎中她听着一个有权威的声音——“你猜猜，这是谁揪住你？”“是死吧。”她说，因为她只能想到死。但是那“银钟似”的声音的答话更使她奇特了，那声音说——“不是死，是爱。”

第二首

这一声银钟似的震荡顿时使她从悲惋的迷醉中惊醒。她不信吗？不，她不能不信，这声音的充实与响亮不能使她怀疑。那么她信吗？这又使她踌躇。正如一个瞎眼的重见天日，她轻易还不能信任她的感觉。她的理性立时告诉她：“这即使是真，也还是枉然的。你想你能有这样的造化吗？运命，一向待你苛刻的运命，能骤然的改变吗？”“枉然的”，她想不错，虽则爱乔装了死侵入了她的深闺，他还是不能留的。爱不能留，因为运命不许——造物不许，所以在这首诗里她说在爱开口的时候只有三个人听见，说话的你，听话的我，再就是无所不在的上帝。在她还不曾从初起的惊疑中苏醒，她似乎听到在她与他中间的上帝已经为他们下了案语。他说“你配吗？”她顿时觉得这句刺心的话黑暗似的障住了她的眼，这使她连睁眼对爱一看的机会都给夺去了。她巴望她自己还是死了的好，死倒也罢了：这活着受罪，已然见到光明还得回向黑暗的可怖，是太难受了。但上帝的是无上的权威，他喝一声“不行”，比别的什么阻难更没有办法。人间的阻隔是分不了我们的，海洋的阔大不能使我们变异，风雨的暴戾也不能使我们软弱。任凭地面上的山岭有多么高，我们还得到天空里去携手。即使无际的天空也来妨碍我们的结合，我们也还得超出天空到更辽远的星海中去实现我们的情爱。

第三首

所以不是阻碍，那不是情人们所怕的，但我还得凭理性来忖忖这句话“你配吗”？我配吗？我现在已然见到了你，我不能不把事实的真相认一个清切。你爱我，不错，但是；我的贵人，我俩实在不是一路上的人！我们的生活，我们的归宿，都不是一致的，即使我们曾经彼此相会，呵护你的与我的两个安琪儿们彼此是不相认的，在他们的翅膀相与交错时，他俩都显着诧异，因为我们本来是走不到一起的。你想，你自己是何等样人，我如何能攀附得着你的高贵？你是王后们的上宾，在她们的盛大的筵会上，你是一个崇仰与爱慕的目标，几百双的妙眼都望着你（它们要比我的泪眼更显得光亮），要求你施展你的吟咏的天才。这样的你与我又有什么相关，我是一个穷苦的、疲倦的、流浪的唱唱儿，偎倚着一棵苍劲的翠柏，在黑暗中歌唱着凄凉的音调，你站在那灯光明艳的窗子里边望着我，你是什么意思，能有什么意思？在你前额上涂着的是祝福的圣油，——在我就有冰凉的露水。那样的你，这样的我，还有什么说的？在生前是无望的了，除非到了死，那平等一切的死，我们才有会合的希望。

第四首

你是一个大诗人，一个高雅的歌者，只有华丽的宫院才配款留你的踪迹。你是人中的凤，为要看着你从腴满的口唇吐露异样的清商，舞女们不由的翘企着她们的脚踵。这些才是你的去处，你为什么偏要到我的门外来徘徊？我的是卑陋的门庭，怎当得起大驾的枉顾？你难道当真舍得漫不经心的让你的妙乐掉落在我的门前，浪费你黄金比价的诗才？你不信时抬头来看这是一个什么的所在。屋子是破烂的，窗户是都叫风雨侵蚀坏了的，小心这屋椽间飞袭出怪状的蝙蝠与鸥鸮，因为它们是在这里做家的。你有你的琵琶，我这里，可怜，只有慰情长夜的秋虫。请你再不要弹唱了，因为回应你的就只一些荒凉的回音，你唱你的去吧，我的心灵深处有一个声音在悲泣着，孤独的，寂寞的。

第五首

到上首为止诗的音调是沉郁与凄怆。一份炫耀的至礼已经献致在她的跟前，但她能接受吗？她的半墓穴似的病室能霎时间容受这多的光辉与温暖吗？她已经忍着心痛低喊了一声“挡驾”，但那位拜门的贵人还是耐心的等候着。他这份礼是送定了的。他的坚决，他的忍耐，尤其是他的诚意，不能不使她踌躇。

从这首诗起我们可以看出她的情绪，像一弯玲珑的新月，渐渐的在灰色的背幕里透露出来。但她还得逼紧一步。这回她声音放大了，她仿佛说，“你再不躲开，将来要有什么懊悔，你可赖不了我！我的话是说完了的。”最初她是万想不到爱会得找着她，她想到的只有死，她第一个念头以为这只是运命的一种嘲讽，她如何再能接近爱。但爱的迫切再不能使她疑惑，那么是真的，她非但不曾走入死道，在她跟前站着的的确是爱。她非但听清了它的声音，她还认清了它的面目。她又一转念这还是白费，她如何能收受它，她与他什么都是悬殊的。但爱只当没有听见她的话，一双手还是对她伸着。她有点儿动了。但她还得把话说明白了。爱如果一定要她，她也未始不知道感激，她可不能让他误会，她不是不回他的爱，她是怕害他，所以在这首诗里她说：——我严肃的捧起我的心来，如同古代的绮雷克拉捧着她那尸灰坛，我一见你眼内的神情，不由的失手倒翻了我的心坛，把所有的灰一起泼在你的跟前。这回我再不能隐瞒了，我的心已经一起倒了出来。你看看这是些什么？这是些死灰，中间隐隐还夹着些血红的火星在灰堆里透着光亮。你这一看出我的寒伧，要是你鄙蔑的一脚踹灭了这些余烬，给它们一个永远的黑暗，那倒也完事一宗，再没有麻烦了。但如其你站着不动，回头风一吹动重新把这堆死灰吹活了过来，那可危险了，亲爱的，这火要是在风前一旺，就难保不会烧着你的发肤，纵然你头上戴着桂冠，怕也不能保护你吧。因此我警告你还是站远些的好，你去你的吧。

第六首

在这五、六两首的中间，评衡家高士（Edmund Gosse）很有见地的指出白夫人另有一首绝美的短诗叫作《问与答》的应得放在一起读。那首诗与商籁体第五首（即上一首）表现同一种情调，但这是宛转的清丽的，不同上一诗的激昂嘹亮。意思是说你心目中所要的爱当然是热烈蓬勃一流，你怎么来找着我？你错了罢？你有见过在雪地里发芽开花的玫瑰没有？它不但不能长，就有也叫雪给冻死了。我的身世只是一片的冬景，满地的雪，哪有什么鲜艳的生命？你一定是走错了，到这雪地里来寻花！你看你脚上不是已经踏着了雪，快洒脱吧，回头让你也给冻了。（第一段）我又好比是一处残破的古迹，几垒乱石子，长着些个冷落的青藤，你到这边来又是为什么了？你倒是要寻葡萄苹果呢，还是就为了这些可怜的绿叶？如果你是为了绿叶来的，那么好吧，既然承你情，你就不妨顺手摘三两张带回去做一个纪念也好！

但这时候白夫人心里的雪早就化了。叫白郎宁火热的爱给烫化了！所以在第六首里，她虽则开口还是“躲着我去吧”接着就是她的“软化”的招承。

趁早躲开我吧。但我从今后再不是原先的我，我此后永远在你的阴影下站着。我再不能在我单独的身世的门前呼吸我的思想，也不能在阳光里静定的举起我的手掌，而不感觉到你给我的深邃的影响。我的掌心永远存记着你的抚摩。你的心已经交互在我的心里，我的脉搏里跳荡着你的脉搏。我的思想里有你，行动里有你，梦里也有你。正如在葡萄酒里尝出葡萄的滋味，我的新来的生命里也处处按得出你造成它的原素。每回我为我自己对上帝祈求，他在我的声音里听出你名字，在我的眼睛里他看出两个人的眼泪。

第七首

自从我听得你灵魂的脚步近我的身畔，仿佛这整个的世界都为我改变了面目。我本来只是在死的边沿上逗留着，自己早晚都在往下掉，谁想到爱来救了我，抱住了我，教给我生命的整体，在一种新的节奏里波动着。有了你近在我的身边，我的悲苦的已往都取得了意味，多甜的意味，那是上帝为我特定下的灵魂的浸礼。有了你这地面这天都变了样，我还能怨吗？就说我现在弹着的琴，唱着的歌，它们的可爱也就为有你的名字在歌声与琴韵里回响着。

第八首

这一弯眉月似的情绪已经渐渐的开展。在每一个字里跳跃着欢喜与感激，在每一个字里预映着圆满的光明。但她还得踌躇。一层浅色的游云暂时又掩住了亮月的清光。初起“我配吗”那一个动机又浮现了上来。她说：你待我当然是再好没有的了，我的慷慨大量的恩人。你送我这份礼是最重也没有了。你带了你的无价的纯洁的心来，放在我的破屋子的墙外，听凭我收受或是鄙弃，可是我要是收了你这份厚礼，我又有什么东西来回敬你呢？不受太负了你，受了我又实在说不过去，人家能不骂我冷心肠说我无情义吗？但不是的，我不是冷，也不是狠，说实话，我是穷。上帝知道，不信你问他。日常的涕泪冲淡了我生命的颜色，剩下的就只这奄奄的惨白的躯体。我怎么能不自惭形秽，这是不配用作你的枕头的，实在是不配。你还是去你的吧！我这样的身世只配供人践踏的。

第九首

但是话说回来，我也并不是完全没有东西给你，最使我迟疑的就在这“事情的对不对”。我能给你些什么？什么也没有，除了眼泪，除了悲伤，因为我一辈子是这样过来的。我虽则有时也会笑，但这些笑都是不能长驻的。你劝我，你开导我，也是枉然。我实在的担忧，这是不对的！我不能让你为我这么受罪。你我不是同等人，如何能说到相爱。你待我那么厚，我待你这么寒伧，这如何能说得过去？去吧，可叹，我不能让我的灰土沾污你的袍服，我不能让我的悲苦连累你的爽恺的心胸，我也不能给你什么爱——这事情是不公平的呀！我爱，我就只爱你！再没有什么说的了。

第十首

在这首诗那一道云又扯了过去，更显得亮月的光明。她说：——

我不说我是穷得什么东西都不能给你除了我的涕泪与悲伤吗？但是我爱你是真的。我初起只是放心不下这该不该：像我这样人该不该爱你？你我总觉得有些不公平，拿我这寒伧的来交换你那高贵的。但我转念一想这事情也不能执着一边看，也许在上帝的眼里，凭我的血诚，我这份回敬的礼物不至于完全没有它的价值。爱，只要是爱，不沾染什么的纯粹的爱，就不丑，就美，这份礼是值得收受的。你没有看见火吗？不论烧着的是圣庙或是贱麻，火总是明亮的。不论烧着的是松柏或是芜草，光焰是一般的。爱就是火。即如我现在，感着内心的驱使再不能隐匿我灵魂的秘密，朗声的对你供承“我爱你”——听呀，我爱你——我就觉得我是在爱的光焰里站着，形貌都变化了，神明的异彩从我的颜面对向着你的放射。说到爱高卑的分别是没有的；最渺小的生灵们也献爱给上帝，上帝还不一样接受他们的爱并且还爱它们。相信我，爱的灵感是神奇的，我又何尝不明白我自己的本真，但盘旋在我心里的那一团圣火照亮了我的思想，也照亮了我的眉目。这不是爱的伟大的力量可以“升华”造物的工程的一个凭证吗？

（原刊 1928 年 3 月《新月》第 1 卷第 1 期）

我的彼得

新近有一天晚上，我在一个地方听音乐，一个不相识的小孩，约莫八九岁光景，过来坐在我的身边，他说的话我不懂，我也不易使他懂我的话，那可并不妨事，因为在几分钟内我们已经是很好的朋友，他拉着我的手，我拉着他的手，一同听台上的音乐。他年纪虽则小，他音乐的兴趣已经很深：他比着手势告我他也有一张提琴，他会拉，并且说那几个是他已经学会的调子，他那资质的敏慧，性情的柔和，体态的秀美，不能使人不爱；而况我本来是喜欢小孩们的。

但那晚虽则结识了一个可爱的小友，我心里却并不快爽；因为不仅见着他使我想起你，我的小彼得，并且在他活泼的神情里我想见了你，彼得，假如你长大的话，与他同年龄的影子。你在时，与他一样，也是爱音乐的；虽则你回去的时候刚满三岁，你爱好音乐的故事，从你襁褓时起，我屡次听你妈与你的“大大”讲，不但是十分的有趣可爱，竟可说是你有天赋的凭证，在你最初开口学话的日子，你妈已经写信给我，说你听着了音乐便异常的快活，说你在坐车里常常伸出你的小手在车栏上跟着音乐按拍；你稍大些会淘气的时候，你妈说，只要把话匣开上，你便在旁边乖乖的坐着静听，再也不出声不闹——并且你有的是可惊的口味，是贝德花芬是槐格纳你就爱，要是中国的戏片，你便盖没了你的小耳，决意不让无意味的锣鼓，打搅你的清听！你的大大（她多疼你！）讲给我听你得小提琴的故事：怎样那晚上买琴来的时候，你已经在你的小床上睡好，怎样她们为怕你起来闹赶快灭了灯亮把琴放在你的床边。怎样你这小机灵早已看见，却偏不作声，等你妈与大大都上了床，你才偷偷的爬起来，摸着了你的宝贝，再也忍不住你的技痒，站在漆黑的床边，就开始施展你“截桑柴”的本领，后来怎样她们干涉了你，你便乖乖的把琴抱进你的床去，一起安眠。她们又讲你怎样欢喜拿着一根短棍站在桌上模仿音乐会的导师，你那认真的神情常常叫在座的人大笑。此外还有不少趣话，大大记得最清楚，她都讲给我听过；但这几件故事已够见证你小小的灵性里早长着音乐的慧根。实际我与你妈早已经同意想叫你长大时留在德国学习音乐；——谁知道在你的早殇里我们失去了一个可能的莫扎特（Mozart）：在中国音乐最饥荒的日子，难得见这一点希冀的青芽，又教命运无情的脚根踏倒，想起怎不可伤？

彼得，可爱的小彼得，我“算是”你的父亲，但想起我做父亲的往迹，我心头便涌起了不少的感想；我的话你是永远听不着了，但我想借这悼念你的机会，稍稍疏泄我的积愫，在这不自然的世界上，与我境遇相似或更不如的当不在少数，因此我想说的话或许还有人听，竟许有人同情。就是你妈，彼得，她也何尝有一天接近过快乐与幸福，但她在她同样不幸的境遇中证明她的智断，她的忍耐，尤其是她的勇敢与胆量；所以至少她，我敢相信，可以懂得我话里意味的深浅，也只有她，我敢说，最有资格指证或相诠释，我的情感的真际。

但我的情愫！是怨，是恨，是忏悔，是怅惘？对着这不完全，不如意的人生，谁没有怨，谁没有恨，谁没有怅惘？除了天生颟顸的，谁不曾在他生命的经途中——葛德说的——和着悲哀吞他的饭，谁不曾拥着半夜的孤衾饮泣？我们应得感谢上苍的是他不可度量的心裁，不但在生物的境界中他创造了不可计数的种类，就这悲哀的人生也是因人差异，各各不同，——同是一个碎心，却没有同样的碎痕，同是一滴眼泪，却难寻同样的泪晶。

彼得我爱，我说过我是你的父亲，但我最后见你的时候你才不满四月，这次我再来欧洲你已经早一个星期回去，我见着的只是你的遗像，那太可爱，与你一撮的遗灰，那太可惨。你生前日常把弄的玩具——小车，小马，小鹅，小琴，小书——你妈曾经件件的指给我看，你在时穿着的衣衬鞋帽你妈与你大大也曾含着眼泪从箱里理出来给我抚摩，同时她们讲你生前的故事，直到你的影像活现在我的眼前，你的脚踪仿佛在楼板上踹响。你是不认识你父亲的，彼得，虽则我听说他的名字常在你的口边，他的肖像也常受你小口的亲吻，多谢你妈与你大大的慈爱与真挚，她们不仅永远把你放在她们心坎的底里，她们也使我，没福见着你的父亲，知道你，认识你，爱你，也把你的影像，活泼，美慧，可爱，永远镂上了我的心版。那天在柏林的会馆里，我手捧着那收存你遗灰的锡瓶，你妈与你七舅站在旁边止不住滴泪，你的大大哽咽着，把一个小花圈挂上你的门前——那时间我，你的父亲，觉着心里有一个尖锐的刺痛，这才初次明白曾经有一点血肉从我自己的生命里分出，这才觉着父性的爱像泉眼似的在性灵里汩汩的流出；只可惜是迟了，这慈爱的甘液不能救活已经萎折了的鲜花，只能在他纪念日的周遭永远无声的流转。

彼得，我说我要借这机会稍稍爬梳我年来的郁积，但那也不见得容易；要说的话仿佛就在口边，但你要它们的时候，它们又不在口边：像是长在大块岩石底下的嫩草，你得有力量翻起那岩石才能把它不伤损的连根起出——谁知道那根长的多深！是恨，是怨，是忏悔，是怅惘？许是恨，许是怨，许是忏悔，许是怅惘。荆棘刺入了行路人的胫踝，他才知道这路的难走；但为什么有荆棘？是它们自己长着，还是有人存心种着的？也许是你自己种下的？至少你不能完全抱怨荆棘，一则因为这道是你自愿才来走的，再则因为那刺伤是你自己的脚踏上了荆棘的结果，不是荆棘自动来刺你——但谁又知道？因此我有时想，彼得，像你倒真是聪明：你来时是一团活泼，光亮的天真，你去时也还是一个光亮，活泼的灵魂；你来人间真像是短期的作客，你知道的是慈母的爱，阳光的和暖与花草的美丽，你离开了妈的怀抱，你回到了天父的怀抱，我想他听你欣欣的回报这番作客——只尝甜浆，不吞苦水——的经验，他上年纪的脸上一定满布着笑容——你的小脚踝上不曾碰着过无情的荆棘，你穿来的白衣不曾沾着一斑的泥污。

但我们，比你住久的，彼得，却不是来作客；我们是遭放逐，无形的解差永远在后背催逼着我们赶道：为什么受罪，前途是哪里，我们始终不曾明白，我们明白的只是底下流血的胫踝，只是这无恩的长路，这时候想回头已经太迟，想中止也不可能，我们真的羡慕，彼得，像你那谪期的简净。

在这道上遭受的，彼得，还不止是难，不止是苦，最难堪的是逐步相追的嘲讽，身影似的不可解脱。我既是你的父亲，彼得，比方说，为什么我不能在你的生前，日子虽短，给你应得的慈爱，为什么要到这时候，你已经去了不再回来，我才觉着骨肉的关连，并且假如我这番不到欧洲，假如我在万里外接到你的死耗，我怕我只能看作水面上的云影，来时自来，去时自去：正如你生前我不知欣喜，你在时我不知爱惜，你去时也不能过分动我的情感，我自分不是无情，不是寡恩，为什么我对自身的血肉，反是这般不近情的冷漠？彼得，我问为什么，这问的后身便是无限的隐痛；我不能怨，我不能恨，更无从悔，我只是怅惘，我只能问！明知是自苦的揶揄，但我只能忍受。而况揶揄还不止此，我自身的父母，何尝不赤心的爱我；但他们的爱却正是造成我痛苦的原因；我自己也何尝不笃爱我的双亲，但我不仅不能尽我的责任，不仅不曾给他们想望的快乐，我，他们的独子，也不免加添他们的烦愁，造作他们的痛苦，这又是为什么？在这里，我也是一般的不能恨，不能怨，更无从悔，我只是怅惘——我只能问，昨天我是个孩子，今天已是壮年；昨天腮边还带着圆润的笑涡，今天头上已见星星的白发；光阴带走的往迹，再也不容追赎，留下在我们心头的只是些揶揄的鬼影；我们在这道上偶尔停步回想的时候，只能投一个虚圈的“假使当初”，解嘲已往的一切。但已往的教训，即使有，也不能给我们利益，因为前途还是不减启程时的渺茫，我们还是不能选择自由的途径——到那天我们无形的解差喝住的时候，我们惟一的权利，我猜想，也只是再丢一个虚圈更大的“假使”，圆满这全程的寂寞，那就是止境了。

（原刊《自剖文集》新月书店 1928 年 1 月初版）

我的祖母之死

一

一个单纯的孩子，
过他快活的时光，
兴匆匆的，活泼泼的，
何尝识别生存与死亡？

这四行诗是英国诗人华茨华斯（William Wordsworth）一首有名的小诗叫做“我们是七人”（*Weare Seven*）的开端，也就是他的全诗的主意。这位爱自然，爱儿童的诗人，有一次碰着一个八岁的小女孩，发卷蓬松的可爱，他问她兄弟姊妹共有几个，她说我们是七个，两个在城里，两个在外国，还有一个姊妹一个哥哥，在她家里附近教堂的墓园里埋着。但她小孩的心里，却不分清生与死的界限，她每晚携着她的干点心与小盘皿，到那墓园的草地里，独自的吃，独自的唱，唱给她的在土堆里眠着的兄姊听，虽则他们静悄悄的莫有回响，她烂漫的童心却不曾感到生死间有不可思议的阻隔；所以任凭华翁多方的譬解，她只是睁着一双灵动的小眼，回答说：

“可是，先生，我们还是七人。”

二

其实华翁自己的童真，也不让那小女孩的完全，他曾经说：“在孩童时期，我不能相信我自己有一天也会得悄悄的躺在坟里，我的骸骨会变成尘土。”又一次他对人说：“我做孩子时最想不通的，是死这回事将来也会得轮到我自己身上。”

孩子们天生是好奇的，他们要知道猫儿为什么要吃耗子，小弟弟从哪里变出来的，或是究竟先有鸡还是先有鸡蛋；但人生最重大的变端——死的现象与实在，他们也只能含糊的看过，我们不能期望一个个小孩子们都是搔头穷思的丹麦王子。他们临到丧故，往往跟着大人啼哭；但他只要眼泪一干，就会到院子里踢毽子，赶蝴蝶，即使在屋子里长眠不醒了的是他们的亲爹或亲娘，大哥或小妹，我们也不能盼望悼死的悲哀可以完全翳蚀了他们稚羊小狗似的欢欣。你如其对孩子说，你妈死了，你知道不知道——他十次里有九次只是对着你发呆；但他等到要妈叫妈，妈偏不应的时候，他的嫩颊上就会有热泪流下。但小孩天然的一种表情，往往可以给人们最深的感动，我生平最忘不了的一次电影，就是描写一个小孩爱恋已死母亲的种种天真的情景。她在园里看种花，园丁告诉她这花在泥里，浇下水去，就会长大起来。那天晚上天下大雨，她睡在床上，被雨声惊醒了，忽然想起园丁的话，她的小脑筋里就发生了绝妙的主意。她偷偷的爬出了床，走下楼梯，到书房里去拿下桌上供着的她死母的照片，一把揣在怀里，也不顾倾倒着的大雨，一直走到园里，在地上用园丁的小锄掘松了泥土，把她怀里的亲妈，谨慎的取了出来，栽在泥里，把松泥掩护着，她做完了工就蹲在那里守候——一个三四岁的女孩，穿着白色的睡衣，在深夜的暴雨里，蹲在露天的地上，专心笃意的盼望已经死去的亲娘，像花草一般，从泥土里发长出来！

三

我初次遭逢亲属的大故，是二十年前我祖父的死，那时我还不满六岁。那是我生平第一次可怕的经验，但我追想当时的心理，我对于死的见解也不见得比华翁的那位小姑娘高明。我记得那天夜里，家里人吩咐祖父病重，他们今夜不睡了，但叫我和我的姊妹先上楼睡去，回头要我们时他们会来叫的。我们就上楼去睡了，底下就是祖父的卧房，我那时也不十分明白，只知道今夜一定有很怕的事，有火烧，强盗抢，做怕梦，一样的可怕。我也不十分睡着，只听得楼下的急步声，碗碟声，唤婢仆声，隐隐的哭泣声，不息的响音。过了半夜，他们上来把我从睡梦里抱了下去，我醒过来只听得一片的哭声，他们已经把长条香点起来，一屋子的烟，一屋子的人，围拢在床前，哭的哭，喊的喊，我也捱了过去，在人丛里偷看大床里的好祖父。忽然听说醒了醒了，哭喊声也歇了，我看见父亲爬在床里，把病父抱持在怀里，祖父倚在他的身上，双眼紧闭着，口里衔着一块黑色的药物，他说话了，很轻的声音，虽则我不曾听明他说的什么话，后来知道他经过了一阵昏晕，他又醒了过来对家人说：“你们吃吓了，这算是小死。”他接着又说了好几句话，随讲音随低，呼气随微，去了，再不醒了，但我却不曾亲见最后的弥留，也许是我记不起，总之我那时早已跪在地板上，手里擎着香，跟着大众高声的哭喊了。

四

此后我在亲戚家收殓虽则看得不少，但死的实在的状况却不曾见过。我们念书人的幻想力是比较的丰富，但往往因为有了幻想力，就不管生命现象的实在，结果是书呆子，陆放翁说的“百无一用是书生”。人生的范围是无穷的，我们少年时精力充足什么都不怕尝试，只愁没有出奇的事情做，往往抱怨这宇宙太窄，青天太低，大鹏似的翅膀飞不痛快，但是……但是平心的说，且不论奇的，怪的，特别的，离奇的，我们姑且试问人生里最基本的事实，最单纯的，最普遍的，最平庸的，最近人情的经验，我们究竟能有多少的把握，我们能有多少深彻的了解，我们是否都亲身经历过？譬如说：生产，恋爱，痛苦，悲，死，妒，恨，快乐，真疲倦，真饥饿，渴，毒焰似的渴，真的幸福，冻的刑罚，忏悔，种种的情热。我可以说，我们平常人生观，人类，人道，人情，真理，哲理，本能等等名词不离口吻的念书人们，什么文学家，什么哲学家——关于真正人生基本的事实的实在，知道的——恐怕是极微至鲜，即使不等于圆圈。我有一个朋友，他和他夫人的感情极厚，一次他夫人临到难产，因为在外国，所以进医院什么都得他自己照料，最后医生宣言只有用手术一法，但性命不能担保，他没有法子，只好和他半死的夫人诀别（解剖时亲属不准在旁的）。满心毒魔似的难受，他出了医院，走在道上，走上桥上，像得了离魂病似的，心脉舂臼似的跳着，最后他听着了教堂和缓的钟声，他就不自主的跟着钟声，进了教堂，跟着在做礼拜的跪着，祷告，忏悔，祈求，唱诗，流泪（他并不是信教的人），他这样的捱过时刻，后来回转医院时，一步步都是惨酷的磨难，比上行刑场的犯人，加倍的难受，他怕见医生与看护妇，仿佛他的命运是在他们手掌里握着。事后他对人说：“我这才知道了人生一点子的意味！”

五

所以不曾经历过精神或心灵的大变的人们，只是在生命的户外徘徊，也许偶尔猜想到几分墙内的动静，但总是浮的浅的，不切实的，甚至完全是隔膜的。人生也许是个空虚的幻梦，但在这幻象中，生与死，恋爱与痛苦，毕竟是陡起的奇峰，应得激动我们彷徨者的注意，在此中也许有可以感悟到一些幻里的真，虚中的实，这浮动的水泡不曾破裂以前，也应得饱吸自由的日光，反射几丝颜色！

我是一只不羁的野驹，我往往纵容想象的猖狂，诡辩人生的现实：比如凭借凹折的玻璃，觉察当前景色。但时而复再，我也能从烦嚣的杂响中听出清新的乐调，在炫耀的杂彩里，看出有条理的意匠。这次祖母的大故，老家庭的生活，给我不少静定的时刻，不少深刻的反省。我不敢说我因此感悟了部分的真理，或是取得了若干的智慧；我只能说我因此与实际生活更深了一层的接触，益发激动我对于人生种种好奇的探讨，益发使我惊讶这迷谜的玄妙，不但死是神奇的现象，不但生命与呼吸是神奇的现象，就连日常的生活与习惯与迷信，也好像放射着异样的光闪，不容我们擅用一两个形容词来概状，更不容我们倡言什么主义来抹煞——一个革新者的热心，碰着了实在的寒冰！

六

我在我的日记里翻出一封不曾写完不曾付寄的信，是我祖母死后第二天的早上写的。我那时在极强烈的极鲜明的时刻内，很想把那几日经过的感想与疑问，痛快的写给一个同情的好友，使他在数千里外也能分尝我强烈的鲜明的感情。那位同情的好友我选中了通伯，但那封信却只起了一个呆重的头，一为丧中忙，二为我那时眼热不耐用心，始终不曾写就，一直挨到现在再想补写，恐怕强烈已经变弱，鲜明已经透暗，逃亡的囚逋，不易追获的了。我现在把那封残信录在这里，再来追摹当时的情景。

通伯：

我的祖母死了！从昨夜十时半起，直到现在，满屋子只是号啕呼抢的悲音，与和尚道士女僧的礼忏鼓磬声。二十年前祖父丧时的情景，如今又在眼前了。忘不了的情景！你愿否听我讲些？

我一路回家，怕的是也许已经见不到老人，但老人却在生死的交关仿佛存心的弥留着，等待她最钟爱的孙儿——即不能与他开言诀别，也使他尚能把握她依然温暖的手掌，抚摩她依然跳动着的胸怀，凝视她依然能自开自阖虽则不再能表情的目睛。她的病是脑充血的一种，中医称为“卒中”（最难救的中风）。她十日前在暗房里蹶仆倒地，从此不再开口出言，登仙似的结束了她八十四年的长寿，六十年良妻与贤母的辛勤，她现在已经永远的脱辞了烦恼的人间，还归她清净自在的来处。我们承受她一生的厚爱与荫泽的儿孙，此时亲见，将来追念。她最后的神化，不能自禁中怀的摧痛，热泪暴雨似的盆涌，然痛心中却亦隐有无穷的赞美，热泪中依稀想见她功成德备的微笑，无形中似有不朽的灵光，永远的临照她绵衍的后裔……

七

旧历的乞巧那一天，我们一大群快活的游踪，驴子灰的黄的白的，轿子四个脚夫抬的，正在山海关外，纡回的，曲折的绕登角山的栖贤寺，面对着残圮的长城，巨虫似的爬山越岭，隐入烟霭的迷茫。那晚回北戴河海滨住处，已经半夜，我们还打算天亮四点钟上莲峰山去看日出，我已经快上床，忽然想起了，出去问有信没有，听差递给我一封电报，家里来的四等电报，我就知道不妙，果然是“祖母病危速回”！我当晚就收拾行装，赶早上六时车到天津，晚上才上津浦快车。正嫌路远车慢，半路又为水发冲坏了轨道过不去，一停就停了十二点钟有余，在车里多过了一夜，直到第三天的中午方才过江上沪宁车。这趟车如其准点到上海，刚好可以接上沪杭的夜车，谁知道又误了点，误了不多不少的一分钟，一面我们的车进站，他们的车头呜的一声叫，别断别断的去了！我若然是空身子，还可以冒险跳车，偏偏我的一双手又被行李雇定了，所以只得定着眼睛送沪杭车离站远去，直到八月二十二日的中午我方才到家。我给通伯的信说“怕的是已经见不着老人”，在路上那几天真是难受，缩不短的距离没有法子，但是那急人的水发，急人的火车，几面凑拢来，叫我整整的迟一昼夜到家！试想病危了的八十四岁的老人，这二十四点钟不是容易过的，说不定她刚巧在这个期间内有什么动静，那才叫人抱愧哩！但是结果还算没有多大的差池——她老人家还在生死的交关等着！

八

奶奶——奶奶——奶奶！奶——奶！你的孙儿回来了，奶奶！没有回音。老太太阖着眼，仰面躺在床里，右手拿着一把半旧的雕翎扇很自在的扇动着。老太太原来就怕热，每年暑天总是扇子不离手的，那几天又是特别的热。这还不是好好的老太太，呼吸顶匀净的，定是睡着了，谁说危险！奶奶，奶奶！她把扇子放下了，伸手去摸着头顶上挂着的冰袋，一把抓得紧紧的，呼了一口长气，像是暑天赶道儿的喝了一碗凉汤似的，这不是她明明的有感觉不是？我把她的手握在手里。她似乎感觉我手心的热，可是她也让我握着，她开了眼了！右眼张得比左眼开些，瞳子却是发呆，我拿手指在她的眼前一挑，她也没有瞬，那准是她瞧不见了——奶奶，奶奶，——她也真没有听见，难道她真是病了，真是危险，这样爱我疼我宠我的好祖母，难道真会得……我心里一阵的难受，鼻子里一阵的酸，滚热的眼泪就迸了出来。这时候床前已经挤满了人，我的这位，我的那位，我一眼看过去，只见一片惨白忧愁的面色，一双双装满了泪珠的眼眶，我的妈更看的憔悴。她们已经伺候了六天六夜，妈对我讲祖母这回不幸的情形，怎样的她夜饭前还在大厅上吩咐事情，怎样的饭后进房去自已擦脸，不知怎样的闪了下去，外面人听着响声才进去，已经是不能开口了，怎样的请医生，一直到现在还没有转机……

一个人到了天伦骨肉的中间，整套的思想情绪，就变换了式样与颜色。你的不自然的口音与语法没有用了；你的耀眼的袍服可以不必穿了；你的洁白的天使的翅膀，预备飞翔出人间到天堂的，不便在你的慈母跟前自由的开豁；你的理想的楼台亭阁，也不轻易的放进这二百年的老屋；你的佩剑，要塞，以及种种的防御，在竞争的外界即使是必要的，到此只是可笑的累赘。在这里，不比在其余的地方，他们所要求于你的，只是随熟的声音与笑貌，只是好的，纯粹的本性，只是一个没有斑点子的赤裸裸的好心。在这些纯爱的骨肉的经纬中心，不由得你不从你的天性里抽出最柔糯亦最有力的几缕丝线来加密或是缝补这幅天伦的结构。

所以我那时坐在祖母的床边，含着两朵热泪，听母亲叙述她的病况，我脑中发生了异常的感想，我像是至少逃回了二十年的光阴，正如我膝前子侄辈一般的高矮，回复了一片纯朴的童真，早上走来祖母的床前，揭开帐子叫一声软和的奶奶，她也回叫了我一声，伸手到里床去摸给我一个蜜枣或是三片状元糕，我又叫了一声奶奶，出去玩了，那是如何可爱的辰光，如何可爱的天真，但如今没有了，再也不回来了，现在床里躺着的，还不是我的亲爱的祖母，十个月前我伴着到普陀登山拜佛清健的祖母，但现在何以不再答应我的呼唤，何以不再能表情，不再能说话，她的灵性哪里去了，她的灵性哪里去了？

九

一天，一天，又是一天——在垂危的病榻前过的时刻，不比平常飞驶无碍的光阴，时钟上同样的一声嘀嗒，直接的打在你的焦急的心里，给你一种模糊的隐痛——祖母还是照样的眠着，右手的脉自从起病以来已是极微仅有的，但不能动弹的却反是有脉的左侧，右手还是不时在挥扇，但她的呼吸还是一例的平匀，面容虽不免瘦削，光泽依然不减，并没有显著的衰象，所以我们在旁边看她的，差不多每分钟都盼望她从这长期的睡眠中醒来，打一个呵欠，就开眼见人，开口说话——果然她醒了过来，我们也不会觉得离奇，像是原来应当似的。但这究竟是我们亲人绝望中的盼望，实际上所有的医生，中医，西医，针医，都已一致的回绝。说这是“不治之症”，中医说这脉象是凭证，西医说脑壳里血管破裂，虽则植物性机能——呼吸，消化——不曾停止，但言语中枢已经断绝——此外更专门更玄学更科学的理论我也记不得了。所以暂时不变的原因，就在老太太本来的体元太好了，拳术家说的“一时不能散工”，并不是病有转机的兆头。

我们自己人也何尝不明白这是个绝症；但我们却总不忍自认是绝望：这“不忍”便是人情。我有时在病榻前，在凄悒的静默中，发生了重大的疑问。科学家说人的意识与灵感，只是神经系统最高的作用，这复杂，微妙的机械，只要部分有了损伤或是停顿，全体的动作便发生相当的影响；如其最重要的部分受了扰乱，他不是变成反常的疯癫，便是完全的失去意识。照这一说，体即是用，离了体即没有用；灵魂是宗教家的大谎，人的身体一死什么都完了。这是最干脆不过的说法，我们活着时有这样有那样已经足够麻烦，尽够受，谁还有兴致，谁还愿意到坟墓的那一边再去发生关系，地狱也许是黑暗的，天堂是光明的，但光明与黑暗的区别无非是人类专擅的假定，我们只要摆脱这皮囊，还归我清静，我就不愿意头戴一个黄色的空圈子，合着手掌跪在云端里受罪！

再回到事实上来，我的祖母——一位神智最清明的老太太——究竟在哪里？我既然不能断定因为神经部分的震裂她的灵感性便永远的消灭，但同时她又分明的失却了表情的能力，我只能设想她人格的自觉性，也许比平时消淡了不少，却依旧是在着，像在梦魇里将醒未醒时似的，明知她的儿女孙曾不住的叫唤她醒来，明知她即使要永别也总还有多少的嘱咐，但是可怜她的眼球再不能反映外界的印象，她的声带与口舌再不能表达她内心的情意，隔着这脆弱的肉体的关系，她的性灵再不能与她最亲的骨肉自由的交通——也许她也在整天整夜的伴着我们焦急，伴着我们伤心，伴着我们出泪，这才是可怜，这才真叫人悲感哩！

十

到了八月二十七那天，离她起病的第十一天，医生吩咐脉象大大的变了，叫我们当心，这十一天内每天她很困难的只咽入几滴稀薄的米汤，现在她的面上的光泽也不如早几天了，她的目眶更陷落了，她的口部的筋肉也更宽弛了，她右手的动作也减少了，即使拿起了扇子也不再能很自然的扇动了——她的大限的确已经到了。但是到晚饭后，反是没有什么显象。同时一家人着了忙，准备寿衣的，准备冥银的，准备香灯等等的。我从里走出外，又从外走进里，只见匆忙的脚步与严肃的面容。这时病人的大动脉已经微细得不可辨，虽则呼吸还不至怎样的急促。这时一门的骨肉已经齐集在病房里，等候那不可避免的时刻。到了十时光景，我和我的父亲正坐在房的那一头一张床上，忽然听得一个哭叫的声音说——“大家快来看呀，老太太的眼睛张大了！”这尖锐的喊声，仿佛是一大桶的冰水浇在我的身上，我所有的毛管一齐竖了起来，我们跟跄的奔到了床前，挤进了人丛。果然，老太太的眼睛张大了，张得很大了！这是我一生从不曾见过，也是我一辈子忘不了的眼见的神奇。（恕罪我的描写！）不但是两眼，面容也是绝对的神变了（transfigured）；她原来皱缩的面上，发出一种鲜润的彩泽，仿佛半淤的血脉，又一度充满了生命的精液，她的口，她的两颊，也都回复了异样的丰润；同时她的呼吸渐渐的上升，急进的短促，现在已经几乎脱离了气管，只在鼻孔里脆响的呼出了。但是最神奇不过的是一双眼睛！她的瞳孔早已失去了收敛性，呆顿的放大了。但是最后那几秒钟！不但眼眶是充分的张开了，不但黑白分明，瞳孔锐利的紧敛了，并且放射着一种不可形容，不可信的辉光，我只能称它为“生命最集中的灵光”！这时候床前只是一片的哭声，子媳唤着娘，孙子唤着祖母，婢仆争喊着老太太，几个稚龄的曾孙，也跟着狂叫太太……但老太太最后的开眼，仿佛是与她亲爱的骨肉，作无言的诀别，我们都在号泣的送终，她也安慰了，她放心的去了。在几秒钟内，死的黑影已经移上了老人的面部，遏灭了生命的异彩，她最后的呼气，正似水泡破裂，电光杳灭，菩提的一响，生命呼出了窍，什么都止息了。

十一

我满心充塞了死象的神奇，同时又须顾管我有病的母亲，她那时出性的号啕，在地板上滚着，我自己反而哭不出来；我自己也觉得奇怪，眼看着一家长幼的涕泪滂沱，耳听着狂沸似的呼抢号叫，我不但不发生同情的反应，却反而达到了一个超感情的，静定的，幽妙的意境，我想象的看见祖母脱离了躯壳与人间，穿着雪白的长袍，冉冉的上升天去，我只想默默的跪在尘埃，赞美她一生的功德，赞美她一生的圆寂。这是我的设想！我们内地人却没有这样纯粹的宗教思想；他们的假定是不论死的是高年厚德的老人或是无知无愆的幼孩，或是罪大恶极的凶人，临到弥留的时刻总是一例的有无常鬼，摸壁鬼，牛头马面，赤发獠牙的阴差等等到门，拿着镣链枷锁，来捉拿阴魂到案。所以烧纸帛是平他们的暴戾，最后的呼抢是没奈何的诀别。这也许是大部分临死时实在的情景，但我们却不能概定所有的灵魂都不免遭受这样的凌辱。譬如我们的祖老太太的死，我只能想象她是登天，只能想象她慈祥的神化——像那样鼎沸的号啕，固然是至性不能自禁，但我总以为不如匐伏隐泣或默祷，较为近情，较为合理。

理智发达了，感情便失了自然的浓挚；厌世主义的看来，眼泪与笑声一样是空虚的，无意义的。但厌世主义姑且不论，我却不相信理智的发达，会得妨碍天然的情感；如其教育真有效力，我以为效力就在剥削了不合理性的“感情作用”，但决不会有损真纯的感情；他眼泪也许比一般人流得少些，但他等到流泪的时候，他的泪才是应流的泪。我也是智识愈开流泪愈少的一个人，但这一次却也真的哭了好几天。一次是伴我的姑母哭的，她为产后不曾复元，所以祖母的病一直瞒着她，一直到了祖母故后的早上方才通知她。她扶病来了。她还不曾下轿，我已经听出她在啜泣，我一时感到一阵的悲伤，等到她出轿放声时，我也在房中歔欷不住。又一次是伴祖母当年的赠嫁婢哭的。她比祖母小十一岁，今年七十三岁，亦已是个白发的婆子，她也来哭她的“小姐”，她是见着我祖母的花烛的惟一的一个人，她的一哭我也哭了。

再有是伴我的父亲哭的。我总是觉得一个身体伟大的人，他动情感的时候，动人的力量也比平常人伟大些。我见了我父亲哭泣，我就忍不住要伴着淌泪。但是感动我最强烈的几次，是他一人倒在床里，反复的啜泣着，叫着妈，像一个小孩似的，我就感到最热烈的伤感，在他伟大的心胸里浪涛似的起伏，我就感到母子的感情的确是一切感情的起源与总结，等到一失慈爱的荫庇，仿佛一生的事业顿时莫有了根柢，所有的快乐都不能填平这惟一的缺陷；所以他这一哭，我也真哭了。

但是我的祖母果真是死了吗？她的躯体是的。但她是不死的。诗人勃兰恩德（Bryant）说：

So Live, that when thy summons comes to join the innumerable caravan, which moves to that mysterious realm where each one takes his chamber in the silent halls of death, then go not, like the quarry slave at night sourged to his dungeon, but sustained and soothed.

By an unfaltering truth, approach thy grave like one that wraps the drapery of his couch, about him, and lies down to pleasant dreams.

如果我们的生前是尽责任的，是无愧的，我们就会安坦的走近我们的坟墓，我们的灵魂里不会有惭愧或悔恨的啮痕。人生自生至死，如勃兰恩德的比喻，真是大队的旅客在不尽的沙漠中进行，只要良心有个安顿，到夜里你卧倒在帐幕里也就不怕噩梦来缠绕。

我的祖母，在那旧式的环境里，到我们家来五十九年，真像是做了长期的苦工，她何尝有一日的安闲，不必说子女的嫁娶，就是一家的柴米油盐，扫地抹桌子，哪一件事不在八十岁老人早晚的心上！我的伯父快近六十岁了，但他的起居饮食，还差不多完全是祖母经管的，初出世的曾孙如其有些身热咳嗽，老太太晚上就睡不安稳；她爱我宠我的深情，更不是文字所能描写；她那深厚的慈荫，真是无所不包，无所不蔽；但她的身心即使劳碌了一生，她的报酬却在灵魂无上的平安；她的安慰就在她的儿女孙曾，只要我们能够步到她的前列，各尽天定的责任，她在冥冥中也就永远的微笑了。

11 月 24 日

关于女子

苏州！谁能想象第二个地名有同样清脆的声音，能唤起同样美丽的联想，除是南欧的威尼市或翡冷翠，那是远在异邦，要不然我们就得追想到六朝时代的金陵广陵或许可以仿佛？当然不是杭州，虽则苏杭是常常联着说到的；杭州即使有几分美秀，不幸都教山水给占了去，更不幸就那一点儿也成了问题：你们不听说雷峰塔已经教什么国术大力士给打个粉粹，西湖的一汪水也教大什么会的电灯给照干了吗？不，不是杭州；说到杭州我们不由的觉得舌尖上有些儿发锈。所以只剩了一个苏州准许我们放胆的说出口，放心的拿上手。比是乐器中的笙箫，有的是袅袅的余韵。比是青青的柏子，有的是沁人心脾的留香。在这里，不比别的地处，人与地是相对无愧的；是交相辉映的；寒山寺的钟声与吴侬的软语一般的令人神往；虎丘的衰草与玄妙观的香烟同样的勾人留恋。

但是苏州——说也惭愧，我这还是第二次到，初次来时只匆匆地过了一宵，带走的只有采芝斋的几罐糖果和一些模糊的影象。就这次来也不得容易。要不是陈淑先生相请的殷勤。——聪明的陈淑先生，她知道一个诗人的软弱，她来信只淡淡的说你再不来时天平山经霜的枫叶都要凋谢了——要不是她的相请的殷勤，我说，我真不知道几时才得偷闲到此地来，虽则我这半年来因为往返沪宁间每星期得经过两次，每星期都得感到可望而不可即的惆怅。为再到苏州来我得感谢她。但陈先生的来信却不单单提到天平山的霜枫，她的下文是我这半月来的忧愁：她要我来说话——到苏州来向女同学说话！我如何能不忧愁？当然不是愁见诸位同学，我愁的我现在这相儿，一个人孤零零的站在台上说话！我们这坐惯冷板凳日常说废话的所谓教授们最厌烦的，不瞒诸位说，就是我们自己这无可奈何的职务——说话（我再不敢说讲演，那样粗蠢的字样在苏州地方是说不出口的）。

就说谈话吧，再让一步，说随便谈话吧，我不能想象更使人窘的事情！要你说话，可不指定要你说什么，“随便说些什么都行”，那天陈先生在电话里说。你拿艳丽的朝阳给一只芙蓉或是一只百灵，它就对你说一番极美妙动听的话；即使它说过了你冒失的恭维它说你这“讲演”真不错，它也不会生气，也不会惭愧，但不幸我不是芙蓉更不是百灵。我们乡里有一句俗话说宁愿听苏州人吵架，不愿听杭州人谈话。我的家乡又不幸是在浙江，距着杭州近，离着苏州远的地处。随便说话，随你说什么，果然我依了陈先生扯上我的乡谈，恐怕要不到三分钟你们都得想念你们房里备着的八卦丹或是别的止头痛的药片了！

但陈先生非得逼我到，逼我献丑，写了信不够，还亲自到上海来邀。我不能不答应来。“但是我去说些什么呢，苏州，又是女同学们？”那天我放下陈先生的电话心头就开始踌躇。不要忙，我自己安慰自己说，在上海不得空闲，到南京去有一个下午可以想一想。那天在车上倒是有福气看到镇江以西，尤其是栖霞山一带的雪叶。虽则那早上是雾茫茫的，但雪总是好东西，它盖住地面的不平和丑陋，它也拓开你心头更清凉的境界，山变了银山，树成了玉树，窗以外是彻骨的凉，彻骨的静，不见一个生物，鸟雀们不知藏躲在哪里，雪花密团团的在半空里转。栖霞那一带的大石狮子，雄踞在草田里张着大口向着天的怪东西，在雪地里更显得白，更显得壮，更见得精神。在那边相近还有一座塔，建筑雕刻，都是第一流的美术，最使人想见六朝的风流，六朝的闲暇。在那时政治上没有统一的野心家，江以南，江以北，各自成家，汉也有，胡也有，各造各的文化。且不说龙门，且不说云冈，就这栖霞的一些遗迹，就这雄踞在草田里的大石狮，已够使我们想见当时生活的从容，气魄的伟大，情绪的俊秀。

我们在现代感到的只是局促与忽忙。我们真是忙，谁都是忙。忙到倦，忙到厌。但忙的是什么？为什么忙？我们的子孙在一千年后，如其我们的民族再活得到一千年，回看我们的时代，他们能不能了解我们的匆忙？我们有什么东西遗留给他们可以使他们骄傲，宝贵，值得他们保存，证见我们的存在，认识我们的价值，可以使他们永久停留他们爱慕的纪念——如同那一只雄踞在草田里的大石狮？我们的诗人文人贡献了些什么伟大的诗篇与文章？我们的建筑与雕刻，且不说别的，有哪样可以留存到一百年乃至十年五年而还值得一看的？我们的画家怎样描写宇宙的神奇？我们哪一个音乐家是在解释我们民族的性灵的奥妙？但这时候我眼望着的江边的雪地已经戏幕似的变形成为北方赤地几千里的灾区，黄沙天与黄土地的中间只有惨淡的风云，不见人烟的村庄以及这里那里枝条上不留一张枯叶的林木。我也望得见几千万已死的将死的未死的人民在不可名状的苦难中为造物主的地面上留下永久的羞耻。在他们迟钝的眼光中，他们分明说他们的心脏即使还在跳动他们已经失去感觉乃至知觉的能力，求生或将死的呼号早已逼死在他们枯竭的咽喉里；他们分明说生活，生命，乃至单纯的生存已经到了绝对的绝境，前途只是沙漠似的浩瀚的虚无与寂灭，期待着他们，引诱着他们，如同春光，如同微笑，如同美。我也望见勾结在连环战祸中的区域与民生；为了谁都不明白的高深的主义或什么相互的屠杀，我也望见那少数的妖魔，踞坐在跸卫森严的魔窟中计较下一幕的布景与情节，为表现他们的贪，他们的毒，他们的野心，他们的威灵，他们手擎着全体民族的命运当作一掷的孤注。我也望见这时代的烦闷毒气似的在半空里没遮拦的往下盖，被牺牲的是无量数春花似的青年。这憧憬中的种种都指点着一个归宿，一个结局——沙漠似的浩瀚的虚无与寂灭，不分疆界永不见光明的死。

我方才不还在眷恋着文化的消沉吗？文化，文化，这呼声在这可怖的憧憬前，正如灾民苦痛的呼声，早已逼死在枯竭的咽喉里，再也透不了声响，但就这无声的叫喊已经在我的周围引起异怪的回响，像是哭，像是笑，像是鸱鸮，像是鬼……

但这声响来源是我座位邻近一位肥胖的旅伴的雄伟的哈欠。在这哈欠声中消失了我重叠的幻梦似的憧憬，我又见到了窗外的雪，听到车轮的响动。下关的车站已经到了。

我能把我这一路的感想拉杂来充当我去苏州的谈话资料吗？我在从下关进城时心里计较。秀丽的苏州，天真的女同学们，能容受这类荒伧，即使不至怪诞的思想吗？她们许因为我是教文学的想从我听一些文学掌故或文学常识。但教书是无可奈何，我最厌烦的是说本行话。她们又许因为我曾经写过一些诗是在期望一个诗人的谈话，那就得满缀着明月和明星的光彩，透着鲜花与鲜草的馨香，要不然她们竟许期待着雪莱的云雀或是济慈的夜莺。我的倒像是鸱鸮的夜啼，不是太煞尽了风景？这，我又转念，或许是我的过虑，他们等着我去谈话正如她们每月或每星期等着别人去谈话一样，无非想听几句可乐的插科与诙谐（如其有的话，那算是好的），一篇，长或是短，勉励或训诲的陈腐（那是你们打哈欠乃至瞌睡的机会），或是关于某项专门知识的讲解（那你们先生们示意你们应得掏出铅笔在小本子上记下的），写了几句自己谦让道歉不曾预备得好的话，在这末尾与他鞠躬下台时你们多少酬报他一些鼓掌，就算完事一宗，但事实上他讲的话，正如讲的人，不能希望（他自己也不希望）在你们的脑筋里留有仅仅隔夜的印象，某人不是到你们这里来讲过的吗？隔几天许有人问，嗄，不错是有的，他讲些什么了？谁知道他讲什么来了，我一句也没有听进去，不是你提起，我都忘了我听过他讲哪！

这是一班到处应酬讲演人的下场头，他们事实上只配得这样的下场头。穷，窘，枯，干，同学们，是现代人们的生活。干，枯，窘，穷，同学们，是现代人们的思想。不要把上年纪的人们，占有名气或地位的人们看太高了，他们的苦衷只有他们自家得知，这年头的荒歉是一般的。

也不知怎的我想起来说些关于女子的杂话。不是女子问题。我不懂得科学，没有方法来解剖“女子”这个不可思议的现象。我也不是一个社会学家，搬弄着一套现成的名词来清理恋爱，改良婚姻或家庭。我也没有一个道学家的权威，来督责女子们去做良妻贤母，或奖励她们去做不良的妻不贤的母。我没有任何解决或解答的能力。我自己所知道的只是我的意识的流动，就那个我也没有支配的力量。就比是隔着雨雾望远山的景物，你只能辨认一个大概。也不知是哪里来的光照亮了我意识的一角，给我一个辨认的机会，我的困难是在想用粗笨的语言来传达原来极微纤的印象，像是想用粗笨的铁针来绣描细致的图案。所以，我今天所要查考的，不是女子，更不是什么女子问题，而是我自己的意识的一个片段。

我说也不知怎的我的思想转上了关于女子的一路。最显浅的原因，我想，当然是为我到一个女子学校里来说话。但此外的也还有别的给我暗示的机会。有一天我在一家书店门首见着某某女士的一本新书的广告，书名是《蠹鱼生活》。这倒是新鲜，我想，这年头有甘心做书虫的女子。三百年来女子中多的是良妻贤母，多的是诗人词人，但出名的书虫不是就是一位郝夫人王照圆女士吗？这是一件事，再有是我看到一篇文章英国一位名小说家做的，她说妇女们想从事著述至少得有两个条件，一是她得有她自己的一间屋子，这她随时有关上或锁上的自由。二是她得有五百一年（那合华银有六千元）的进益。她说的是外国情形，当然和我们的相差得远，但原则还不一样是相通的？你们或许要说外国女人当然比我们强，我们怎好跟她们比；她们的环境要比我们的好多少，她们的自由要比我们的大多少；好，外国女人，先让我们的男人比上了外国的男人再说女人吧！

可是你们先别气馁，你们来听听外国女人的苦处。在 Queen Anne 的时候，不说更早，那就是我们清朝乾隆的时候，有天才的贵族女子们（平民更不必说了）实在忍不住写下了些诗文就往抽屉里堆着给蛀虫们享受，哪敢拿著作公开给庄严伟大的男子们看，那不让他们笑掉了牙。男人是女人的“反对党”“The Oppose faction”，Lady Winchilsea 说。趁早，女人，谁敢卖弄谁活该遭殃，才学哪是你们的分！一个女人拿起笔就像是在做贼，谁受得了男人们的讥笑。别看英国人开通，他们中间多的是写“妇学篇”的章实斋。倒是章先生那板起道学面孔公然反对女人弄笔墨还好受些。他们的蒲伯，他们的 John Gray，他们管爱文学有才情的女人叫做蓝袜子，说她们放着家务不管，“痒痒的就爱乱涂”。Margaret of Newcastle 另一位有才学的女子，也愤愤的说“女人像蝙蝠或猫头鹰似的活着，牲口似的工作，虫子似的死……”且不说男人的态度，女性自己的谦卑也是可以的。Dorothy Osburne 那位清丽的书翰家一写到那位有文才的爵夫人就生气，她说，“那可怜的女人准是有点儿偏心的，她什么傻事不做，倒来写什么书，又况是诗，那太可笑了，要是我就算我半个月不睡觉我也到不了那个。”奥斯朋自己可没有想到自己的书翰在千百年后还有人当作宝贵的文学作品念着，反比那“有点儿偏心胆敢写书的女人”风头出得更大，更久！

再说近一点，一百年前英国出一位女小说家，她的地位，有一个批评家说，是离着莎士比亚不远的 Jane Austen——她的环境也不见得比你们的强。实际上她更不如我们现代的女子。再说她也没有一间她自己可以开关的屋子，也没有每年多少固定的收入。她从不出门，也见不到什么有学问的人；她是一位在家里养老的姑娘，看到有限几本书，每天就在一间永远不得清静的公共起坐间里装作写信似的起草她的不朽的作品。“女人从没有半个钟头”，Florence Nightingale 说，“女人从没有半个钟头可以说是她们自己的。”再说近一点，白龙德姊妹们，也何尝有什么安逸的生活。在乡间，在一个牧师家里，她们生，她们长，她们死。她们至多站在露台上望望野景，在雾茫茫的天边幻想大千世界的形形色色，幻想她们无颜色无波浪的生活中所不能的经验。要不是她们卓绝的天才，蓬勃的热情与超越的想象，逼着她们不得不写，她们也无非是三个平常的乡间女子，郁死在无欢的家里，有谁想得到她们——光明的十九世纪于她们有什么相干，她们得到了些什么好处？

说起来还是我们的情形比他们的见强哪。清朝的大文人王渔洋袁子才毕秋帆陈碧城都是提倡妇女文学最大的功臣。要不是他们几位间接与直接的女弟子的贡献，清朝一代的妇女文学还有什么可述的？要不是他们那时对于女子做诗文做学问的铺张扬励，我们那位文史通义先生也不至于破口大骂自失身分到这样可笑的地步。他在妇学篇里说——

近有无耻文人，以风流自命，蛊惑士女，大率以优伶杂剧所演才子佳人惑人，大江以南名门大家闺阁，多为所诱，征诗刻稿，标榜声名，无复男女之嫌，殆忘其身之雌矣。此等闺娃，妇学不修，岂有真才可取，而为邪人播弄，浸成风俗，人心世道，大可忧也。

章先生要是活到今天看见女子上学堂，甚至和男子同学，上衙门公司店铺工作和男子同事，进这个那个的党和男子同志，还不把他老人家活活的给气瘪了！

所以你们得记得就在英国，女权最发达的一个民族，女子的解放，不论哪一方面，都还是近时的事情。女子教育算不上一百年的历史。女子的财产权是五十年来才有法律保障的。女子的政治权还不到十年。但这百年来女性方面的努力与成绩不能不说是惊人的。在百年以前的人类的文化可说完全是男性的成绩，女性即使有贡献是极有限的或至多是间接的，女子中当然也不少奇才异能，历史上不少出名的女子，尤其是文艺方面。希腊的沙浮至今还是个奇迹。中世纪的 Hypatia，Heloise 是无可比的。英国的依利萨伯，唐朝的武则天，她们的雄才大略，哪一个男子敢不低头？十八世纪法国的沙龙夫人们是多少天才和名著的保姆。在中国，我们只要记起曹大家的汉书，苏若兰的回文，徐淑、蔡文姬、左九嫔的词藻，武曌的升仙太子碑，李若兰、鱼玄机的诗，李清照、朱淑真的词，明文氏的九骚——哪一个不是照耀百世的奇才异禀。

这固然是，但就人类更宽更大的活动方面看，女性有什么可以自傲的？有女莎士比亚女司马迁吗？有女牛顿女培根吗？有女柏拉图女但丁吗？就说到狭义的文艺，女性的成绩比到男性的还不是培塿比到泰山吗？你怪得男性傲慢，女性气馁吗？

在英国乃至在全欧洲，奥斯丁以前可以说女性没有一个成家的作者。从依利萨伯到法国革命查考得到的女子作品只是小诗与故事。就中国论，清朝一代相近三百年间的女作家，按新近饯单夫人的清闺秀艺文略看，可查考的有二千三百十二人之多，但这数目，按胡适之先生的统计，只有百分之一的作品是关于学问，例如考据历史算学医术，就那也说不上有什么重要的贡献，此外百分之九十九都是诗词一类的文学，而且妙的地方是这些诗集诗卷的题名，除了风花雪月一类的风雅，都是带着虚心道歉的意味，仿佛她们都不敢自信女子有公然著作成书的特权似的，都得声明这是她们正业以外的闲情，本算不上什么似的，因之不是绣余，就是爨余，不是红余，就是针余，不是脂余梭余，就是织余绮余（陈圆圆的职业特别些，她的词集叫舞余词），要不然就是焚余烬余未焚未烧未定一类的通套，再不然就是断肠泪稿一流的悲苦字样（除了秋瑾的口气那是不同些）。情形是如此，你怪得男性的自美，女性的气短吗？

但这文化史上女性远不如男性的情形自有种种的解释，自然的趋势，女性当然不能借此来证明女子的能力根本不如男子，女性也不能完全推托到男性有意的压迫。谁要奇怪女性迟缓，要问何以女权论要等到玛丽乌尔夫顿克辣夫德方有具体的陈词，只须记得人权论要本身也要到相差不远的日子才出世。人的思想的能力是奇怪的，有时他连蹿带跳的在短时期内发现了很多，例如希腊黄金时代与近一百五十年来的欧洲，有时睡梦迷糊的在长时期一无新鲜，例如欧洲的中世纪或中国的明代。它不动的时候就像是冬天，一切都是静定的无生气的，就像是生命再不会回来，但它一动的时候那就比是春雷的一震，转眼间就是蓬勃绚烂的春时。在欧洲从亚理斯多德直到卢梭乃至叔本华，没有一个思想家不承认男女的不平等是当然的，绝对不值得并且也无从研究的；即使偶有几个天才不容自掩的女子，在中国我们叫作才女，那还是客气的，如同叫长花毛的鸭作锦鸡，在欧洲百年前叫做蓝袜子，那就不免有嘲笑的意思。但自从约翰弥勒纯正通达论妇女论的大文出世以来，在理论上所有女性不如男性或是女性不能和男性享受平等机会，以及共同负责文化社会的生存与进步的种种谬见偏见与迷信，都一齐从此失去了根据，在事实上，在这百年来女性自强的努力也已经显明的证明，女性只要有同等的机会，不论在哪样事情上都不能比男性差；人类的前途展开了一个伟大的新的希望，就是此后文化的发展是两性共同的企业，不再是以前似的单性的活动。在这百年来虽则在别的方面人类依然不免继续他们的谬误，愚蠢，固执，迷信，但这百余年是可纪念的，因为这至少是一个女性开始光荣的世纪。在政治上，在社会上，在法律与道德上，在理论方面，至少女性已经争得与男性完全平等的地位。在事实上，女子的职业一天增多一天，我们现在不易想象一种职业男性可以胜任而女性不能的——也许除了实际的上战场去打仗，但这项职业我们都希望将来有完全的淘汰的一天，我们决不希望温柔的女性在任何情形下转变成善斗杀的凶恶者。文学与艺术不用说，女子是早就占有地位的，但近百年来的扩大也是够惊人的。诗人就说白朗宁夫人、罗刹蒂小姐、梅耐儿夫人三个名字已经是够辉煌的。小说更不用说，英美的出版界已有女作家超过男作家的趋势，在品质方面一如数量。J.A. George Eliot, George Sand, Bronte Sisters, 近时如曼殊斐儿，薇金娜吴尔夫等等都是卓然成家为文学史上增加光彩的作者。演剧方面如沙拉贝娜 Duse，Ellen Terry，都是人类永久不可磨灭的记忆。论跳舞，女子的贡献更分明的超过男子，我们不能想象一个男性的 Isadora Duncan。音乐画，雕刻，女子的出人头地的也在天天的加多，科学与哲学，向来是男性的专业，但跟着教育的发展，女子的贡献也在日渐的继长增高。你们只记得 Madame Gurie 就可以无愧。讲到学问，现在有哪一门女子提不起来的。

但这情形，就按最先进几国说，至多也不过百年来的事，然而成绩已有如此的可观。再过了两千年，我想，男子多半再不敢对女子表示性的傲慢。将来的女子自会有她们的莎士比亚，培根，亚理斯多德，罗素，正如她们在帝王中有过依利萨伯、武则天，在诗人中有过白朗宁、罗刹蒂，在小说家中有过奥斯丁与白龙德姊妹。我们虽则不敢预言女性竟可以有完全超越男性的一天，但我们很可以放心的相信此后女性对文化的贡献比现在总可以超过无量倍数，倒男子要担心到他的权威有摇动的危险的一天。

但这当然是说得很远的话。按目前情形，尤其是中国的，我们一方面固然感到女子在学问事业日渐进步的兴奋与快慰，但同时我们也深刻的感觉到种种阻碍的势力还是很活动的在着。我们在东方几乎事事是落后的，尤其是女子，因为历史长，所以习惯深，习惯深所以解放更觉费力。不说别的，中国女子先就忍就了几千年身体方面绝无理性可说的束缚，所以人家的解放是从思想作起点，我们先得从身体解放起。我们的脚还是昨天放开的，我们的胸还是正在开放中。事实上固然这一代的青年已经不至感受身体方面的束缚，但不幸长时期的压迫或束缚是要影响到血液与神经的组织的本体的。即如说脚，你们现有的固然是极秀美的天足，但你们的血液与纤维中，难免还留有几十代缠足的鬼影。又如你们的胸部虽已在解放中，但我知道有的年轻姑娘们还不免感到这解放是一种可羞的不便。所以单说身体，恐怕也得至少到你们的再下去三四代才能完全实现解放，恢复自然发长的愉快与美。身体方面已然如此，别的更不用说了。再说一个女子当然还不免做妻做母，单就生产一件事说，男性就可以无忌惮的对女性说“这你总逃不了，总不能叫我来替代你吧！”事实上的确有无数本来在学问或事业上已经走上路的女子，为了做妻做母的不可避免，临了只能自愿或不自愿的牺牲光荣的成就的希望。这层的阻碍说要能完全去除当然是不可能，但按现今种种的发明与社会组织与制度逐渐趋向合理的情形看，我们很可以设想这天然阻碍的不方便性消解到最低限度的一天。有了节育的方法，比如说，你就不必有生育，除了你自愿，如此一个女子很容易在她几十年的生活中匀出几个短期间来尽她对人类的责任。还有将来家庭的组织也一定与现在的不同，趋势是在去除种种不必要精力的消耗（如同美国就有新法的合作家庭，女子管家的担负不定比男子的重，彼此一样可以进行各人的事业）。所以问题倒不在这方面。成问题的是女子心理上母性的牢不可破，那与男子的父性是相差得太远了。我来举一个例。近代最有名的跳舞家 Isadora Duncan 在她的自传里说她初次生产时的心理，我觉得她说得非常的真。在初怀孕时她觉得处处的不方便，她本是把她的艺术——舞——看得比她的生命都更重要的，她觉得这生产的牺牲是太无谓了。尤其是在生产时感到极度的痛苦时（她的是难产），她是恨极了上帝叫女人担负这惨毒的义务；她差一点死了。但等到她的孩子一下地，等到看护把一个稀小的喷香的小东西偎到她身旁去吃奶时，她的快乐，她的感谢，她的兴奋，她的母爱的激发，她说，简直是不可名状。在那时间她觉得生命的神奇与意义——这无上的创造——是绝对盖倒一切的，这一相比她原来看作比生命更重要的艺术顿时显得又小又浅，几于是无所谓的了，在那时间把性的意识完全盖没了后天的艺术家的意识。上帝得了胜了！这，我说，才真是成问题，倒不在事实上三两个月的身体的不便。这根蒂深而力道强的母性当然是人生的神秘与美的一个重要成分，但它多少总不免阻碍女子个人事业的进展。

所以按理论说男女的机会是实在不易说成完全平等的，天生不是一个样子，你有什么办法？但我们也只能说到此，因为在一个女子，母性的人格，母性的实现，按理是不应得与她个人的人格，个性的实现相冲突的。除了在不合理的或迷信打底的社会组织里，一个女子做了妻母再不能兼顾别的，她尽可以同时兼顾两种以上的资格，正如一个男子的父性并不妨害他的个性。就说 Duncan，她不能不说是一个母性特强（因为情感富强）的一个女子，但她事实上并不曾为恋爱与生育而至放弃她的艺术的追求。她一样完成了她的艺术。此外做女子的不方便当然比男子的多，但那些都是比较不重要的。

我们国内的新女子是在一天天可辨认的长成，从数千年来有形与无形的束缚与压迫中渐次透出性灵与身体的美与力，像一支在箨裹中透露着的新笋。有形的阻碍，虽则多，虽则强有力，还是比较容易克除的，无形的阻碍，心理上，意识与潜意识的阻碍，倒反须要更长时间与努力方有解脱的可能。分析的说，现社会的种种都还是不适宜于我们新女子的长成的。我再说一个例。比如演戏，你认识戏的重要，知道它的力量。你也知道你有舞台表演的天赋。那为你自己，为社会，你就得上舞台演戏去不是？这时候你就逢到了阻力。积极的或许你家庭的守旧与固执。消极的或许你觅不到相当的同志与机会。这些就算都让你过去，你现在到了另一个难关。有一个戏非你充不可，比如说，那碰巧是个坏人，那是说按人事上习惯的评判，在表现艺术上是没有这种区分的，艺术须要你做，但你开始踌躇了。说一个实例，新近南国社演的沙乐美，那不是一个贞女，也不是一个节妇。有一位俞女士，她是名门世家的一位小姐，去担任主角。她只知道她当然表现的责任。事实上她居然排除了不少的阻难而登台演那戏了。有一晚她正演到要热慕的叫着“约翰我要亲你的嘴”，她瞥见她的母亲坐在池子里前排瞪着怒眼望着她，她顿时萎了，原来有热有力的声音与诗句几于嗫嚅的勉强说过了算完事。她觉得她再也鼓不住她为艺术的一往的勇气，在她母亲怒目的一视中，艺术家的她又萎成了名门世家事事依傍着爱母的小姐——艺术失败了！习惯胜利了！

所以我说这类无形的阻碍力量有时更比有形的大。方才说的无非是现成的一个例。在今日一个女子向前走一个步都得有极大的决心和用力，要不然你非但不上前，你难说还向后退——根性，习惯，环境的势力，种种都牵掣着你，阻搁着你。但你们各个人的成或败于未来完全性的新女子的实现都有关连。你多用一分力，多打破一个阻碍，你就多帮助一分，多便利一分新女子的产生。简单说，新女子与旧女子的不同是一个程度，不定是种类的不同。要做一个新女子，做一个艺术家或事业家，要充分发展你的天赋，实现你的个性，你并没有必要不做你父母的好女儿，你丈夫的好妻子，或是你儿女的好母亲——这并不一定相冲突的（我说不一定因为在这发轫时期难免有各种牺牲的必要，那全在你自己判清了利弊来下决断）。分别在旧观念是要求你做一个扁人，纸剪似的没有厚度没有血脉流通的活性，新观念是要你做一个真的活人，有血有气有肌肉有生命有完全性的！这有完全性要紧——的一个个人。这分别是够大的，虽则话听来不出奇。旧观念叫你准备做妻做母，新观念并不叫你准备做妻做母，但在此外先要你准备做人，做你自己。从这个观点出发，别的事情当然都换了透视。我看古代留传下来的女作家有一个有趣味的现象。她们多半会写诗，这是说拿她们的心思写成可诵的文句。按传说说，至少一个女子的文才多半是有一种防身作用，比如现在上海有钱人穿的铁马甲，从周南的蔡人妻作的芣苢三章，召南申人女行露三章，卫共姜柏舟诗，陈风墓门陶婴黄鹄歌，宋韩凭妻南山有乌句乃至罗敷女陌上桑都是全凭编了几句诗歌而得幸免男性的侵凌的。还有卓文君写了白头吟司马相如即不娶姨太太，苏若兰制了回文诗，扶风窦滔也就送掉他的宠妾。唐朝有几个宫妃在红叶上题了诗从御沟里放流出外因而得到夫婿的。（“一入深宫里，无由得见春。题诗花叶上，寄与接流人。”）此外更有多少女子作品不是慕就是怨。如是看来文学之于古代妇女多少都是于她们婚姻问题发生密切关系的。这本来是，有人或许说，就现在女子念书的还不是都为写情书的准备，许多人家把女孩送进学校的意思还不无非是为了抬高她在婚姻市场上的卖价？这类情形当然应得书篇似的翻阅过去，如其我们盼望新女子及早可以出世。

这态度与目标的转变是重要的。旧女子的弄文墨多少是一种不必要的装饰；新女子的求学问应分是一种发现个性必要的过程。旧女子的写诗词多少是抒写她们私人遭际与偶尔的情感；新女子的志向应分是与男子共同继承并且继续生产人类全部的文化产业。旧女子的字业是承认女子无才便是德的大条件而后红着脸做的事情，因而绣余炊余一流的道歉；新女子的志愿是要为报复那一句促狭的造孽格言而努力给男性一个不容否认的反证。旧女子有才学的，理想是李易安的早年的生涯——当然不一定指她的“被翻红浪，起来慵自梳头”一类的艳思——嫁一个风流跌宕一如赵明诚公子的夫婿（“赖有闺房如学舍，一编横放两人看”），这一些风流而兼风雅的日子；新女子——我们当然不能不许她私下期望一个风流的有情郎（“易求无价宝，难得有情郎”），但我们却同时期望她虽则身体与心肠的温柔都给了她的郎，她的天才她的能力却得贡献给社会与人类。

——一九二八年秋在苏州女子中学讲演稿

自　剖

我是个好动的人：每回我身体行动的时候，我的思想也仿佛就跟着跳荡。我做的诗，不论它们是怎样的“无聊”，有不少是在旅行期中想起的。我爱动，爱看动的事物，爱活泼的人，爱水，爱空中的飞鸟，爱车窗外掣过的田野山水。星光的闪动，草叶上露珠的颤动，花须在微风中的摇动，雷雨时云空的变动，大海中波涛的汹涌，都是在在触动我感兴的情景。是动，不论是什么性质，就是我的兴趣，我的灵感。是动就会催快我的呼吸，加添我的生命。

近来却大大的变样了。第一我自身的肢体，已不如原先灵活；我的心也同样的感受了不知是年岁还是什么拘絷。动的现象再不能给我欢喜，给我启示。先前我看着在阳光中闪烁的金波，就仿佛看见神仙宫阙——什么荒诞美丽的幻觉，不在我的脑中一闪闪的掠过；现在不同了，阳光只是阳光，流波只是流波，任凭景色怎样的灿烂，再也照不化我的呆木的心灵。我的思想，如其偶尔有，也只似岩石上的藤萝，贴着枯干的粗糙的石面，极困难的蜒着；颜色是苍黑的，姿态是倔强的。

我自己也不懂得何以这变迁来得这样的兀突，这样的深彻。原先我在人前自觉竟是一注的流泉，在在有飞沫，在在有闪光；现在这泉眼，如其还在，仿佛是叫一块石板不留余隙的给镇住了。我再没有先前那样蓬勃的情趣，每回我想说话的时候，就觉着那石块的重压，怎么也掀不动，怎么也推不开，结果只能自安沉默！“你再不用想什么了，你再没有什么可想的了”；“你再不用开口了，你再没有什么话可说的了”，我常觉得我沉闷的心府里有这样半嘲讽半吊唁的谆嘱。

说来我思想上或经验上也并不曾经受什么过分剧烈的戟刺。我处境是向来顺的，现在，如其有不同，只是更顺了的。那么为什么有这变迁？远的不说，就比如我年前到欧洲去时的心境：啊！我那时还不是一只初长毛角的野鹿？什么颜色不激动我的视觉，什么香味不奋兴我的嗅觉？我记得我在意大利写游记的时候，情绪是何等的活泼，兴趣何等的醇厚，一路来眼见耳听心感的种种，哪一样不活栩栩的丛集在我的笔端，争求充分的表现！如今呢？我这次到南方去，来回也有一个多月的光景，这期内眼见耳听心感的事物也该有不少。我未动身前，又何尝不自喜此去又可以有机会饱餐西湖的风色，邓尉的梅香——单提一两件最合我脾胃的事。有好多朋友也曾期望我在这闲暇的假期中采集一点江南风趣，归来时，至少也该带回一两篇爽口的诗文，给在北京泥土的空气中活命的朋友们一些清醒的消遣。但在事实上不但在南方时我白瞪着大眼，看天亮换天昏，又闭上了眼，拼天昏换天亮，一枝秃笔跟着我涉海去，又跟着我涉海回来，正如岩洞里的一根石笋，压根儿就没一点摇动的消息；就在我回京后这十来天，任凭朋友们怎样的催促，自己良心怎样的责备，我的笔尖上还是滴不出一点墨沛来。我也曾勉强想想，勉强想写，但到底还是白费！可怕是这心灵骤然的呆顿。完全死了不成？我自己在疑惑。

说来是时局也许有关系。我到京几天就逢着空前的血案。五卅事件发生时我正在意大利山中，采茉莉花编花篮儿玩，翡冷翠山中只见明星与流萤的交唤，花香与山色的温存，俗氛是吹不到的。直到七月间到了伦敦，我才理会国内风光的惨淡，等到我赶回来时，设想中的激昂，又早变成了明日黄花，看得见的痕迹只有满城黄墙上墨彩斑斓的“泣告”！

这回却不同。屠杀的事实不仅是在我住的城子里发见，我有时竟觉得是我自己的灵府里的一个惨象。杀死的不仅是青年们的生命，我自己的思想也仿佛遭着了致命的打击，比是国务院前的断脰残肢，再也不能回复生动与连贯。但深刻的难受在我是无名的，是不能完全解释的。这回事变的奇惨性引起愤慨与悲切是一件事，但同时我们也知道在这根本起变态作用的社会里，什么怪诞的情形都是可能的。屠杀无辜，远不是年来最平常的现象。自从内战纠结以来，在受战祸的区域内，哪一处村落不曾分到过遭奸污的女性，屠残的骨肉，供牺牲的生命财产？这无非是给冤氛团结的地面上多添一团更集中更鲜艳的怨毒。再说哪一个民族的解放史能不浓浓的染着 Martyrs 的腔血？俄国革命的开幕就是二十年前冬宫的血景。只要我们有识力认定，有胆量实行，我们理想中的革命，这回羔羊的血就不会是白涂的。所以我个人的沉闷决不完全是这回惨案引起的感情作用。

爱和平是我的生性。在怨毒，猜忌，残杀的空气中，我的神经每每感受一种不可名状的压迫。记得前年奉直战争时我过的那日子简直是一团黑漆，每晚更深时，独自抱着脑壳伏在书桌上受罪，仿佛整个时代的沉闷盖在我的头顶——直到写下了《毒药》那几首不成形的咒诅诗以后，我心头的紧张才渐渐地缓和下去。这回又有同样的情形；只觉着烦，只觉着闷，感想来时只是破碎，笔头只是笨滞。结果身体也不舒畅，像是蜡油涂抹了全身毛窍似的难过，一天过去了又是一天，我这里又在重演更深独坐箍紧脑壳的姿势，窗外皎洁的月光，分明是在嘲讽我内心的枯窘！

不，我还得往更深处挖。我不能叫这时局来替我思想骤然的呆顿负责，我得往我自己生活的底里找去。

平常有几种原因可以影响我们的心灵活动。实际生活的牵掣可以劫去我们心灵所需要的闲暇，积成一种压迫。在某种热烈的想望不曾得满足时，我们感觉精神上的烦闷与焦躁，失望更是颠覆内心平衡的一个大原因；较剧烈的种类可以麻痹我们的灵智，淹没我们的理性。但这些都合不上我的病源；因为我在实际生活里已经得到十分的幸运。我的潜在意识里，我敢说不该有什么压着的欲望在作怪。

但是在实际上反过来看，另有一种情形可以阻塞或是减少你心灵的活动。我们知道舒服，健康，幸福，是人生的目标，我们因此推想我们痛苦的起点是在望见那些目标而得不到的时候。我们常听人说“假如我像某人那样生活无忧我一定可以好好的做事，不比现在整天的精神全花在琐碎的烦恼上”。我们又听说“我不能做事就为身体太坏，若是精神来得，那就……”我们又常常设想幸福的境界，我们想“只要有一个意中人在跟前那我一定奋发，什么事做不到？”但是不，在事实上，舒服，健康，幸福，不但不一定是帮助或奖励心灵生活的条件，它们有时正得相反的效果。我们看不起有钱人，在社会上得意的人，肌肉过分发展的运动家，也正在此；至于年少人幻想中的美满幸福，我敢说等得当真有了红袖添香，你的书也就读不出所以然来，且不说什么在学问上或艺术上更认真的工作。

那末生活的满足是我的病源吗？

“在先前的日子，”一个真知我的朋友，就说，“正为是你生活不得平衡，正为你有欲望不得满足，你的压在内里的 Libido 就形成一种升华的现象，结果你就借文学来发泄你生理上的郁结（你不常说你从事文学是一件不预期的事吗？）；这情形又容易在你的意识里形成一种虚幻的希望，因为你的写作得到一部分赞许，你就自以为确有相当创作的天赋以及独立思想的能力。但你只是自冤自，实在你并没有什么超人一等的天赋，你的设想多半是虚荣，你的以前的成绩只是升华的结果。所以现在等得你生活换了样，感情上有了安顿，你就发现你向来写作的来源顿呈萎缩甚至枯竭的现象；而你又不愿意承认这情形的实在，妄想到你身子以外去找你思想枯窘的原因，所以你就不由的感到深刻的烦闷。你只是对你自己生气，不甘心承认你自己的本相。不，你原来并没有三头六臂的！

“你对文艺并没有真兴趣，对学问并没有真热心。你本来没有什么更高的志愿，除了相当合理的生活，你只配安分做一个平常人，享你命里注定的‘幸福’；在事业界，在文艺创作界，在学问界内，全没有你的位置，你真的没有那能耐。不信你只要自问在你心里的心里有没有那无形的‘推力’，整天整夜的恼着你，逼着你，督着你，放开实际生活的全部，单望着不可捉摸的创作境界里去冒险？是的，顶明显的关键就是那无形的推力或是冲动（The Impulse），没有它人类就没有科学，没有文学，没有艺术，没有一切超越功利实用性质的创作。你知道在国外（国内当然也有，许没那样多）有多少人被这无形的推力驱使，在实际生活中变成一种离魂病性质的变态动物，不但人间所有的虚荣永远沾不上他们的思想，就连维持生命的睡眠饮食，在他们都失了重要，他们全部的心力只是在他们那无形的推力所指示的特殊方向上集中应用。怪不得有人说天才是疯癫；我们在巴黎伦敦不就到处碰得着这类怪人？如其他是一个美术家，恼着他的就只怎样可以完全表现他那理想中的形体；一个线条的准确，某种色彩的调谐，在他会得比他生身父母的生死与国家的存亡更重要，更迫切，更要求注意。我们知道专门学者有终身掘坟墓的，研究蚊虫生理的，观察亿万万里外一个星的动定的。并且他们决不问社会对于他们的劳力有否任何的认识，那就是虚荣的进路；他们是被一点无形的推力的魔鬼蛊定了的。

"这是关于文艺创作的话。你自问有没有这种情形。你也许经验过什么'灵感'那也许有，但你却不要把刹那误认作永久的，虚幻认作真实。至于说思想与真实学问的话，那也得背后有一种推力，方向许不同，性质还是不变。做学问你得有原动的好奇心，得有天然热情和态度去做求知识的工夫。真思想家的准备，除了特强的理智，还得有一种原动的信仰；信仰或寻求信仰，是一切思想的出发点：极端的怀疑派思想也只是期望重新位置信仰的一种努力。从古来没有一个思想家不是宗教性的。在他们，各按各的倾向，一切人生的和理智的问题是实在有的；神的有无，善与恶，本体问题，认识问题，意志自由问题，在他们看来都是含逼迫性的现象，要求合理的解答——比山岭的崇高，水的流动，爱的甜蜜更真，更实在，更耸动。他们的一点心灵，就永远在他们设想的一种或多种问题的周围飞舞，旋绕，正如灯蛾之于火焰：牺牲自身来贯彻火焰中心的秘密，是他们共有的决心。

"这种惨烈的情形，你怕也没有吧？我不说你的心幕上就没有思想的影子；但它们怕只是虚影，像水面上的云影，云过影子就跟着消散，不是石上的溜痕越日久越深刻。

"这样说下来，你倒可以安心了！因为个人最大的悲剧是设想一个虚无的境界来谎骗你自己；骗不到底的时候你就得忍受'幻灭'的莫大的苦痛。与其那样，还不如及早认清自己的深浅，不要把不必要的负担，放上支撑不住的肩背，压坏你自己，还难免旁人的笑话！朋友，不要迷了，定下心来享你现成的福分吧。思想不是你的分，文艺创作不是你的分，独立的事业更不是你的分！天生扛了重担来的那也没法想。（哪一个天才不是活受罪！）你是原来轻松的，这是多可羡慕，多可贺喜的一个发现！算了吧，朋友！"

再剖

你们知道喝醉了想吐吐不出或是吐不爽快的难受不是？这就是我现在的苦恼：肠胃里一阵阵的作恶，腥腻从食道里往上泛，但这喉关偏跟你别扭，它捏住你，逼住你，逗住你——不，它且不给你痛快哪！前天那篇《自剖》，就比是哇出来的几口苦水，过后只是更难受，更觉着往上冒。我告诉你我想要怎么样。我要孤寂：要一个静极了的地方——森林的中心，山洞里，牢狱的暗室里——再没有外界的影响来逼迫或引诱你的分心，再不须计较旁人的意见，喝彩或是嘲笑；当前惟一的对象是你自己：你的思想，你的感情，你的本性，那时它们再不会躲避，不会隐遁，不会装作；赤裸裸的听凭你察看，检验，审问。你可以放胆解去你最后的一缕遮盖，袒露你最自怜的创伤，最掩讳的私亵，那才是你痛快一吐的机会。

但我现在的生活情形不容我有那样一个时机，白天太忙（在人前一个人的灵性永远是蜷缩在壳内的蜗牛），到夜间，比如此刻，静是静了，人可又倦了，惦着明天的事情又不得不早些休息。啊，我真羡慕我台上放着那块唐砖上的佛像，他在他的莲台上瞑目坐着，什么都摇不动他那入定的圆澄。我们只是在烦恼网里过日子的众生，怎敢企望那光明无碍的境界！有鞭子下来，我们躲；见好吃的，我们垂涎；听声响，我们着忙；逢着痛痒，我们着恼。我们是鼠，是狗，是刺猬，是天上星星与地上泥土间爬着的虫。哪里有工夫，即使你有心想亲近你自己？哪里有机会，即使你想痛快的一吐？

前几天也不知无形中经过几度挣扎，才呕出那几口苦水，这在我虽则难受还是照旧，但多少总算是发泄。事后我私下觉着愧悔。因为我不该拿我一己苦闷的骨鲠，强读者们陪着我吞咽。是苦水就不免熏蒸的恶味。我承认这完全是我自私的行为，不敢望恕的。我惟一的解嘲是这几口苦水的确是从我自己的肠胃里呕出——不是去脏水桶里舀来的。我不曾期望同情，我只要朋友们认识我的深浅——（我的浅？）我最怕朋友们的容宠容易形成一种虚拟的期望；我这操刀自剖的一个目的，就在及早解卸我本不该扛上的担负。

是的，我还得往底里挖，往更深处剖。

最初我来编辑副刊，我有一个愿心，我想把我自己整个儿交给能容纳我的读者们，我心目中的读者们，说实话，就只这时代的青年。我觉着只有青年们的心窝里有容我的空隙，我要偎着他们的热血，听他们的脉搏。我要在我自己的情感里发现他们的情感，在自己的思想里反映他们的思想。假如编辑的意义只是选稿，配版，付印，拉稿，那还不如去做银行的伙计——有出息得多。我接受编辑晨副的机会，就为这不单是机械性的一种任务。(感谢《晨报》主人的信任与容忍)晨报变了我的喇叭，从这管口里我能自由吹弄我古怪的不调谐的音调。它是我的镜子，在这平面上描画出我古怪的不调谐的形状。我也决不掩讳我的原形：我就是我。记得我第一次与读者们相见，就是一篇供状。我的经过，我的深浅，我的偏见，我的希望，我都曾经再三的声明，怕是你们早听厌了。但初起我的一种期望是真的——期望我自己。也不知那时间为什么原因我竟有那活棱棱的一副勇气。我宣言我自己跳进了这现实的世界。存心想来对准人生的面目认他一个仔细。我信我自己的热心(不是知识)多少可以给我一些对敌力量的。我想拚这一天，把我的血肉与灵魂，放进这现实世界的磨盘里去捱，锯齿下去拉，——我就要尝那味儿！只有这样，我想，才可以期望我主办的刊物多少是一个有生命气息的东西；才可以期望在作者与读者间发生一种活的关系；才可以期望读者们觉着这一长条报纸与黑的字印的背后，的确至少有一个活着的人与一个动着的心，他的把握是在你的腕上，他的呼吸吹在你的脸上，他的欢喜，他的惆怅，他的迷惑，他的伤悲，就比是你自己的，的确是从一个可认识的主体上发出来的变化——是站在台上人的姿态，——不是投射在白幕上的虚影。

并且我当初也并不是没有我的信念与理想。我有我崇拜的德性，有我信仰的原则，有我爱护的事物，也有我痛疾的事物，往理性的方向走，往爱心与同情的方向走，往光明的方向走，往真的方向走，往健康快乐的方向走，往生命，更多更大更高的生命方向走——这是我那时的一点"赤子之心"。我恨的是这时代的病象，什么都是病象：猜忌，诡诈，小巧，倾轧，挑拨，残杀，互杀，自杀，忧愁，作伪，肮脏。我不是医生，不会治病；我就有一双手，趁它们活灵的时候，我想，或许可以替这时代打开几扇窗，多少让空气流通些，浊的毒性的出去，清醒的洁净的进来。

但紧接着我的狂妄的招摇，我最敬畏的一个前辈(看了我的吊刘叔和文)就给我当头一棒：

……既立意来办报而且郑重宣言"决意改变我对人的态度"，那么自己的思想就得先磨冶一番。不能单凭主觉，随便说了就算完事。迎上前去，不要又退了回来！一时的兴奋，是无用的，说话越觉得响亮起劲，跳踯有力，其实却是内心的虚弱，何况说出衰颓懊丧的语气，教一般青年看了，更给他们以可怕的影响，似乎不是志摩这番挺身出马的本意！……

迎上前去，不要又退了回来！这一喝这几个月来就没有一天不在我"虚弱的内心"里回响。实际上自从我喊出"迎上前去"以后，即使不曾撑开了往后退，至少我自己觉不得我的脚步曾经向前挪动。今天我再不能容我自己这梦梦的下去。算清亏欠，在还算得清的时候，总比窝着混着强。我不能不自剖。冒着“说出衰颓懊丧的语气”的危险，我不能不利用这反省的锋刃，劈去纠着我心身的累赘淤积，或许这来倒有自我真得解放的希望！

想来这做人真是奥妙。我信我们的生活至少是复性的。看得见，觉得着的生活是我们的显明的生活，但同时另有一种生活，跟着知识的开豁逐渐胚胎，成形，活动，最后支配前一种的生活，比是我们投在地上的身影，跟着光亮的增加渐渐由模糊化成清晰，形体是不可捉的，但它自有它的奥妙的存在，你动它跟着动，你不动它跟着不动。在实际生活的匆遽中，我们不易辨认另一种无形的生活的并存，正如我们在阴地里不见我们的影子；但到了某时候某境地忽的发现了它，不容否认的踵接着你的脚跟，比如你晚间步月时发现你自己的身影。它是你的性灵的或精神的生活。你觉到你有超实际生活的性灵生活的俄顷，是你一生的一个大关键！你许到极迟才觉悟（有人一辈子不得机会），但你实际生活中的经历，动作，思想，没有一丝一屑不同时在你那跟着长成的性灵生活中留着“对号的存根”，正如你的影子不放过你的一举一动，虽则你不注意到或看不见。

我这时候就比是一个人初次发现他有影子的情形。惊骇，讶异，迷惑，耸悚，猜疑，恍惚同时并起，在这辨认你自身另有一个存在的时候，我这辈子只是在生活的道上盲目的前冲，一时踹入一个泥潭，一时踏折一支草花，只是这无目的的奔驰；从哪里来，向哪里去，现在在哪里，该怎么走，这些根本的问题却从不曾到我的心上。但这时候突然的，恍然的我惊觉了。仿佛是一向跟着我形体奔波的影子忽然阻住了我的前路，责问我这匆匆的究竟是为什么！

一种新意识的诞生。这来我再不能盲冲，我至少得认明来踪与去迹，该怎样走法如其有目的地，该怎样准备如其前程还在遥远？

啊，我何尝愿意吞这果子，早知有这么多的麻烦！现在我第一要考查明白的是这“我”究竟是怎么一回事；然后再决定掉落在这生活道上的“我”的赶路方法。以前种种动作是没有这新意识作主宰的；此后，什么都得由它。

1926 年 4 月 5 日

想 飞

假如这时候窗子外有雪——街上，城墙上，屋脊上，都是雪，胡同口一家屋檐下偎着一个戴黑兜帽的巡警，半拢着睡眼，看棉团似的雪花在半空中跳着玩……假如这夜是一个深极了的啊，不是壁上挂钟的时针指示给我们看的深夜，这深就比是一个山洞的深，一个往下钻螺旋形的山洞的深……

假如我能有这样一个深夜，它那无底的阴森捻起我遍体的毫管；再能有窗子外不住往下筛的雪，筛淡了远近间飏动的市谣，筛泯了在泥道上挣扎的车轮，筛灭了脑壳中不妥协的潜流……

我要那深，我要那静。那在树荫浓密处躲着的夜鹰轻易不敢在天光还在照亮时出来睁眼。思想，它也得等。

青天里有一点子黑的。正冲着太阳耀眼，望不真，你把手遮着眼，对着那两株树缝里瞧，黑的，有榧子来大，不，有桃子来大——嘿，又移着往西了！

我们吃了中饭出来到海边去。（这是英国康槐尔极南的一角，三面是大西洋。）勖丽丽的叫响从我们的脚底下匀匀的往上颤，齐着腰，到了肩高，过了头顶，高入了云，高出了云。啊！你能不能把一种急震的乐音想象成一阵光明的细雨，从蓝天里冲着这平铺着青绿的地面不住的下？不，那雨点都是跳舞的小脚，安琪儿的。云雀们也吃过了饭，离开了它们卑微的地巢飞往高处做工去。上帝给它们的工作，替上帝做的工作。瞧着，这儿一只，那边又起了两只！一起就冲着天顶飞，小翅膀动活的多快活，圆圆的，不踌躇的飞，——它们就认识青天。一起就开口唱，小嗓子动活的多快活，一颗颗小精圆珠子直往外唾，亮亮的唾，脆脆的唾，——它们赞美的是青天。瞧着，这飞得多高，有豆子大，有芝麻大，黑刺刺的一屑，直顶着无底的天顶细细的摇，——这全看不见了，影子都没了！但这光明的细雨还是不住的下着……

飞。“其翼若垂天之云……背负苍天，而莫之夭阏者”；那不容易见着。我们镇上东关厢外有一座黄泥山，山顶上有一座七层的塔，塔尖顶着天。塔院里常常打钟，钟声响动时，那在太阳西晒的时候多，一枝艳艳的大红花贴在西山的鬓边回照着塔山上的云彩，——钟声响动时，绕着塔顶尖，摩着塔顶天，穿着塔顶云，有一只两只，有时三只四只有时五只六只蜷着爪往地面瞧的“饿老鹰”，撑开了它们灰苍苍的大翅膀没挂恋似的在盘旋，在半空中浮着，在晚风中泅着，仿佛是按着塔院钟的波荡来练习圆舞似的。那是我做孩子时的“大鹏”。有时好天抬头不见一瓣云的时候听着猇忧忧的叫响，我们就知道那是宝塔上的饿老鹰寻食吃来了，这一想象半天里秃顶圆睛的英雄，我们背上的小翅膀骨上就仿佛豁出了一铩铩铁刷似的羽毛。摇起来呼呼响的，只一摆就冲出了书房门，钻入了玳瑁镶边的白云里玩儿去，谁耐烦站在先生书桌前晃着身子背早上的多难背的书！啊，飞！不是那在树枝上矮矮的跳着的麻雀儿的飞；不是那凑天黑从堂匾后背冲出来赶蚊子吃的蝙蝠的飞；也不是那软尾巴软嗓子做窠在堂檐上的燕子的飞。要飞就得满天飞，风拦不住云挡不住的飞，一翅膀就跳过一座山头，影子下来遮得阴二十亩稻田的飞，到天晚飞倦了就来绕着那塔顶尖顺着风向打圆圈做梦……听说饿老鹰会抓小鸡！

飞。人们原来都是会飞的。天使们有翅膀，会飞，我们初来时也有翅膀，会飞。我们最初来就是飞了来的，有的做完了事还是飞了去，他们是可羡慕的。但大多数人是忘了飞的，有的翅膀上掉了毛不长再也飞不起来，有的翅膀叫胶水给胶住了，再也拉不开，有的羽毛叫人给修短了像鸽子似的只会在地上跳，有的拿背上一对翅膀上当铺去典钱使过了期再也赎不回……真的，我们一过了做孩子的日子就掉了飞的本领。但没了翅膀或是翅膀坏了不能用是一件可怕的事，因为你再也飞不回去，你蹲在地上呆望着飞不上去的天，看旁人有福气的一程一程的在青云里逍遥，那多可怜。而且翅膀又不比是你脚下的鞋，穿烂了可以再问妈要一双去，翅膀可不成，折了一根毛就是一根，没法给补的。还有，单顾着你翅膀也还不定规到时候能飞，你这身子要是不谨慎养太肥了，翅膀力量小再也拖不起，也是一样难不是？一对小翅膀驮不起一个胖肚子，那情形多可笑！到时候你听人家高声的招呼说，朋友，回去罢，趁这天还有紫色的光，你听他们的翅膀在半空中沙沙的摇响，朵朵的春云跳过来拥着他们的肩背，望着最光明的来处翩翩的，冉冉的，轻烟似的化出了你的视域，像云雀似的只留下一泻光明的骤雨——“Thou art unseen, but yet I hear thy shrill delight”——那你，独自在泥土里淹着，够多难受，够多懊恼，够多寒伧！趁早留神你的翅膀，朋友。

是人没有不想飞的。老是在这地面上爬着够多厌烦，不说别的。飞出这圈子，飞出这圈子！到云端里去，到云端里去！哪个心里不成天千百遍的这么想？飞上天空去浮着，看地球这弹丸在太空里滚着，由陆地看到海，从海再看回陆地。凌空去看一个明白——这才是做人的趣味，做人的权威，做人的交代。这皮囊要是太重挪不动，就掷了它，可能的话，飞出这圈子，飞出这圈子！

人类初发明用石器的时候，已经想长翅膀。想飞。原人洞壁上画的四不像，它的背上掮着翅膀；拿着弓箭赶野兽的，他那肩背上也给安了翅膀。小爱神是有一对粉嫩的肉翅的。挨开拉斯（Icarus）是人类飞行史里第一个英雄，第一次牺牲，安琪儿（那是理想化的人）第一个标记是帮助他们飞行的翅膀。那也有沿革——你看西洋画上的表现。最初像是一对小精致的令旗，蝴蝶似的粘在安琪儿们的背上，像真的，不灵动的。渐渐的翅膀长大了，地位安准了，毛羽丰满了。画图上的天使们长上了真的可能的翅膀。人类初次实现了翅膀的观念，彻悟了飞行的意义。挨开拉斯闪不死的灵魂，回来投生又投生。人类最大的使命，是制造翅膀；最大的成功是飞！理想的极度，想象的止境，从人到神！诗是翅膀上出世的；哲理是在空中盘旋的。飞：超脱一切，笼盖一切，扫荡一切，吞吐一切。

你上那边山峰顶上试去，要是度不到这边山峰上，你就得到这万丈的深渊里去找你的葬身之地！“这人形的鸟会有一天试他第一次的飞行，给这世界惊骇，使所有的著作赞美，给他所从来的栖息处永久的光荣。”啊达文謇！

但是飞？自从挨开拉斯以来，人类的工作是制造翅膀，还是束缚翅膀？这翅膀，承上了文明的重量，还能飞吗？都是飞了来的，还都能飞了去吗？钳住了，烙住了，压住了，——这人形的鸟会有试他第一次飞行的一天吗？……

同时天上那一点子黑的已经迫近在我的头顶，形成了一架鸟形的机器，忽的机沿一侧，一球光直往下注，硼的一声炸响，——炸碎了我在飞行中的幻想，青天里平添了几堆破碎的浮云。

1926年4月14至16日

落 叶

前天你们查先生来电话要我讲演，我说但是我没有什么话讲，并且我又是最不耐烦讲演的。他说：你来吧，随你讲，随你自由的讲，你爱说什么就说什么。我们这里你知道这次开学情形很困难，我们学生的生活很枯燥很闷；我们要你来给我们一点活命的水。这话打动了我。枯燥，闷，这我懂得。虽然我与你们诸君是不相熟的，但这一件事实，你们感觉生活枯闷的事实，却立即在我与诸君无形的关系间，发生了一种真的深切的同情。我知道烦闷是怎么样一个不成形不讲情理的怪物，他来的时候，我们的全身仿佛被一个大蜘蛛网盖住了，好容易挣出了这条手臂，那条又叫粘住了。那是一个可怕的网子。我也认识生活枯燥，他那可厌的面目，我想你们也都很认识他。他是无所不在的，他附在各个人的身上，他现在各个人的脸上，你望望你的朋友去，他们的脸上有他，你自己照镜子去，你的脸上，我想，也有他，可怕的枯燥，好比是一种毒剂，他一进了我们的血液，我们的性情，我们的皮肤就变了颜色，而且我怕是离着生命远，离着坟墓近的颜色。

我是一个信仰感情的人，也许我自己天生就是一个感情性的人。比如前几天西风到了，那天早上我醒的时候是冻着才醒过来的，我看着纸窗上的颜色比往常的淡了，我被窝里的肢体像是浸在冷水里似的，我也听见窗外的风声，吹着一片枣树上的枯叶，一阵一阵的掉下来，在地上卷着，沙沙的发响，有的飞出了外院去，有的留在墙角边转着，那声响真像是叹气。我因此就想起这西风，冷醒了我的梦，吹散了树上的叶子，它那成绩在一般饥荒贫苦的社会里一定格外的可惨。那天我出门的时候，果然见街上的情景比往常不同了；穷苦的老头小孩全躲在街角上发抖；他们迟早免不了树上枯叶子的命运，那一天我就觉得特别的闷，差不多发愁了。

因此我听着查先生说你们生活怎样的烦闷，怎样的干枯，我就很懂得，我就愿意来对你们说一番话。我的思想——如其我有思想——永远不是成系统的。我没有那样的天才。我的心灵的活动是冲动性的，简直可以说痉挛性的。思想不来的时候，我不能要他来，他来的时候，就比如穿上一件湿衣，难受极了，只能想法子把他脱下。我有一个比喻，我方才说起秋风里的枯叶；我可以把我的思想比作树上的叶子，时期没有到，他们是不很会掉下来的；但是到时期了，再要有风的力量，他们就只能一片一片的往下落；大多数也许是已经没有生命了的，枯了的，焦了的，但其中也许有几张还留着一点秋天的颜色，比如枫叶就是红的，海棠叶就是五彩的。这叶子实用是绝对没有的；但有人，比如我自己，就有爱落叶的癖好。它们初下来时颜色有很鲜艳的，但时候久了，颜色也变。除非你保存得好。所以我的话，那就是我的思想，也是与落叶一样的无用，至多有时有几痕生命的颜色就是了。你们不爱的尽可以随意的踩过，绝对不必理会；但也许有少数人有缘分的，不责备他们的无用，竟许会把他们捡起来揣在怀里，间在书里，想延留它们幽澹的颜色。感情，真的感情，是难得的，是名贵的，是应当共有的；我们不应得拒绝感情，或是压迫感情，那是犯罪的行为，与压住泉眼不让上冲，或是掐住小孩不让喘气一样的犯罪。人在社会里本来是不相连续的个体。感情，先天的与后天的，是一种线索，一种经纬，把原来分散的个体织成有文章的整体。但有时线索也有破烂与涣散的时候，所以一个社会里必须有新的线索继续的产出，有破烂的地方去补，有涣散的地方去拉紧，才可以维持这组织大体的匀整，有时生产力特别加增时，我们就有机会或是推广，或是加添我们现有的面积，或是加密，像网球板穿双线似的，我们现成的组织，因为我们知道创造的势力与破坏的势力，建设与溃败的势力，上帝与撒旦的势力，是同时存在的。这两种势力是在一架天平上比着；他们很少有平衡的时候，不是这头沉，就是那头沉。是的，人类的命运是在一架大天平上比着，一个巨大的黑影，那是我们集合的化身，在那里看着，他的手里满拿着分量的砝码，一会往这头送，一会又往那头送，地球尽转着，太阳，月亮，星星，轮流的照着，我们的命运永远是在天平上称着。

我方才说网球拍，不错，球拍是一个好比喻。你们打球的知道网拍上哪里几根线是最吃重，最要紧，那几根线要是特别有劲的时候，不仅你对敌时拉球，抽球，拍球格外来的有力，出色，并且你的拍子也就格外的经用。少数特强的分子保持了全体的匀整。这一条原则应用到人道上，就是说，假如我们有力量加密，加强我们最普通的同情线，那线如其穿连得到所有跳动的人心时，那时我们的大网子就坚实耐用，天津人说的，就有根。不问天时怎样的坏，管他雨也罢，云也罢，霜也罢，风也罢，管他水流怎样的急，我们假如有这样一个强有力的大网子，哪怕不能在时间无尽的洪流里——早晚网起无价的珍品，哪怕不能在我们命运的天平上重重的加下创造的生命的分量？

所以我说真的感情，真的人情，是难能可贵的，那是社会组织的基本成分。初起也许只是一个人心灵里偶然的震动，但这震动，不论怎样的微弱，就产生了及远的波纹；这波纹要是唤得起同情的反应时，原来细的便并成了粗的，原来弱的便合成了强的，原来脆性的便结成了韧性的，像一缕缕的苎麻打成了粗绳的；原来只是微波，现在掀成了大浪，原来只是山罅里的一股细水，现在流成了滚滚的大河，向着无边的海洋里流着。比如耶稣在山头上的训道（“Sermon on the mount”）还不是有限的几句话，但这一篇短短的演说，却制定了人类想望的止境，建设了绝对的价值的标准，创造了一个纯粹的完全的宗教。那是一件大事实，人类历史上一件最伟大的事实。再比如释迦牟尼感悟了生老病死的究竟，发大慈悲心，发大勇猛心，发大无畏心，抛弃了他人间的地位，富与贵，家庭与妻子，直到深山里去修道，结果他也替苦闷的人间打开了一条解放的大道，为东方民族的天才下一个最光华的定义。那又是人类历史上的一件奇迹。但这样大事的起源还不止是一个人的心灵里偶然的震动，可不仅仅是一滴最透明的真挚的感情滴落在黑沉沉的宇宙间？

感情是力量，不是知识。人的心是力量的府库，不是他的逻辑。有真感情的表现，不论是诗是文是音乐是雕刻或是画，好比是一块石子掷在平面的湖心里，你站着就看得见他引起的变化。没有生命的理论，不论他论的是什么理，只是拿石块扔在沙漠里，无非在干枯的地面上添一颗干枯的分子，也许掷下去时便听得出一些干枯的声响，但此外只是一大片死一般的沉寂了。所以感情才是成江成河的水泉，感情才是织成大网的线索。

但是我们自己的网子又是怎么样呢？现在时候到了，我们应当张大了我们的眼睛，认明白我们周围事实的真相。我们已经含糊了好久，现在再不容含糊的了。让我们来大声的宣布我们的网子是坏了的，破了的，烂了的；让我们痛快的宣告我们民族的破产，道德，政治，社会，宗教，文艺，一切都是破产了的。我们的心窝变成了蠹虫的家，我们的灵魂里住着一个可怕的大谎！那天平上沉着的一头是破坏的重量，不是创造的重量；是溃败的势力，不是建设的势力；是撒旦的魔力，不是上帝的神灵。霎时间这边路上长满了荆棘，那边道上涌起了洪水，我们头顶有骇人的声响，是雷霆还是炮火呢？我们周围有一哭声与笑声，哭是我们的灵魂受污辱的悲声，笑是活着的人们疯魔了的狞笑，那比鬼哭更听的可怕，更凄惨。我们张开眼来看时，差不多再没有一块干净的土地，哪一处不是叫鲜血与眼泪冲毁了的；更没有平安的所在，因为你即使忘得了外面的世界，你还是躲不了你自身的烦闷与苦痛。不要以为这样混沌的现象是原因于经济的不平等，或是政治的不安定，或是少数人的放肆的野心。这种种都是空虚的，欺人自欺的理论，说着容易，听着中听，因为我们只盼望脱卸我们自身的责任，只要不是我的分，我就有权利骂人。但这是，我着重的说，懦怯的行为；这正是我说的我们各个人灵魂里躲着的大谎！你说少数的政客，少数的军人，或是少数的富翁，是现在变乱的原因吗？我现在对你说：先生，你错了，你很大的错了，你太恭维了那少数人，你太瞧不起你自己。让我们一致的来承认，在太阳普遍的光亮底下承认，我们各个人的恶罪，各个人的不洁净，各个人的苟且与懦怯与卑鄙！我们是与最肮脏的一样的肮脏，与最丑陋的一般的丑陋，我们自身就是我们运命的原因。除非我们能起拔了我们灵魂里的大谎，我们就没有救度；我们要把祈祷的火焰把那鬼烧净了去，我们要把忏悔的眼泪把那鬼冲洗了去，我们要有勇敢来承当罪恶；有了勇敢来承当罪恶，方有胆量来决斗罪恶。再没有第二条路走。如其你们可以容恕我的厚颜，我想念我自己近作的一首诗给你们听，因为那首诗，正是我今天讲的话的更集中的表现。

毒药

今天不是我歌唱的日子，我口边涎着狞恶的微笑，不是我说笑的日子，我胸怀间插着发冷光的利刃；相信我，我的思想是恶毒的，因为这世界是恶毒的，我的灵魂是黑暗的，因为太阳已经灭绝了光彩，我的声音是像坟堆里的夜鸮，因为人间已经杀尽了一切的和谐，我的口音像是冤鬼责问他的仇人，因为一切的恩已经让路给一切的怨；

但是相信我，真理是在我的话里，虽则我的话像是毒药，真理是永远不含糊的，虽则我的话里仿佛有两头蛇的舌，蝎子的尾尖，蜈蚣的触须；只因为我的心里充满着比毒药更强烈，比咒诅更狠毒，比火焰更猖狂，比死更深奥的不忍心与怜悯心与爱心，所以我说的话是毒性的，咒诅的，燎灼的，虚无的；

相信我，我们一切的准绳已经埋没在珊瑚土打紧的墓宫里，最劲冽的祭肴的香味也穿不透这严封的地层：一切的准则是死了的；

我们一切的信心像是顶烂在树枝上的风筝，我们手里擎着这迸断了的鹞线，一切的信心是烂了的；

相信我，猜疑的巨大的黑影，像一块乌云似的，已经笼盖着人间一切的关系：人子不再悲哭他新死的亲娘，兄弟不再来携着他姊妹的手，朋友变成了寇仇，看家的狗回头来咬他主人的腿：是的，猜疑淹没了一切；

在路旁坐着啼哭的，在街心里站着的，在你窗前探望的，都是被奸污的处女：池潭里只见些烂破的鲜艳的荷花；

在人道恶浊的涧水里流着，浮荇似的，五具残缺的尸体，它们是仁义礼智信，向着时间无尽的海澜里流去；

这海是一个不安静的海，波涛猖厥的翻着，在每个浪头的小白帽上分明的写着人欲与兽性；

到处是奸淫的现象：贪心搂抱着正义，猜忌逼迫着同情，懦怯猥亵着勇敢，肉欲侮弄着恋爱，暴力侵凌着人道，黑暗践踏着光明；

听呀，这一片淫猥的声响，听呀，这一片残暴的声响；

虎狼在热闹的市街里，强盗在你们妻子的床上，罪恶在你们深奥的灵魂里……

白旗

来，跟着我来，拿一面白旗在你的手里——不是上面写着激动怨毒，鼓励残杀字样的白旗，也不是涂着不洁净血液的标记的白旗，也不是画着忏悔与咒语的白旗（把忏悔画在你们的心里）；

你们排列着，噤声的，严肃的，像送丧的行列，不容许脸上留存一丝的颜色，一毫的笑容，严肃的，噤声的，像一队决死的兵士；

现在时辰到了，一齐举起你们手里的白旗，像举起你们的心一样，仰看着你们头顶的青天，不转瞬的，恐惶的，像看着你们自己的灵魂一样；

现在时辰到了，你们让你们熬着，壅着，迸裂着，滚沸着的眼泪流，直流，狂流，自由的流，痛快的流，尽性的流，像山水出峡似的流，像暴雨倾盆似的流……

现在时辰到了，你们让你们咽着，压迫着，挣扎着，汹涌着的声音嚎，直嚎，狂嚎，放肆的嚎，凶狠的嚎，像飓风在大海波涛间的嚎，像你们丧失了最亲爱的骨肉时的嚎……

现在时辰到了，你们让你们回复了的天性忏悔，让眼泪的滚油煎净了的，让嚎恸的雷霆震醒了的天性忏悔，默默的忏悔，悠久的忏悔，沉彻的忏悔。像冷峭的星光照落在一个寂寞的山谷里，像一个黑衣的尼僧匐伏在一座金漆的神龛前；

…………

在眼泪的沸腾里，在嚎恸的酣彻里，在忏悔的沉寂里，你们望见了上帝永久的威严。

婴儿

我们要盼望一个伟大的事实出现，我们要守候一个馨香的婴儿出世：——

你看他那母亲在她生产的床上受罪！

她那少妇的安详，柔和，端丽现在在剧烈的阵痛里变成不可信的丑恶：你看她那遍体的筋络都在她薄嫩的皮肤底里暴涨着，可怕的青色与紫色，像受惊的水青蛇在田沟里急泅似的，汗珠站在她的前额上像一颗颗的黄豆，她的四肢与身体猛烈的抽搐着，畸屈着，奋挺着，纠旋着，仿佛她垫着的席子是用针尖编成的，仿佛她的帐围是用火焰织成的；

一个安详的，镇定的，端庄的，美丽的少妇，现在在绞痛的惨酷里变形成魔鬼似的可怖：她的眼，一时紧紧的阖着，一时巨大的睁着，她那眼，原来像冬夜池潭里反映着的明星，现在吐露着青黄色的凶焰，眼珠像是烧红的炭火，映射出她灵魂最后的奋斗，她的原来朱红色的口唇，现在像是炉底的冷灰，她的口颤着，撅着，扭着，死神的热烈的亲吻不容许她一息的平安，她的发是散披着，横在口边，漫在胸前，像揪乱的麻丝，她的手指间，还紧抓着几穗拧下来的乱发；

这母亲在她生产的床上受罪：——

但她还不曾绝望，她的生命挣扎着血与肉与骨与肢体的纤微，在危崖的边沿上，抵抗着，搏斗着；死神的逼迫：

她还不曾放手，因为她知道（她的灵魂知道！）这苦痛不是无因的，因为她知道她的胎宫里孕育着一点比她自己更伟大的生命的种子，包涵着一个比一切更永久的婴儿；

因为她知道这苦痛是婴儿要求出世的征候，是种子在泥土里爆裂成美丽的生命的消息，是她完成她自己生命的使命的时机；

因为她知道这忍耐是有结果的，在她剧痛的昏瞀中，她仿佛听着上帝准许人间祈祷的声音，她仿佛听着天使们赞美未来的光明的声音；

因此她忍耐着，抵抗着，奋斗着……她抵拼绷断她统体的纤微，她要赎出在她那胎宫里动荡着的生命，在她一个完全，美丽的婴儿出世的盼望中，最锐利，最沉酣的痛感逼成了最锐利最沉酣的快感……

这也许是无聊的希冀，但是谁不愿意活命，即使到了绝望最后的边沿，我们也还要妄想希望的手臂从黑暗里伸出来挽着我们。我们不能不想望这苦痛的现在只是准备着一个更光荣的将来，我们要盼望一个洁白的肥胖的活泼的婴儿出世！

新近有两件事实，使我得到很深的感触。让我来说给你们听听。

前几时有一天俄国公使馆挂旗，我也去看了。加拉罕站在台上，微微的笑着，他的脸上发出一种严肃的青光，他侧仰着他的头看旗上升时，我觉着了他的人格的尊严，他至少是一个有胆有略的男子，他有为主义牺牲的决心，他的脸上至少没有苟且的痕迹，同时屋顶那根旗杆上，冉冉的升上了一片的红光，背着遥远没有一斑云彩的青天。那面簇新的红旗在风前斗峭的袅荡个不定。这异样的彩色与声响引起了我异样的感想。是腼腆，是骄傲，还是鄙夷，如今这红旗初次面对着我们偌大的民族？在场人也有拍掌的，但只是断续的拍掌，这就算是我想我们初次见红旗的敬意；但这又是鄙夷，骄傲，还是惭愧呢？那红色是一个伟大的象征，代表人类史里最伟大的一个时期；不仅标示俄国民族流血的成绩，却也为人类立下了一个勇敢尝试的榜样。在那旗子抖动的声响里我不仅仿佛听出了这近十年来那斯拉夫民族失败与胜利的呼声，我也想象到百数十年前法国革命时的狂热，一七八九年七月四日那天巴黎市民攻破巴士梯亚牢狱时的疯癫。自由，平等，友爱！友爱，平等，自由！你们听呀，在这呼声里人类理想的火焰一直从地面上直冲破天顶，历史上再没有更重要更强烈的转变的时期。卡莱尔（Carlyle）在他的法国革命史里形容这件大事有三句名句，他说，"To describle this scene transcends the talent of mortals. After four hours of world bedlam it surrenders. The Bastille is down!" 他说："要形容这一景超过了凡人的力量。过了四小时的疯狂他（那大牢）投降了。巴士梯亚是下了！”打破一个政治犯的牢狱不算是了不得的大事，但这事实里有一个象征。巴士梯亚是代表阻碍自由的势力，巴黎士民的攻击是代表全人类争自由的势力，巴士梯亚的“下”是人类理想胜利的凭证。自由，平等，友爱！友爱，平等，自由！法国人在百几十年前猖狂的叫着。这叫声还在人类的性灵里荡着。我们不好像听见吗，虽则隔着百几十年光阴的旷野。如今凶恶的巴士梯亚又在我们的面前堵着；我们如其再不发疯，他那牢门上的铁钉，一个个都快刺透我们的心胸了！

这是一件事。还有一件是我六月间伴着泰戈尔到日本时的感想。早七年我过太平洋时曾经到东京去玩过几个钟头，我记得到上野公园去，上一座小山去下望东京的市场，只见连绵的高楼大厦，一派富盛繁华的景象。这回我又到上野去了，我又登山去望东京城了，那分别可太大了！房子，不错，原是有的；但从前是几层楼的高房，还有不少有名的建筑，比如帝国剧场帝国大学等等，这次看见的，说也可怜，只是薄皮松板暂时支着应用的鱼鳞似的屋子，白松松的像一个烂发的花头，再没有从前那样富盛与繁华的气象。十九的城子都是叫那大地震吞了去烧了去的。我们站着的地面平常看是再坚实不过的，但是等到他起兴时小小的翻一个身，或是微微的张一张口，我们脆弱的文明与脆弱的生命就够受。我们在中国的差不多是不能想着世界上，在醒着的不是梦里的世界上，竟可以有那样的大灾难。我们中国人是在灾难里讨生活的，水，旱，刀兵，盗劫，哪一样没有，但是我敢说我们所有的灾难合起来也抵不上我们邻居一年前遭受的大难。那事情的可怕，我敢说是超过了人类忍受力的止境。我们国内居然有人以日本人这次大灾为可喜的，说他们活该，我真要请协和医院大夫用 X 光检查一下他们那几位，究竟他们是有没有心肝的。因为在可怕的运命的面前，我们人类的全体只是一群在山里逢着雷霆风雨时的绵羊，哪里还能容什么种族政治等等的偏见与意气？我来说一点情形给你们听听，因为虽则你们在报上看过极详细的记载，不曾亲自察看过的总不免有多少距离的隔膜。我自己未到日本前与看过日本后，见解就完全的不同。你们试想假定我们今天在这里集会，我讲的，你们听的，假如日本那把戏轮着我们头上来时，要不了的搭的搭的搭的三秒钟我与你们与讲台与屋子就永远诀别了地面，像变戏法似的，影踪都没了。那是事实，横滨有好几所五六层高的大楼，全是在三四秒时间内整个儿与地面拉一个平，全没了。你们知道圣书里面形容天降大难的时候，不要说本来脆弱的人类完全放弃了一切的虚荣，就是最猛鸷的野兽与飞禽也会在刹时间变化了性质，老虎会来小猫似的挨着你躲着，利喙的鹰鹞会得躲入鸡棚里去窝着，比鸡还要驯服。在那样非常的变动时，他们也好似觉悟了这彼此同是生物的亲属关系，在天怒的跟着同是剥夺了抵抗力的小虫子，这里面就发生了同命运的同情。你们试想就东京一地说，二三百万的人口，几十百年辛勤的成绩，突然的面对着最后审判的实在，就在今天我们回想起当时他们全城子像一个滚沸的油锅时的情景，原来热闹的市场变成了光焰万丈的火盆，在这里面人类最集中的心力与体力的成绩全变了燃料，在这里面艺术教育政治社会人的骨与肉与血都化成了灰烬，还有百十万男女老小的哭嚷声，这哭声本体就可以摇动天地，——我们不要说亲身经历，就是坐在椅子上想象这样不可信的情景时，也不免觉得害怕不是？那可不是顽儿的事情。单只描写那样的大变，恐怕至少就须要荷马或是莎士比亚的天才。你们试想在那时候，假如你们亲身经历时，你的心理该是怎么样？你还恨你的仇人吗？你还不饶恕你的朋友吗？你还沾恋你个人的私利吗？你还有欺哄人的机会吗？你还有什么希望吗？你还不搂住你身旁的生物，管他是你的妻子，你的老子，你的听差，你的妈，你的冤家，你的老妈子，你的猫，你的狗，把你灵魂里还剩下的光明一齐放射出来，和着你同难的同胞在这普遍的黑暗里来一个最后的结合吗？

但运命的手段还不是那样的简单。他要把你的一切都扫灭了，那倒也是一个痛快的结束；他可不然。他还让你活着，他还有更苛刻的试验给你。太难过了，你还喘着气；你的家，你的财产，都变了你脚下的灰，你的爱亲与妻与儿女的骨肉还有烧不烂的在火堆里燃着，你没有了一切；但是太阳又在你的头上发亮的照着，你还是好好的在平定的地面上站着，你疑心这一定是梦，可又不是梦，因为不久你就发现与你同难的人们，他们也一样的疑心他们身受的是梦。可真不是梦；是真的。你还活着，你还喘着气，你得重新来过，根本的完全的重新来过。除非是你自愿放手，你的灵魂里再没有勇敢的分子。那才是你的真试验的时候。这考卷可不容易交了，要到那时候你才知道你自己究竟有多大能耐，值多少，有多少价值。

我们邻居日本人在灾后的实际就是这样。全完了，要来就得完全来过，尽你自身的力量不够，加上你儿子的，你孙子的，你孙子的儿子的儿子的孙子的努力也许可以重新撑起这份家私，但在这努力的经程中，谁也保不定天与地不再捣乱；你的几十年只要他的几秒钟。问题所以是你干不干？就只干脆的一句话，你干不干，是或否？同时也许无情的命运，扭着他那丑陋可怕的脸子在你身旁冷笑，等着你最后的回话。你干不干，他仿佛也涎着他的怪脸问着你！

我们勇敢的邻居们已经交了他们的考卷；他们回答了一个干脆的干字，我们不能不佩服。我们不能不尊敬他们精神的人格。不等那大震灾的火焰缓和下去，我们邻居们第二次的奋斗已经庄严的开始了。不等运命的残酷的手臂松放，他们已经宣言他们积极的态度对运命宣战。这是精神的胜利，这是伟大，这是证明他们有不可动摇的信心，不可动摇的自信力；证明他们是有道德的与精神的准备的，有最坚强的毅力与忍耐力的，有内心潜在着的精力的，有充分的后备军的，好比说，虽则前敌一起在炮火里毁了，这只是给他们一个出马的机会。他们不但不悲观，不但不消极，不但不绝望，不但不低着嗓子乞怜，不但不倒在地下等救，在他们看来这大灾难，只是一个伟大的戟刺，伟大的鼓励，伟大的灵感，一个应有的试验，因此他们新来的态度只是双倍的积极，双倍的勇猛，双倍的兴奋，双倍的有希望；他们仿佛是经过大战的大将，战阵愈急迫愈危险，战鼓愈打得响亮，他的胆量愈大，往前冲的步子愈紧，必胜的决心愈强。这，我说，真是精神的胜利，一种道德的强制力，伟大的，难能的，可尊敬的，可佩服的。泰戈尔说的，国家的灾难，个人的灾难，都是一种试验；除非灾难的结果压倒了你的意志与勇敢，那才是真的灾难，因为你更没有翻身的希望。

这也并不是说他们不感觉灾难的实际的难受，他们也是人，他们虽勇，心究竟不是铁打的。但他们表现他们痛苦的状态是可注意的；他们不来零碎的呼叫，他们采用一种雄伟的庄严的仪式。此次震灾的周年纪念时，他们选定一个时间，举行他们全国的悲哀；在不知是几秒或几分钟的时间内，他们全国的国民一致的静默了，全国民的心灵在那短时间内融合在一阵忏悔的，祈祷的，普遍的肃静里；（那是何等的凄伟！）然后，一个信号打破了全国的静默，那千百万人民又一致的高声悲号，悲悼他们曾经遭受的惨运；在这一声弥漫的哀号里，他们国民，不仅发泄了蓄积着的悲哀，这一声长号，也表明他们一致重新来过的伟大的决心（这又是何等的凄伟！）。

这是教训，我们最切题的教训。我个人从这两件事情——俄国革命与日本地震——感到极深刻的感想；一件是告诉我们什么是有意义有价值的牺牲，那表面紊乱的背后坚定的站着某种主义或是某种理想，激动人类潜伏着一种普遍的想望，为要达到那想望的境界，他们就不顾冒怎样剧烈的险与难，拉倒已成的建设踏平现有的基础，抛却生活的习惯，尝试最不可测量的路子。这是一种疯癫，但是有目的的疯癫；单独的看，局部的看，我们尽可以下种种非难与责备的批评，但全部的看，历史的看时，那原来纷乱的就有了条理，原来散漫的就成了片段，甚至于在经程中一切反理性的分明残暴的事实都有了他们相当的应有的位置，在这部大悲剧完成时，在这无形的理想“物化”成事实时，在人类历史清理结账时，所得便超过所出，赢余至少是盖得过损失的。我们现在自己的悲惨就在问题不集中，不清楚，不一贯；我们缺少——用一个现成的比喻——那一面半空里升起来的彩色旗（我不是主张红旗我不过比喻罢了！）使我们有眼睛能看的人都不由的不仰着头望；缺少那青天里的一个霹雳，使我们有耳朵能听的不由的惊心。正因为缺乏这样一个一贯的理想与标准（能够表现我们潜在意识所想望的），我们有的那一部疯癫性——历史上所有的大运动都脱不了疯癫性的成分——就没有机会充分的外现，我们物质生活的累赘与沾恋，便有力量压迫住我们精神性的奋斗；不是我们天生不肯牺牲，也不是天生懦怯，我们在这时期内的确不曾寻着值得或是强迫我们牺牲的那件理想的大事，结果是精力的散漫，志气的怠惰，苟且心理的普遍，悲观主义的盛行，一切道德标准与一切价值的毁灭与埋葬。

人原来是行为的动物，尤其是富有集合行为力的，他有向上的能力，但他也是最容易堕落的，在他眼前没有正当的方向时，比如猛兽监禁在铁笼子里。在他的行为力没有发展的机会时，他就会随地躺了下来，管他是水潭是泥潭，过他不黑不白的猪奴的生活。这是最可惨的现象，最可悲的趋向。如其我们容忍这种状态继续存在时，那时每一对父母每次生下一个洁净的小孩，只是为这卑劣的社会多添一个堕落的分子，那是莫大的亵渎的罪业；所有的教育与训练也就根本的失去了意义，我们还不如盼望一个大雷霆下来毁尽了这三江或四江流域的人类的痕迹！

再看日本人天灾后的勇猛与毅力，我们就不由的不惭愧我们的穷，我们的乏，我们的寒伧。这精神的穷乏才是真可耻的，不是物质的穷乏。我们所受的苦难都还不是我们应有的试验的本身，那还差得远着哪；但是我们的丑态已经恰好与人家的从容成一个对照。我们的精神生活没有充分的涵养，所以临着稀小的纷扰便没有了主意，像一个耗子似的，他的天才只是害怕，他的伎俩只是小偷；又因为我们的生活没有深刻的精神的要求，所以我们合群生活的大网子就缺少最吃分量最经用的那几条普遍的同情线，再加之原来的经纬已经到了完全破烂的状态，这网子根本就没有了联结，不受外物侵损时已有溃散的可能，哪里还能在时代的急流里，捞起什么有价值的东西？说也奇怪，这几千年历史的传统精神非但不曾供给我们社会一个顽固的基础，我们现在到了再不容隐讳的时候，谁知道发现我们的桩子，只是在黄河里造桥，打在流沙里的！

难怪悲观主义变成了流行的时髦！但我们年轻人，我们的身体里还有生命跳动，脉管里多少还有鲜血的年轻人，却不应当沾染这最致命的时髦，不应当学那随地躺得下去的猪，不应当学那苟且专家的耗子，现在时候逼迫了，再不容我们刹那的含糊。我们要负我们应负的责任，我们要来补织我们已经破烂的大网子，我们要在我们各个人的生活里抽出人道的同情的纤维来合成强有力的绳索，我们应当发现那适当的象征，像半空里那面大旗似的，引起普遍的注意；我们要修养我们精神的与道德的人格，预备忍受将来最难堪的试验。简单的一句话，我们应当在今天——过了今天就再没有那一天了——宣布我们对于生活基本的态度。是是还是否；是积极还是消极；是生道还是死道；是向上还是堕落？在我们年轻人一个字的答案上就挂着我们全社会的运命的决定。我盼望我至少可以代表大多数青年，在这篇讲演的末尾，高叫一声——用两个有力量的外国字——

"Everlasting yea！"

青年运动

我这几天是一个活现的Don Quixote，虽则前胸不曾装起护心镜，头顶不曾插上雉鸡毛，我的一顶阔边的“面盆帽”，与一根漆黑铄亮的手棍，乡下人看了已经觉得新奇可笑；我也有我的Sancho Panza，他是一个角色，会憨笑，会说疯话，会赌咒，会爬树，会爬绝壁，会背《大学》，会骑牛，每回一到了乡下或山上，他就卖弄他的可惊的学问，他什么树都认识，什么草都有名儿。种稻种豆，养蚕栽桑，更不用说，他全知道，一讲着就乐，一乐就开讲，一开讲就像他们田里的瓜蔓，又细又长又曲折又绵延（他姓陆名字叫炳生或是丙申，但是人家都叫他鲁滨逊）；这几天我到四乡去冒险，前面是我，后面就是他，我折了花枝，采了红叶，或是捡了石块（我们山上有浮石，掷在水里会浮的石块，你说奇不奇！）就让他扛着，问路是他的份儿，他叫一声大叔，乡下人谁都愿意与他答话；轰狗也是他的分儿，到乡下去最怕是狗，它们全是不躲懒的保卫团，一见穿大褂子的它们就起疑心，迎着你嗥还算是文明的盘问，顶英雄的满不开口望着你的身上直攻，那才麻烦，但是他有办法，他会念降狗咒，据他说一念狗子就丧胆，事实上并不见得灵验，或许狗子有秘密的破法也说不定，所以每回见了劲敌，他也免不了慌忙，他的长处就在与狗子对嗥，或是对骂，居然有的是王郎种，有时他骂上了劲，狗子倒软化了。但是我终不成，望见了狗影子就心虚，我是淝水战后的苻坚，稻草藤儿、竹篱笆，就够我恐慌的，有时我也学Don Quixote那劲儿，舞起我手里的梨花棒，喝一声孽畜好大胆，看棒！果然有几处大难让我顶潇洒的蒙过了。

我相信我们平常的脸子都是太像骡子——拉得太长；忧愁，想望，计算，猜忌，怨恨，懊怅，怕惧，都像魇魔似的压在我们原来活泼自然的心灵上，我们在人丛中的笑脸大半是装的，笑响大半是空的，这真是何苦来。所以每回我们脱离了烦恼打底的生活，接近了自然，对着那宽阔的天空，活动的流水，我们就觉得轻松得多，舒服得多。每回我见路旁的息凉亭中，挑重担的乡下人，放下他的担子，坐在石凳上，从腰包里掏出火刀、火石来，打出几簇火星，点旺一杆老烟，绿田里豆苗香的风一阵阵的吹过来，吹散他的烟氛，也吹燥了他眉额间的汗渍；我就感想到大自然调剂人生的影响；我自己就不知道曾经有多少自杀类的思想，消灭在青天里，白云间，或是像挑担人的热汗，都让凉风吹散了。这是大家都承认的，但实际没有这样容易。即使你有机会在息凉亭子里抽一杆潮烟，你抽完了烟，重担子还是要挑的，前面谁也不知道还有多少路，谁也不知道还有没有现成的息凉亭子，也许走不到第二个凉亭，你的精力已经到了止境，同时担子的重量是刻刻加增的，你那时再懊悔你当初不应该尝试这样压得死人的一个负担，也就太迟了！

我这一时在乡下，时常揣摩农民的生活，他们表面看来虽则是继续的劳瘁，但内里却有一种涵蓄的乐趣，生活是原始的，朴素的，但这原始性就是他们的健康，朴素是他们幸福的保障，现代所谓文明人的文明与他们隔着一个不相传达的气圈，我们的争竞、烦恼、问题、消耗，等等，他们梦里也不曾做着过，我们的堕落、隐疾、罪恶、危险，等等，他们听了也是不了解的，像是听一个外国人的谈话。上帝保佑世上再没有懵懂的呆子想去改良，救渡，教育他们，那是间接的摧残他们的平安，扰乱他们的平衡，抑制他们的生机！

需要改良与教育与救渡的是我们过分文明的文明人，不是他们。需要急救，也需要根本调理的是我们的文明，二十世纪的文明，不是洪荒太古的风俗，人生从没有受过现代这样普遍的咒诅，从不曾经历过现代这样荒凉的恐怖，从不曾尝味过现代这样恶毒的痛苦，从不曾发现过现代这样的厌世与怀疑。这是一个重候，医生说的。

人生真是变了一个压得死人的负担，习惯与良心冲突，责任与个性冲突，教育与本能冲突，肉体与灵魂冲突，现实与理想冲突，此外社会、政治、宗教、道德、买卖、外交，都只是混沌，更不必说。这分明不是一块青天，一阵凉风，一流清水，或是几片白云的影响所能治疗与调剂的；更不是宗教式的训道，教育式的讲演，政治式的宣传所能补救与济渡的。我们在这促狭的芜秽的狴犴中，也许有时望得见一两丝的阳光，或是像拜伦在 Chilion 那首诗里描写的，听着清新的鸟歌，但这是嘲讽，不是慰安，是丹得拉士（Tantalus）的苦痛，不是上帝的恩宠；人生不一定是苦恼的地狱。我们的是例外的例外。在葡萄丛中高歌欢舞的一种提昂尼辛的癫狂（Dionysian madness），已经在时间的灰烬里埋着，真生命活泼的血液的循环，已经被文明的毒质淤住，我们仿佛是孤儿在黑夜的森林里呼号生身的爹娘，光明与安慰都没有丝毫的踪迹，所以我们要求的——如其我们还有胆气来要求——决不是部分的，片面的补苴。决不是消极的慰藉，决不是框夫的改革，决不是傀儡的把戏……我们要求的是，“彻底的来过”；我们要为我们新的洁净的灵魂造一个新的洁净的躯体，要为我们新的洁净的躯体造一个新的洁净的灵魂；我们也要为这新的洁净的灵魂与肉体造一个新的洁净的生活——我们要求一个“完全的再生”。

我们不承认已成的一切，不承认一切的现实；不承认现有的社会、政治、法律、家庭、宗教、娱乐、教育；不承认一切的主权与势力。我们要一切都重新来过：不是在书桌上整理国故，或是在空枵的理论上重估价值，我们是要在生活上实行重新来过，我们是要回到自然的胎宫里去重新吸收一番滋养，但我们说不承认已成的一切是不受一切的束缚的意思，并不是与现实宣战，那是最不经济也太琐碎的办法；我们相信无限的青天与广大的山林尽有我们青年男女翱翔自在的地域；我们不是要求篡取已成的世界，那是我们认为不可医治的。我们也不是想来试验新村或新社会，预备感化或是替旧社会做改良标本，那是十九世纪的迂儒的梦想，我们也不打算进去空费时间的；并且那是训练童子军的性质，牺牲了多数人供一个人的幻想的试验的。我们的如其是一个运动，这决不是为青年的运动，而是青年自动的运动，青年自己的运动，只是一个自寻救渡的运动。

你说什么，朋友，这就是怪诞的幻想，荒谬的梦是不是？不错，这也许是现代青年反抗物质文明的理想，而且我说多数的青年在理论上多表同情的；但是不忙，朋友，现有一个实例，我要顺便说给你听听——如其你有耐心。

十一年前一个冬天在德国汉奴佛（Hanover）相近的一个地方，叫做Cassel，有二千多人开了一个大会，讨论他们运动的宗旨与对社会、政治、宗教问题的态度，自从那次大会以后这运动的势力逐渐涨大，现在已经有一百多万的青年男女加入——这就叫做Jegendbewegung“青年运动”，虽则德国以外很少人明白他们的性质，我想这不仅是德国人，也许是全欧洲的一个新生机。我们应得特别的注意。“西方文明的堕落只有一法可以挽救，就在继起的时代产生新的精神的与生命的势力。”这是福士德博士说的话，他是这青年运动里的一个领袖，他著一本书叫做*Jugendseele*，专论这运动的。

现在德国乡间常有一大群的少年男子与女子，排着队伍，弹着六弦琵琶唱歌，他们从这一镇游行到那一镇，晚上就唱歌跳舞来交换他们的住宿，他们就是青年运动的游行队，外国人见了只当是童子军性质的组织，或是一种新式的吉婆西（Gipsy），但这是仅见外表的话。

德国的青年运动是健康的年轻男女反抗现代的堕落与物质主义的革命运动，初起只是反抗家庭与学校的专权，但以后取得更哲理的涵义，更扩大反叛的范围，简直冲破了一切人为的限制，要赤裸裸的造成一种新生活。最初发起的是加尔菲暄（Karl Fischer of Stedlitz），但不久便野火似的烧了开去，现在单是杂志已有十多种，最初出的叫做***Wandervogel***。

这运动最主要的意义，是要青年人在生命里寻得一个精神的中心（the spiritual center of life），1913年大会的铭语是“救渡在于自己教育”（Salvation Lies in Self-Education）。“让我们重新做人。让我们脱离狭窄的腐败的政治组织。让我们抛弃近代科学专门的物质主义的小径，让我们抛弃无灵魂的知识钻研。让我们重新做活着的男子与女子。”他们并没有改良什么的方案，他们禁止一切有具体目的的运动；他们代表一种新发现的思路，他们旨意在于规复人生原有的精神的价值。“我们的大旨是在离却堕落的文明，回向自然的单纯，离却一切的外瞀，回向内心的自由，离却空虚的娱乐，回向真纯的欢欣，离却自私主义，回向友爱的精神，离却一切懈弛的行为，回向郑重的自我的实现。我们寻求我们灵魂的安顿，要不愧于上帝，不愧于己，不愧于人，不愧于自然。”“我们即使存心救世，我们也得自己重新做人。”

这运动最显著亦最可惊的结果是确实的产生了真的新青年，在人群中很容易指出，他们显示一种生存的欢欣，自然的热心，爱自然与朴素，爱田野生活。他们不饮酒（德国人原来差不多没有不饮酒的），不吸烟，不沾城市的恶习。他们的娱乐是弹着琵琶或是拉着梵和玲唱歌，踏步游行跳舞或集会讨论宗教与哲理问题。跳舞最是他们的特色。往往有大群的游行队，徒步游历全省，到处歌舞，有时也邀本地人参加同乐——他们复活了可赞美的提昂尼辛的精神！

这样伟大的运动不能不说是这黑魆魆的世界里的一泻清辉，不能不说是对现代苟且的厌世的生活（你们不曾到过柏林与维也纳的不易想象）一个庄严的警告，不能不说是旧式社会已经蛀烂的根上重新爆出来的新生机，新萌芽；不能不说是全人类理想的青年的一个安慰，一个兴奋，为他们开辟了一条新鲜的愉快的路径；不能不说是一个新的洁净的人生观的产生。我们要知道在德国有几十万的青年男女，原来似乎命定做机械性的社会的终身奴隶，现在却做了大自然的宠儿，在宽广的天地间感觉新鲜的生命的跳动，原来只是屈伏在蠢拙的家庭与教育的桎梏下，现在却从自然与生活本体接受直接的灵感，像小鹿似的活泼，野马似的欢欣，自然的教训是洁净与朴素与率真，这真是近代文明最缺乏的原素，他们不仅开发了各个人的个性，他们也恢复了德意志民族的古风，在他们的歌曲、舞蹈、游戏、故事与礼貌中，在青年们的性灵中，古德意志的优美，自然的精神又取得了真纯的解释与标准。所以城市的生活的堕落，淫纵、耗费、奢侈、饰伪，以及危险与恐怖，不论他们传染性怎样的剧烈，再也沾不着洁净的青年，道德家与宗教家的教训只是消极的强勉的，他们的觉悟是自动的，自然的，根本的；这运动也产生了一种真纯的友爱的情谊，在年轻的男子女子间，一种新来的大同的情感，不是原因于主义的刺激或党规的强迫，而是健康的生活里自然流露的乳酪，洁净是他们的生活的纤微，愉快是营养。

我这一直的感想写完了，从我自己的野游蔓延到德国的青年运动，我想我再没有加案语的必要，我只要重复一句滥语——民族的希望就在自觉的青年。

志摩，正月二十四日

“话”

绝对的值得一听的话，是从不曾经人口说过的；比较的值得一听的话，都在偶然的低声细语中；相对的不值得一听的话，是有规律有组织的文字结构；绝对不值得一听的话，是用不经修炼，又粗又蠢的嗓音所发表的语言。比如：正式会集的演说，不论是运动女子参政或是宣传色彩鲜明的主义；学校里讲台上的演讲，不论是山西乡村里训阎阉圣人用民主主义的冬烘先生的法宝，或是穿了前红后白道袍方巾的博士衣的瞎扯；或是充满了烟士披里纯开口天父闭口阿门的讲道——都是属于我所说最后的一类；都是无条件的根本的绝对的不值得一听的话。历代传下来的经典，大部分的文学书，小部分的哲学书，都是末了第二类——相对的不值得一听的话。至于相对的可听的话，我说大概都在偶然的低声细语中。例如真诗人梦境最深——诗人们除了做梦再没有正当的职业——神魂远在祥云缥缈之间那时候随意吐露出来的零句断片，英国大诗人宛茨渥士所谓茶壶煮沸时嗤嗤的微音，最可以象征入神的诗境——例如李太白的“我醉欲眠卿且去，明朝有意抱琴来”，或是开茨的“Then I shut her wild, wild eyes with kisses four”。我们知道宛茨渥士和雪莱他们不朽的诗歌，大都是在田野间，海滩边，树林里，独自徘徊着像离魂病似的自言自语的成绩；法国的波特莱亚、凡尔仑他们精美无比妙句，很多是受了烈性的麻醉剂——大麻或是鸦片——影响的结果。这种话比较的很值得一听。还有青年男女初次受了顽皮的小爱神箭伤以后，心跳肉颤面红耳赤的在花荫间，在课室内，或在月凉如洗的墓园里，含着一包眼泪吞吐出来的——不问怎样的不成片段，怎样的违反文法——往往都是一颗颗希有的珍珠，真情真理的凝晶。但诸君要听明白了，我说值得一听的话大都是在偶然的低声和语中，不是说凡是低声和语都是值得一听的，要不然外交厅屏风后的交头接耳，家里太太月底月初枕头边的小噜嗦，都有了诗的价值了！

绝对的值得一听的话，是从不曾经人口道过的。整个的宇宙，只是不断的创造；所有的生命，只是个性的表现。真消息，真意义，内蕴在万物的本质里，好像一条大河，网络似的支流，随地形的结构，四方错综着，由大而小，由小而微，由微而隐，由有形至无形，由可数至无限，但这看来极复杂的组织所表明的只是一个单纯的意义，所表现的只是一体活泼的精神；这精神是完全的，整个的，实在的；惟其因为是完全整个实在而我们人的心力智力所能运用的语言文字，只是不完全非整个的，模拟的，象征的工具，所以人类几千年来文化的成绩，也只是想猜透这大迷谜似是而非的各种的尝试。人是好奇的动物；我们的心智，便是好奇心活动的表现。这心智的好奇性便是知识的起源。一部知识史，只是历尽了九九八十一大难却始终没有望见极乐世界求到大藏真经的一部西游记。说是快乐吧，明明是劫难相承的苦恼，说是苦恼，苦恼中又分明有无限的安慰。我们各个人的一生便是人类全史的缩小，虽则不敢说我们都是寻求真理的合格者，但至少我们的胸中，在现在生命的出发时期，总应该培养一点寻求真理的诚心，点起一盏寻求真理的明灯，不至于在生命的道上只是暗中摸索，不至于盲目的走到了生命的尽头，什么发现都没有。

但虽则真消息与真意义是不可以人类智力所能运用的工具——就是语言文字——来完全表现，同时我们又感觉内心寻真求知的冲动，想侦探出这伟大的秘密，想把宇宙与人生的究竟，当作一朵盛开的大红玫瑰，一把抓在手掌中心，狠劲的紧挤，把花的色、香、灵肉，和我们自己爱美、爱色、爱香的烈情，绞和在一起，实现一个彻底的痛快；我们初上生命和知识舞台的人，谁没有也许多少深浅不同，浮士德的大野心，他想“discover the force that binds the world and guides its course”谁不想在知识界里，做一个垄断一切的拿破仑？这种想为王为霸的雄心，都是生命原力内动的征象，也是所有的大诗人、大艺术家最后成功的预兆；我们的问题就在怎样能替这一腔还在潜伏状态中的活泼的蓬勃的心力心能，开辟一条或几条可以尽情发展的方向，使这一盏心灵的神灯，一度点着以后，不但继续有燃料的供给，而且能在狂风暴雨的境地里，益发的光焰神明；使这初出山的流泉，渐渐的汇成活泼的小涧，沿路再并合了四方来汇的支流，虽则初起经过崎岖的山路，不免辛苦，但一到了平原，便可以放怀的奔流，成河成江，自有无限的前途了。

真正伟大的消息都蕴伏在万事万物的本体里，要听真值得一听的话，只有请来两位最伟大的先生。

现放在我们面前的两位大教授，不是别的，就是生活本体与大自然。生命的现象，就是一个伟大不过的神秘；墙角的草兰，岩石上的苔藓，北冰洋冰天雪地里的极熊水獭，城河边咕咕叫夜的水蛙，赤道上火焰似沙漠里的爬虫，乃至于弥漫在大气中的微菌，大海底最微妙的生物；总之太阳热照到或能透到的地域，就有生命现象。我们若然再看深一层，不必有菩萨的慧眼，也不必有神秘诗人的直觉，但凭科学的常识，便可以知道这整个的宇宙，只是一团活泼的呼吸，一体普遍的生命，一个奥妙灵动的整体。一块极粗极丑的石子，看来像是全无意义毫无生命，但在显微镜底下看时，你就在这又粗又丑的石块里，发现一个神奇的宇宙，因为你那时所见的，只是千变万化颜色花样各自不同的种种结晶体，组成艺术家所不能想象的一种排列；若然再进一层研究，这无量数的凝晶各个的本体，又是无量数更神奇不可思议的电子所组成：这里面又是一个 Cosmos，仿佛灿烂的星空，无量数的星球同时在放光辉在自由地呼吸着。

但我们决不可以为单凭科学的进步就能看破宇宙结构的秘密，这是不可能的。我们打开了一处知识的门，无非又发现更多还是关得紧紧的门，猜中了一个小迷谜，无非从这猜中里又引出一个更大更难猜的迷谜，爬上了一个山峰，无非又发现前面还有更高更远的山峰。

这无穷尽性便是生命与宇宙的通性。知识的寻求固然不能到底，生命的感觉也有同样无限的境界。我们在地面上做人这场把戏里，虽则是霎那间的幻象，却是有的是好玩，只怕我们的精力不够，不会学得怎样玩法，不怕没有相当的趣味与报酬。

所以重要的在于养成与保持一个活泼无碍的心灵境地，利用天赋的身与心的能力，自觉的尽量发展生活的可能性。活泼无碍的心灵境界比如一张绷紧的弦琴，挂在松林的中间，感受大气小大快慢的动荡，发出高低缓急同情的音调。我们不是最爱自由最恶奴从吗？但我们向生命的前途看时，恐怕不易使我们乐观，除我们一点无形无踪的心灵以外，种种的势力只是强迫我们做奴隶的势力，种种对人的心与责任，社会的习惯，机械的教育，沾染的偏见，都像沙漠的狂风一样，卷起满天的砂土，不时可以把我们可怜的旅行人整个儿给埋了！

这就是宗教家出世主义的大原因，但出世者所能实现的至多无非是消极的自由，我们所要的却不止此。我们明知向前是奋斗，但我们却不肯做逃兵，我们情愿将所有的精液，一齐发泄成奋斗的汗，与奋斗的血，只要能得最后的胜利，那时尽量的痛苦便是尽量的快乐。我们果然有从生命的现象与事实里，体验到生命的实在与意义；能从自然界的现象与事实里，领会到造化的实在与意义，那时随我们付多大的价钱，也是值得的了。

要使生命成为自觉的生活，不是机械的生存，是我们的理想。要从我们的日常经验里，得到培保心灵扩大人格的滋养，是我们的理想。要使我们的心灵，不但消极的不受外物的拘束与压迫，并且永远在继续的自动，趋向创作，活泼无碍的境界，是我们的理想。使人们的精神生活，取得不可否认的实在，使我们生命的自觉心，像大雪天滚雪球一般的愈滚愈大，不但在生活里能同化极伟大极深沉与极隐奥的情感，并且能领悟到大自然一草一木的精神，是我们的理想。使天赋我们灵肉两部的势力，尽性的发展。趋向最后的平衡与和谐，是我们的理想。

理想就是我们的信仰，努力的标准，如果我们能运用想象力为我们自己悬拟一个理想的人格，同时运用理智的机能，认定了目标努力去实现那理想，那时我们在奋斗的历程中，一定可以得到加倍的勇气，遇见了困难，也不至于失望，因为明知是题中应有的文章。我们的立身行事，也不必迁就社会已成的习惯与法律的范围，而自能折中于超出寻常所谓善恶的一种更高的道德标准；我们那时便可以借用李太白当时躲在山里自得其乐时答复俗客的妙句，落花流水杳然去，别有天地非人间！

我们也明知这不是可以偶然做到的境界；但问题是在我们能否见到这境界。大多数人只是不黑不白的生，不黑不白的死，耗费了不少的食料与饮料，耗费了不少的时间与空间，结果连自己的臭皮囊都收拾不了，还要连累旁人；能见到的人已经很少，见到而能尽力去做的人当然更少，但这极少数人却是文化的创造者，便能在梁任公先生说的那把宜兴茶壶里留下一些不磨的痕迹。

我个人也许见言太偏僻了，但我实在不敢信人为的教育，他动的训练，能有多大价值；我最初最后的一句话只是“自身体验去”，真学问，真知识决不是在教室中书本里所能求得的。

大自然才是一大本绝妙的奇书，每张上都写有无穷无尽的意义，我们只要学会了研究这一大本书的方法，多少能够了解他内容的奥义，我们的精神生活就不怕没有滋养，我们理想的人格就不怕没有基础。但这本无字的天书，决不是没有相当的准备就能一目了然的，我们初识字的时候，打开书本子来，只见白纸上画的许多黑影，哪里懂得什么意义。我们现有的道德教育里哪一条训条，我们不能在自然界感到更深切的意味，更亲切的解释？每天太阳从东方的地平上升，渐渐的放光，渐渐的放彩，渐渐的驱散了黑夜，扫荡了满天沉闷的云雾，霎刻间临照四方，光满大地，这是何等的景象？夏夜的星空，张着无量数光芒闪烁的神眼，衬出浩渺无极的穹苍，这是何等的伟大景象？大海的涛声不住的在呼啸起落，这是何等伟大奥妙的景象？高山顶上一体的纯白，不见一些杂色，只有天气飞舞着，云彩变幻着，这又是何等高尚纯粹的景象？小而言之，就是地上一棵极贱的草花，他在春风与艳阳中摇曳着，自有一种庄严愉快的神情，无怪诗人见了，甚至内感“非涕泪所能宣泄的情绪”。宛茨渥士说的自然“大力回容，有镇驯矫饬之功”，这是我们的真教育。但自然最大的教训，尤在“凡物各尽其性”的现象。玫瑰是玫瑰，海棠是海棠，鱼是鱼，鸟是鸟，野草是野草，流水是流水；各有各的特性，各有各的效用，各有各的意义。仔细的观察与悉心体会的结果，不由你不感觉万物造作之神奇，不由你不相信万物的底里是有一致的精神流贯其间，宇宙是合理的组织，人生也无非这大系统的一个关节。因此我们也感想到人类也许是最无出息的一类。一茎草有它的妩媚，一块石子也有它的特点，独有人反只是庸生庸死，大多数非但终身不能发挥他们可能的个性，而且遗下或是丑陋或是罪恶一类不洁净的踪迹，这难道也是造物主的本意吗？

我前面说过所有的生命只是个性的表现。只要在有生的期间内，将天赋可能的个性尽量的实现，就是造化旨意的完成。我这几天在留心我们馆里的月季花，看它们结苞，看它们开放，看它们逐渐的盛开，看它们逐渐的憔悴，逐渐的零落。我初动的感情觉得是可悲，何以美的幻象这样的易灭，但转念却觉得不但不必为花悲，而且感悟了自然生生不已的妙意。花的责任，就在集中它春来所吸受阳光雨露的精神，开成色香两绝的好花，精力完了便自落地成泥，圆满功德，明年再来过。只有不自然的被摧残了，不能实现它自傲色香的一两天，那才是可伤的耗费。

不自然的杀灭了发长的机会，才是可惜，才是违反天意。我们青年人应该时时刻刻地把这个原则放在心里，不能在我生命里实现人之所以为人，我对不起自己。在为人的生活里不能实现我之所以为我，我对不起生命；这个原则我们也应该时时放在心里。

我们人类最大的幸福与权力，就是在生活里有相当的自由活动，我们可以自觉的调剂，整理，修饰，训练我们生活的态度，我们既然了解了生活只是个性的表现，只是一种艺术，就应得利用这一点特权将生活看作艺术品，谨慎小心的做去，命运论我们是不相信的，但就是相面算命先生也还承认心有改相致命的力量。环境论的一部分我们不得不承认，但是心灵支配环境的可能，至少也与环境支配生活的可能相等，除非我们自愿让物质的势力整个儿扑灭了心灵的发展，那才是生活里最大的悲惨。

我们的一生不成材不碍事，材是有用的意思；不成器也不碍事，器也是有用的意思。生活却不可不成品，不成格，品格就是个性的外现，是对于生命本体，不是对于其余的标准，例如社会家庭——直接担负的责任；橡树不是榆树，翠鸟不是鸽子，各有各的特异的品格。在造化的观点看来，橡树不是为柜子衣架而生，鸽子也不是为我们爱吃五香鸽子而存，这是他们偶然的用或被利用，物之所以为物的本义是在实现他天赋的品性，实现内部精力所要求的特异的格调。我们生命里所包涵的活力，也不问你在世上做将，做相，做资本家，做劳动者，做国会议员，做大学教授，而只要求一种特异品格的表现，独一的，自成一体的，不可以第二类相比称的，犹之一树上没有两张绝对相同的叶子，我们四百万万人里也没有两个相同的鼻子。而要实现我们真纯的个性，决不是仅仅在外表的行为上务为新奇务为怪僻——这是变性不是个性——真纯的个性是心灵的权力能够统制与调和身体，理智，情感，精神，种种造成人格的机能以后自然流露的状态，在内不受外物的障碍，像分光镜似的灵敏，不论是地下的泥砂，不论是远在万万里外的星辰，只要光路一对准，就能分出他光浪的特性；一次经验便是一次发明，因为是新的结合，新的变化。有了这样的内心生活，发之于外，当然能超于人为的条例而能与更深奥却更实在的自然规律相呼应，当然能实现一种特异的品与格，当然能在这大自然的系统里尽他的特异的贡献，证明他自身的价值。懂了物各尽其性的意义再来观察宇宙的事物，实在没有一件东西不是美的，一叶一花是美的不必说，就是毒性的虫，比如蝎子，比如蚂蚁，都是美的。只有人，造化期望最深的人，却是最辜负的，最使人失望的，因为一般的人，都是自暴自弃，非但不能尽性，而且到底总是糟塌了原来可以为美可以为善的本质。

惭愧呀，人！好好一个可以做好文章的题目，却被你写做一篇一窍不通的滥调；好好一个画题，好好一张帆布，好好的颜色，都被你涂成奇丑不堪的滥画；好好的雕刀与花冈石，却被你斫成荒谬恶劣的怪像！好好的富有灵性的可以超脱物质与普遍的精神共化永生的生命，却被你糟蹋亵渎成了一种丑陋庸俗卑鄙龌龊的废物！

生活是艺术。我们的问题就在怎样的运用我们现成的材料，实现我们理想的作品；怎样的可以像密仡郎其罗一样，取到了一大块矿山里初开出来的白石，一眼望过去，就看出他想象中的造像，已经整个的嵌隐着，以后只要打开石子把他不受损伤的取了出来的工夫就是。所以我们再也不要抱怨环境不好不适宜，阻碍我们自由的发展，或是教育不好不适宜，不能奖励我们自由的发展。发展或是压灭，自由或是奴从，真生命或是苟活，成品或是无格——一切都在我们自己，全看我们在青年时期有否生命的觉悟，能否培养与保持心灵的自由，能否自觉的努力，能否把生活当作艺术，一笔不苟的做去，我所以回返重复的说明真消息、真意义、真教育决非人口或书本子可以宣传的，只有集中了我们的灵感性直接的一面向生命本体，一面向大自然耐心去研究，体验，审察，省悟，方才可以多少了解生活的趣味与价值与他的神圣。

因为思想与意念，都起于心灵与外象的接触；创造是活动与变化的结果。真纯的思想是一种想象的实在，有他自身的品格与美，是心灵境界的彩虹，是活着的胎儿。但我们同时有智力的活动，感动于内的往往有表现于外的倾向——大画家米莱氏说深刻的印象往往自求外现，而且自然的会寻出最强有力的方法来表现——结果无形的意念便化成有形可见的文字或是有声可闻的语言，但文字语言最高的功用就在能象征我们原来的意念，他的价值也止于凭借符号的外形，暗示他们所代表的当时的意念。而意念自身又无非是我们心灵的照海灯偶然照到实在的海里的一波一浪或一岛一屿，文字语言本身又是不完善的工具，再加之我们运用驾驭力的薄弱，所以文字的表现很难得是勉强可以满足的。我们随便翻开哪一本书，随便听人讲话，就可以发现各式各样的文字障碍，与语言习惯障碍，所以既然我们自己用语言文字来表现内心的现象已经至多不过勉强的适用，我们如何可以期望满心只是文字障与语言习惯障碍的他人，能从呆板的符号里领悟到我们一时神感的意念。佛教所以有禅宗一派，以不言传道，是很可寻味的——达摩面壁十年，就在解脱文字障碍直接明心见道的工夫。现在的所谓教育尤其是离本更远，即使教育的材料最初是有多少活的成分，但经过几度的转换，无意识的传授，只能变成死的训条——穆勒约翰说的“Dead dogma”不是“Living idea”，我个人所以根本不信任人为的教育能有多大的价值，对于人生少有影响不用说，就是认为灌输知识的方法，照现有的教育看来，也免不了硬而且蠢的机械性。

但反过来说，既然人生只是表现，而语言文字又是人类进化到现在比较的最适用的工具，我们明知语言文字如同政府与结婚一样是一件不可免的没奈何事，或如尼采说的是“人心的牢狱”，我们还是免不了它。我们只能想法使它增加适用性，不能抛弃了不管。我们只能做两部分的工夫：一方面消极的防止文字障语言习惯障的影响；一方面积极的体验心灵的活动，极谨慎的极严格的在我们能运用的字类里选出比较的最确切最明了最无疑义的代表。

这就是我们应该应用“自觉的努力”的一个方向。你们知道法国有个大文学家弗洛贝尔，他有一个信仰，以为一个特异的意念只有一个特异的字或字句可以表现，所以他一辈子艰苦卓绝的从事文学的日子，只是在寻求惟一适当的字句来代表惟一相当的意念。他往往不吃饭不睡，呆呆的独自坐着，绞着脑筋的想，想寻出他称心惬意的表现，有时他烦恼极了，甚至想自杀，往往想出了神，几天写不成一句句子。试想像他那样伟大的天才，那样丰富的学识，尚且要下这样的苦工，方才制成不朽的文字，我们看了他的榜样不应该感动吗？

不要说下笔写，就是平常说话，我们也应有相当的用心——一句话可以泄露你心灵的浅薄，一句话可以证明你自觉的努力，一句话可以表示你思想的糊涂，一句话可以留下永久的印象。这不是说说话要漂亮，要流利，要有修辞的工夫，那都是不重要的；最重要的是对内心意念的忠实，与适当的表现。固然有了清明的思想，方能有清明的语言，但表现的忠实，与不苟且运用文字的决心，也就有纠正松懈的思想与警醒心灵的功效。

我们知道说话是表现个性极重要的方法，生活既然是一个整体的艺术，说话当然是这艺术里的重要部分。极高的工夫往往可以从极小的起点做去。我们实现生命的理想，也未始不可从注意说话做起。

艺术与人生

如果不先描述我们整个不得不随遇而安的现行社会状况，便无从谈论艺术和人生，而对现行社会状况的指斥、抨击，无论怎样猛烈也不过分。我们今天习惯于把实利主义的西方看成没有心脏的文明，那另一方面，我们自己的文明则是没有灵魂的，或根本没有意识到其灵魂的存在。倘若说西方人被自身的高效机械和闹哄哄的景象拖向无人可知的去处，那我们所知的这个野蛮残忍的社会，则是一潭肮脏腐臭的死水，四周爬满了蝇营狗苟的虫蛆，散发着腐烂和僵死的气味。事实上，无需极端愤世嫉俗的人断言，中国是一个体质羸弱、理智残废、道德怯懦、精神贫瘠的堂皇国家。在我们这样的社会，人们绝难体验到音乐的激情、理智的亢奋、崇高的爱的悲欢，甚或宗教、美学上的极乐瞬间，即使确曾有过。任何形式的理想主义不仅不被接受，反而注定必受到误解和讥诮。人们所有的是一具没有灵魂的躯壳，或如雪莱所说，是精神死亡。

现在让我们来看看我们的艺术——音乐、绘画、诗歌、雕刻、戏剧、建筑和舞蹈。在十四五世纪前的北魏时期，我们经历了伟大的雕刻时代，但有几个人看到并真正欣赏过那些雕刻艺术，哪怕断简残篇，更不用说世界雕刻最卓越成就之一的山西云岗石窟？音乐很久很久以前就成了春天的伊甸，也许再也不能复活。而今，音乐的圣责更是可悲地退化到粗俗的京胡和琵琶手手里，这只能为那些所谓的戏院和落子结造点气氛。绘画是另一番惨景。我们领略过吴道子开阔朗畅的画风，欣赏过王维博大而精细的画卷，近些时候，也看到过金冬心平静沉实的构图，这些模糊的记忆便是以教我们难以忍受目前十足的匠气，假冒的模仿和直接的欺骗，而没有半点独到之处和创造力。那些九流欧洲创作法的追随者们，技巧幼稚，想象贫乏，还不如那些刻守传统形式的画家，后者好在还能带给份幽默，使你微笑，而前者则常常使你败兴，刺激虐待狂变态心理。戏剧作为一种艺术实在是不足挂齿，虽然一些老式戏剧作为一种通俗的大众娱乐形式值得称道，并很好证明了狄更生先生所讲的中国人的幽默感。著名戏剧评论家格伦威尔·巴克说："一个民族的伟大，一个种族灵魂的精深，是以其悲剧性诗歌和戏剧的成就来衡量的。"悲剧的本质是精神危机的一种艺术再现，我们中国人还没有这门艺术，也没有任何可以取而代之的东西，因而无法测定我们的悲剧才能。我们甚至从未意识到既美好又可怕的灵魂的现实，并为显然精明地回避、忽视这种现实而自得。现代建筑也毫无艺术价值，以北京为例，“公理战胜”碑达到了建筑学丑恶的顶点，当你走进中央公园，这座纪念碑必定使你败兴。至于舞蹈，无需多说，我们非常满足于梅兰芳、琴雪芳在《天女散花》和《嫦娥奔月》中的优美姿态。

谈到诗歌，我们想不出更悲惨的境遇了。稍一提及樊樊山和易实甫，就令人作呕。庚子式的爱国诗人悲叹恸哭，浪费了那么多眼泪，却没让人记住他们的诗。今天的打油诗人仍然众多，可过去了几个世纪，真正的诗人尚未出现。但有人会提出异议，我们不是有所谓的新诗吗。是的，所以我们还不至于绝望。但远大的前途并未导致我们的批评才能沉睡，误以为我们确实有了真正的诗歌。相反，迄今为止的尝试实在不尽人意，而在杂志、报纸、学校年刊和情书中，人们注定要遇到我所说的荒谬运用一些未经消化的理论。新诗表面上是现实主义，但骨子里却是完全的非现实性；甚之，还有毫不自然的自然主义，没有象征意义的象征主义。换言之，只要达到某种主义，便没有人肯冒昧称其为诗。我不用举例来证明我的评估，那些跟上这一运动的人会明白，我所作出的令人不快的评估一点也不偏激过份。

好了，这一概述足以说明我们无艺术可言。问题是为什么会有这种可悲的事态，它是怎样产生的。对我来说，理由很简单；我们没有艺术恰恰因为我们没有生活。

中国人是一个品德兼备、聪明智慧的种族，但我们从没有完全认识和表达自己，而希腊人和罗马人通过生活觉性的艺术中介这样做了。著名批评家沃尔特·裴特尔说：“东方思想中到处是对人生的模糊认识，对人生本身并没有真正理解，不了解人性的本能。人类对自身的意识，仍是同动植物世界奇异、变幻的生活混淆起来。”佩特精辟指出，创立了“灵魂的统治”的希腊雕刻，向人的眼、手和脚施发权力和神威。

“思想上对人生本身没有真正理解，就无从认识崇高的人性特征。”这是我所知的对我们文化最令人信服的批判。我们的圣人，像今天的布尔什维克领袖一样，在致力一项绝非容易的艰苦工作，只是方式不同。他们平衡、协调人与人之间所共有的明显的欲望，诸如食物、性等。可是天哪，他们竟忘了人不仅是物质的，还是精神的，需要精神上的关心和食粮。因此，孔教虽令人叹服，但经后人歪曲更易之后付诸实践，就产生了一种依赖于安闲的感伤基础之上的文化。这种文化也许有其可爱之处，但它除了故作多情以外，别无其他，而且把人的精神视为不值一理的东西。

他们忘却精神，压制理性。孔子卓越地给人的感觉外延和享乐划定了界限，教我们依赖于他从未界说过的准则，即礼。

老子和庄子更用迷人的语言，使我们迷惑的头脑认识到，生活完满是一个理想的怪物，就像莎士比亚笔下七十岁的老娃娃，没有牙齿，没有眼睛，没有口味，没有一切。要是这位绅士一旦生出感觉器官，就无法保持其生命的完整，就会立刻分散、摧毁人与生俱来的能力。愚钝的墨子也是如此，要是人类满足于食草住穴，抛弃自然感官可能发现的一切形式，他才欣喜若狂呢。

中国人不承认灵魂，否认知觉，在原生力下活动着的独特意志，部分通过抑制，部分通过升华，被引入到“安全”、实效的途径。中国人成为这样一种生物，没有宗教，没有爱，甚至没有任何的精神冒险。真诚的朋友如洛斯·狄更生、伯特兰·罗素、艾琳．鲍尔小姐对我们冷静的生活态度、中庸之爱、通情达理和谦恭礼让等等大加赞赏。但对我来说，接受这种恭维的同时，却不禁感到一种辛辣的反讽。因为冷静的生活态度，除了明显否定生活，窒息感情的圣火外，还能有什么呢？中庸之爱除了作为思想、行为怯懦，生活浅薄单调的漂亮借口外，还能是什么吗？所谓受人奉承的理性、主义和谦让精神，产生的只是一种普遍的惰习和那个被我们称作中华民国政府的荒唐怪物！啊，我们的朋友们能知道，我们以多大的代价才维持了一种表面和平其实不然的生活方式吗？而这一生活方式近来却受到极端主义和骚乱的西方的嫉羡。H.G. 威尔斯先生曾对我说，我们今天想得到的是和平，和平，和平，但绝不是那种羞怯，单调、令人窒息、悠闲懒散的和平，我所说的是积极主动、生气横溢、富有创造力的和平，如古雅典曾经实现的那种和平。所以说，对热烈的爱，热烈的宗教思想，我们确实太合乎理性了。柏拉图所说“神圣疯狂”的爱是不合理性的，熟知天主教教义的人应该听说过，天主教教义里把爱视为“伟大的圣餐”，与使化体相类似，它之所以不合理性仅仅因为它超乎理性之上。考文垂·帕特莫尔写道：“这种为蠢人们提供了谩骂口实的极端非理性情感，是爱最可靠的保证之一，是爱永不枯竭趣味和力量的主要泉源。除了科学家，还有谁对那些不及我们而能被我们领悟的东西如此看重并被深深打动的呢？因此，爱同宗教一样，因为宗教即是神圣的宇宙的爱，是超然和圣化的。由于它是被人类的眼睛能看见的一股神秘力量所圣化，因而能看见属于精神领域的图景，但这些图景通常不被认为是现实的准则。人的耳朵将被壮严崇高的音乐征服。这音乐就像来自天际的浩瀚波浪。这种精神超越，能使以前无活力的潜在创造力开始解放自己，并通过可以选择的任何途径，努力认识自身的体积和形状。爱比其他任何情感更深地植根于土地，因此它的头像圣树一样直耸天国。赋与它们物质和可信性，高度要求并证明深度。”把爱说成最富生气最有潜力的创造源泉绝非一句套话。如果抽去性激情及所有与之有关的因素，你会惊愕地发现欧洲的文化和艺术无可挽回地破产。任何不否定或歪曲人生和真理的男女，无须弗洛伊德派，都会承认，至少也能感觉到，爱虽然最不严肃，却是万物中最有意义的。然而这一简单的真理在漫长病态的中国历史中，从未被认识过。甚至今天，我的个人经历仍仅让我在这方面发现了两类人：藐视爱的愤世嫉俗者和害怕爱的胆小懦夫。要是知识之树长在中华帝国的中央，而非伊甸园里，那亚当和夏娃仍然是纯美的创造物，他们心眼迷钝，对内在的生命召唤麻木不仁。上帝也不至于对蛇的英雄主义和夏娃的好奇心造的麻烦而盛怒不休。

这位圣人为我们划定的人生范围几乎是一系列枯燥乏味的伦理陈词滥调，这一命定结果所产生的影响剥夺和抑制了我们的想象力。你只要翻翻我们的小说和诗歌就会相信，其中想象的作用是多么狭窄。我们的诗人，可能除了李白以外，再没一位被认为是世界性的。这不值得深思吗？在我们的文学花名册里，找不到一位堪与歌德、雪莱、华滋华斯相比的，更不用说但丁和莎士比亚了，这不令人震惊吗？说到其他艺术，又有谁堪与米开朗基罗、列奥那多·达·芬奇、特纳、柯勒乔、威尔埃斯奎斯，瓦格纳、贝多芬等等众多天才相比呢？以此类推，是不是我们种族的本性决定了我们总是不同于世界其他地方？由于不相同是程度上的，而非类别上的，那么我们的想象力是不是生来就营养不良，发育不全？我们所拥有的艺术遗产不能整个包含生活，那是不是表明我们在本质上逊于西方呢？因为一切伟大的艺术作品都要求包含生活。我们从很小就受到视觉和意志的训练，以适应实用的细节，合于毫无生气的生活礼仪，而不是揭示伟大生活的奥秘，唤起伟大生活的希望。这是中国教育的大失败，它导致真正人格的死亡，没有穷尽地造就着杰出的庸才。

人生的根本，欢乐的源泉，以及想象的能力，这些自然泉流遭到了无情的阻挠，我们的生命存在确实太可怜了。人生的贫乏必然导致艺术的贫乏。充实美好的人生会自发地绽出实在的美，并终将影响我们对永恒的理解。一棵充满生命力的树必定枝繁叶茂，结出的果儿色彩绮丽。同样，洋溢着自我意识的人生，自然结出思想的结晶——艺术，或行为——值得怀恋的行为。因此，丰富、扩大、繁殖、加剧，最重要的是使你的生活精神化，这样艺术就会诞生了。

对于中国艺术与人生的停滞、肤浅，我已经说其实是谴责得够多了。现在，让我们暂时把目光转到西方历史上表现的艺术与人生的一致性上。说到这，最好还是像在其他方面一样，求助于古希腊和文艺复兴时代的意大利，以得到启迪和智慧。

我认为，希腊文化最伟大的成就不在政治，更不在科学和玄学，而在于发现了人体的尊严和美。文艺复兴时期伟大的德国艺术家温克尔曼说："没有哪个民族像希腊人那样尊崇美。主管埃加年轻朱庇特神、伊斯米尼阿波罗神的牧师，还有走在塔纳格拉墨丘利神礼拜队伍前列、肩抬羔羊的牧师，都是赢得了美誉的青年……希腊人是那么渴望美，珍视美，每个漂亮的人都愿向众人显示美，特别是想让艺术家证明这种美，因为他们授予这一荣誉。正因为此，艺术家总有在面前欣赏至上美的机会。美甚至能带来声望：我们在希腊历史中看到了最美丽卓越的民族……希腊人尊崇美是这样普遍，斯巴达妇女都在卧室里挂上美神纳里厄斯、纳克素斯或海厄西斯的像，希望生下漂亮的孩子。”像在其他方面一样，自然在这里也有其重要的作用。希腊人非常愿意把对自身的看法和同平凡世界的关系转化成可感的客体，绝不是偶然的：他们赋予了美的身体和理智理解力。轻捷甜美地呼唤感觉的优雅空气，美丽的自然风光，美妙的人体结构，清秀的面部轮廓，这些都是希腊人走入人生时带来的幸运。美像天才或高贵的地位一样，成了一种荣誉。翻开人类文化学课本中比较生理学部分，你就会看到各种族裸露的人体。我不知记得对不对，也许是法国人库里埃的书中，对日本的裸体舞蹈者作了毫不掩饰的描写。然后再转向美丽绝伦的维纳斯或阿波罗，你就会产生一种既惬意又不安的感觉：在塑造不同民族的不同体型和比例时，更不用说黑美人的肤色和气味，造物主是多么的顽皮，不公正。

然而，希腊人对美的神往并不说明他们是一个不负责任的唯美主义的民族。相反，希腊人关注美，仅是把美奉献给实现美好的生活，把不同的灵魂完美地融和在一起。正是由于希腊人完美健全的智力，最终的善才成为可能，并以美的形式最终表现出来。人类最伟大文献之一柏拉图的《共和国》是彻底的美的哲学，它讲的是建立善与美的联系，这种联系可以导致理想的个人品德表现与美好生活的统一。希腊人的独特，在于他们以同样的态度对待人生和艺术。对他们，仅仅是对他们，艺术与人生才是统一体。希腊人以同样的标准审视艺术与人生，他们把艺术看成真正的人生自觉。意味深长的是，他们的绅士一词“LalesLagathes”意为美丽的善。

如果说希腊人留给我们的珍贵遗产是人体的发现，那十五世纪意大利文艺复兴带给我们的礼物就是人的精神的发现和体现。像现时的中国一样，文艺复兴是一个伟大的叛逆时代，是一个多方面而统一的运动，这一运动使长期受压迫、遭抑制的人们，恢复了独立与尊严，恢复了对理智和想象的事物的爱，恢复了更自由美好地构想生活的渴望，使人们感觉自身，使那些有这种愿望的人探求一个又一个理智享受或想象享受的意义，引导他们不仅去发现这种享受的旧的和已被遗忘的源泉，而且去预言新的源泉——新的经历，新的诗歌主题，新的艺术形式。这是一个个性丰富、博大、集中、完整的时代——洛伦传的时代好比培里克里斯的时代。“在这里，艺术家、哲学家和那些在世间活动中变得振作敏锐的人，没有孤独地生活，他们呼吸同样的空气，互相在彼此的思想中寻找着光和热。这里有普遍高尚的精神和人人平等交往的启蒙精神。精神的统一赋予文艺复兴时期所有不同的产物同一性。正是这种精神的亲密联盟，分享那个时代产生的最先进的思想，使十五世纪意大利的艺术具有了庄重的尊严和深远的影响。”

精神的统一非常重要，它渗透到艺术与人生。造就无数杰出人物的同一力量，使他们的艺术达到了全盛时期。他们那令人惊异的美的艺术充满了人生的热情和人类灵魂所能表现的最深切最崇高的感情。精神的统一使他们逐渐认识到完全自我表现的个人权力，并最终获得这种权力，同时也使他们认识到宇宙的客观现实，开创了科学方法，导致了随之而来的众多发现。

我没去谈别的什么运动，而是选择了希腊和文艺复兴时期，是为了表明，这两个时期比其他任何时期更能清楚地显示，人的精神在一个文化统一体中，在生活潜能最大限度的一致表现中，享有实现自我的幸福机会，这种生活是丰富、热情、生动和自觉的。“文艺复兴"对现代中国并非完全不适用，如果她要从西方历史中学点什么，那应该是希腊文化和文艺复兴精神。至于太过自信的理性主义和源于十八世纪盛行于十九世纪的唯物主义，都有趣地转了向，最后在自相矛盾的灾难中收场，只留下几个伪科学家狂怒地死抱着实验工具不放。还有就是那些充满乐观的布尔什维主义者崇拜他们一切正确的上帝卡尔·马克思，反对把人性奉为信条，把艺术奉为宗教的新理想主义的普遍觉醒。如果中国尚未完全耗尽生命力，扼杀掉天才，那我们相信，她将带了一颗欢喜的心和觉醒的灵魂，投身这一运动，并终将证明无愧于自己的古老遗产。如果这样，用不了多久，我们就能摆脱作为中国文化特质的僵死陋习和传统桎梏。经过长期的间隔之后，就像“黑暗年代”过后产生了文艺复兴，我们将再一次看到理想的人性光辉，虽然我们得承认目前尚难找到这一迹象，但我们终将看到具体表现全人类特别是我们种族根本的艺术作品。我总幻想要是我们有一位伟大的音乐家或作曲家，不仅能使过去丢失的东西复活，还能奏出我们伟大民族长期压抑的声音，他也许能预言我们原始的精神走向成熟。音乐和其他艺术不同，它是真正的艺术形式，是衡量完美艺术的标准。音乐能更深地打动人心，能更诚服、不可抗拒、强有力和理想地向有鉴赏力的人传递思想和感情。

让我总结一下在这篇演讲中想讲的内容：我简要说明了为什么中国艺术在完全通过想象能力理解、说明人生总的方面失败了，而欧洲艺术多少获得了成功。我探讨了我们人生与艺术的相对地位，后者是前者的反映，前者对后者负责。

我还列举了古希腊和文艺复兴的成就，来显示以完美的艺术形式出现的精神统一，这种艺术主要是人道主义的。我们的艺术也要这样。

我还冒然断言，关心人生才能关心艺术。所谓关心人生，我指的是有意识地揭示人性中固有的自然资源，利用一切机会将它们转化成有用的东西。换言之，我们必须有意识地培养自觉，有了这种自觉，存在于灵魂中的创造精神才能发挥效用。事实上，我们中很少有人敢说，“我已经完全认识了自己。”请记住，追求表现总会导致自我暴露和理解，而这常会令你吃惊。内在事物的揭示有赖于从外界事物吸收的思想中获得灵感和效力。在这一点上审美鉴赏十分重要，细腻的感情对于美的事物远比强烈的理智和品性重要、有效。只要努力追求艺术的激情，就会认识美和人生的价值。倘若《哈姆莱特》或《解放了的普罗米修斯》没能打动你，这不能怪莎士比亚和雪莱。当一个指挥得法的贝多芬交响乐演奏高潮时，你仍不能心醉神迷，我看你最好去请耳科专家查查听觉器官是否出了毛病。客气地讲，如果《特里斯坦和依索尔德》不能扣动你的心弦，除非你不喜欢瓦格纳的风格，那你至少应该像逃避数学或体育一样感到丢尽了脸。如果你站在罗马或科隆大教堂的摩西像前不为所动，如果你从特纳、惠斯勒和马蒂斯的油画中只看到一大块漂亮的颜色，那你可以安然地说服自己，你所受的教育远不如你想的那么好。当你走过顺治门的内院，看到肃穆的古墙边精致陈列着一排绝妙的陶瓷艺术品，心下没有半点喜悦时，你最好放弃欣赏后期印象派大师如塞尚的打算，还是躺到安乐椅上去咒诅周围世界的丑陋吧。我当然不是说，我们每个人无须训练和了解，就能像个专业批评家似的即刻爱上欧洲艺术。相反，西方艺术及技巧所体现的根本思想，对普通东方人来说比较陌生，所以总令人迷惑不解。我想中国留学生中具有超于浅薄的肉体快乐之上的起码艺术感觉的人，甚至不足百分之一。但不要忘记，值得获取的东西往往难于得到。总之，是愚蠢的教育和呆板的习性使我们不能感受、欣赏到事物的原貌。扫清这些因素，你就能恢复审美直觉，也许这种直觉会因饥饿而变得热烈贪婪、敏锐透彻。然后，应把生活本身作为一件艺术品，或一个艺术问题来看。我们被赋予这尘俗的身体、大脑和心脏正如一个艺术家被赋予了绘画、雕刻的主题和场景。当我们将画笔或刻刀运用到已如愿掌握的物质材料上时，不该感到有种责任感吗？一块有限脆弱的材料，可能被一下毁掉，也可能变成一件美的杰作。正如意大利热情的诗人丹农里奥所说，只要我们付出努力，即使在这个世界，还是能把我们的生活变成美丽的寓言。达到善的最好途径是美；既然我们如此乐于追随希腊人的智慧，我们的审美直觉比起含糊不清的道德善感来，是一个更为安全、可信的最终标准。生活是件艺术品！所以，为最后的回顾作好准备。等你七十岁时，青春的红润变成难看的皱纹，甜美的声音变成老年沙哑的干咳，看你是否对用自己的双手塑造了丰富多彩的生涯感到欣慰。读读歌德之类伟大或次要点人物的传记，并以此为标准评估自己的一生，看看对照的结果。歌德伟大的一生不能不被认为是一件艺术品，一部杰作。至少不亚于罗马圣·彼得的杰作，他们的一生都充满了美的神秘和神秘的美。说到高尚、理智的人生的训诫和原则，我想最好还是再次引用沃尔特·裴特尔研究文艺复兴的著名论著《结论》中的话：

“哲学和思辨文化对人精神的贡献，是使它在敏锐、热情的观察中惊醒。每一时刻某种形式在手上或脸上变得完美；来自山峰海洋的某些声音比其他声音更迷人；某种热情、顿悟或理智兴奋对我们，对那一时刻，更真实，更迷人，更具魅力。感受本身而非感受的果实才是目的。在我们丰富多彩、富于戏剧性的人生中，脉搏跳动的次数是有限的。我们怎样才能在有限的脉搏跳动中，通过最敏感的知觉观察到所要看的一切呢？怎样才能最迅速地从一点到另一点，并总在生命力与其最纯能量凝结的焦点上出现呢？永远与这种热情的宝石般的火焰一起燃烧，保持这种令人迷狂的忘我境界，才是人生的成功。”

他又说：

“正如维克多·雨果所说：我们是罪人，都被判了死刑，但缓刑的期限不明确。我们都有一个期限，过了这个期限，世界不再记得我们了。有些人在倦怠，有些人在热情中度过这一期限，而最聪明的人，至少是在‘这世界的孩子’中最聪明，则是在艺术和歌声中度过一生。我们唯一的机会在于尽可能多地增加脉搏的跳动，以延长这一有限的时间。伟大的激情能带给我们复苏的生活感，爱的悲欢和热烈活动的各种形式，无论我们是否感兴趣，这些形式都会自然地来到我们许多人中间。但记住只能是激情，才真正使你收获复苏的意识的果实。诗的激情、美的渴望、为艺术而爱艺术，这里都蕴蓄着最高的智慧。艺术唤醒你时坦率直言，它只把最高的品质赋予稍纵即逝的人生瞬间，而且它仅为那些瞬间而来。”

（原英文标题为“Art and Life”
载于《创造季刊》1922年1卷2期
傅光明译。）

秋[①]

两年前，在北京，有一次，也是这么一个秋风生动的日子，我把一个人的感想比作落叶，从生命那树上掉下来的叶子。落叶，不错，是衰败和凋零的象征，它的情调几乎是悲哀的。但是那些在半空里飘摇，在街道上颠倒的小树叶儿，也未尝没有它们的妩媚，它们的颜色，它们的意味，在少数有心人看来，它们在这宇宙间并不是完全没有地位的。“多谢你们的摧残，使我们得到解放，得到自由。”它们仿佛对无情的秋风说：“劳驾你们了，把我们踹成粉，蹂成泥，使我们得到解脱，实现消灭。”它们又仿佛对不经心的人们这么说。因为看着，在春风回来的那一天，这叫卑微的生命的种子又会从冰封的泥土里翻成一个新鲜的世界。它们的力量，虽则是看不见，可是不容疑惑的。

我那是感着的沉闷，真是一种不可形容的沉闷。它仿佛是一座大山，我整个的生命叫它压在底下。我那是的思想简直是毒的，我有一首诗，题目就叫《毒药》，开头的两行是——

今天不是，我唱歌的日子，我口边涎着狞恶的冷笑，不是我说笑的日子，我胸怀间插着发冷光的刀剑；

相信我，我的思想是恶毒的，因为这世界是恶毒的，我的灵魂是黑暗的，因为太阳已经灭绝了光彩，我的声调，像是坟堆里的夜鸮，因为人间已经杀尽了一切的和谐，我的口音，像是冤鬼责问他的仇人，因为一切的恩已经让路给一切的怨。

我借这一首不成形的咒诅的诗，发泄了成一腔的闷气，但我却并不绝望，并不悲观，在极深刻的沉闷的底里，我那时还摸着了希望。所以我在《婴儿》——那首不成形诗的最后一节——那诗的后段，在描写一个产妇在她生产的受罪中，还能含有希望的句子。

在我那时带有预言性的想象中，我想望着一个伟大的革命。因此我在那篇《落叶》的末尾，我还有勇气来对付人生的挑战，郑重的宣告一个态度，

① 本文是徐志摩1929年秋在暨南大学的一次讲演。

高声的喊一声"Everlasting Yea"[①]。

"Everlasting Yea";"Everlasting Yea"一年,一年,又过去了两年。这两年间我那时的想望实现了没有?那伟大的"婴儿"有出世了没有?我们的受罪取得了认识与价值没有?

我不知道,我不知道。我知道的还只是那一大堆丑陋的蛮肿的沉闷,压得瘪人的沉闷,笼盖着我的思想,我的生命。它在我经络里,在我的血液里。我不能抵抗,我再没有力量。

我们靠着维持我们生命的不仅是面包。不仅是饭,我们靠着活命的,用一个诗人的话,是情爱,敬仰心,希望。"We Live by love, admiration and hope"[②]这话又包涵一个条件,就是说这世界这人类能承受我们的爱,值得我们的敬仰,容许我们的希望的。但现代是什么光景?人性的表现,我们看得见听得到的,到底是怎么回事?我想我们都不是外人,用不着掩饰,实在也无从掩饰,这里没有什么人性的表现,除了丑恶,下流,黑暗。太丑恶了,我们火热的胸膛里有爱不能爱,太下流了,我们有敬仰心不能敬仰,太黑暗了,我们要希望也无从希望。太阳给天狗吃了去,我们只能在无边的黑暗中沉默着,永远的沉默着!这仿佛是经过一次强烈的地震的悲惨,思想,感情,人格,全给震成了无可收拾的断片,也不成系统,再也不得连贯,再也没有表现。但你们在这个时候要我来讲话,这使我感着一种异样的难受。难受,因为我自身的悲惨。难受,尤其因为我感到你们的邀请不止是一个寻常讲演的邀请,你们来邀我,当然不是要什么现成的主义,那我是外行,也不为什么专门的学识,那我是草包,你们明知我是一个诗人,他的家当,除了几座空中的楼阁,至多只是一颗热烈的心。你们邀我来也许在你们中间也有同我一样感到这时代的悲哀,一种不可解脱不能摆脱的况味,所以邀我这同是这悲哀沉闷中的同志来,希冀万一,可以给你们打几个幽默的比喻,说一点笑话,给一点子安慰,有这么小小的一半个时辰,彼此可以在同情的温暖中忘却了时间的冷酷。因此我踌躇,我来怕没有什么交代,不来又于心不安。我也曾想选几个离着实际的人生较远些的事儿来和你们谈谈,但是相信我,朋友们,这念头是枉然的,因为不论你思想的起点是星光是月是蝴蝶,只一转身,又逢着了人生的基本问题,冷森森的竖着像是几座拦路的墓碑。

不,我们躲不了它们:关于这时代人生的问号,小的,大的,歪的,正的,像蝴蝶的绕满了我们的周遭。正如在两年前它们逼迫我宣告一个坚决的态度,今天它们还是逼迫着要我来表示一个坚决的态度。也好,我想,这是我再来清理一次我的思想的机会,在我们完全没有能力解决人生问题时,我

① Everlasting Yea,意为永远持肯定态度。

② 这句话的意思见前边那句中文。

们只能承认失败。但我们当前的问题究竟是些什么？如其它们有力量压倒我们，我们至少也得抬起头来认一认我们敌人的面目。再说譬如医病，我们先得看清是什么病而后用药，才可以有希望治病。说我们是有病，那是无可置疑的。但病在哪一部，最重要的征候是什么，我们却不一定答得上。至少，各人有各人的答案，决不会一致的。就说这时代的烦闷：烦闷也不能凭空来的不是？它也得有种种造成它的原因，它到底是怎么回事，我们也得查个明白。换句话说，我们先得确定我们的问题，然后再试第二步的解决。也许在分析我们病症的研究中，某种对症的医法，就会不期然的显现。我们来试试看。

说到这里，我们可以想象一班乐观派的先生们冷眼的看着我们好笑。他们笑我们无事忙，谈什么人生，谈什么根本问题。人生根本就没有问题，这都那玄学鬼钻进了懒惰人的脑筋里在那里不相干的捣玄虚来了！做人就是做人，重在这做字上。你天性喜欢工业，你去找工程事情做去就得。你爱谈整理国故，你寻你的国故整理去就得。工作，更多的工作，是惟一的福音。把你的脑力精神一齐放在你愿意做的工作上，你就不会轻易发挥感伤主义，你就不会无病呻吟，你只要尽力去工作，什么问题都没有了。

这话初听倒是又生辣又干脆的，本来末，有什么问题，做你的工作好了，何必自寻烦恼！但是你仔细一想的时候，这明白晓畅的福音还是有漏洞的。固然这时代很多的呻吟只是懒鬼的装痛，或是虚幻的想象，但我们因此就能说这时代本来是健全的，所谓病痛所谓烦恼无非是心理作用了吗？固然当初德国有一个大诗人，他的伟大的天才使他在什么心智的活动中都找到趣味，他在科学实验室里工作得厌倦了，他就跑出来带住一个女性就发迷，西洋人说的“跌进了恋爱”；回头他又厌倦了或是失恋了，只一感到烦恼，或悲哀的压迫，他又赶快飞进了他的实验室，关上了门，也关上了他自己的感情的门，又潜心他的科学研究去了。在他，所谓工作确是一种救济，一种关栏，一种调剂，但我们怎能比得？我们一班青年感情和理智还不能分清的时候，如何能有这样伟大的克制的工夫？所以我们还得来研究我们自身的病痛，想法可能的补救。

并且这工作论是实际上不可能的。因为假如社会的组织，果然能容得我们各人从各人的心愿选定各人的工作并且有机会继续从事这部分的工作，那还不是一个黄金时代？“民各乐其业，安其生”。还有什么问题可谈的？现代是这样一个时候吗？商人能安心做他的生意，学生能安心读他的书，文学家能安心做他的文学吗？正因为这时代从思想起，什么事情都颠倒了，混乱了，所以才会发生这普通的烦闷病，所以才有问题，否则认真吃饱了饭没有事做，大家甘心自寻烦恼不成。

我们来看看我们的病症。

第一个显明的症候是混乱。一个人群社会的存在与进行是有条件的。这条件是种种体力与智力的活动的和谐的合作，在这诸种活动中的总线索，总指挥，是无形迹可寻的思想，我们简直可以说哲理的思想，它顺着时代或领着时代规定人类努力的方面，并且在可能时给它一种解释，一种价值的估定与意义的发见。思想是一个使命，是引导人类从非意识的以至无意识的活动进化到有意识的活动，这点子意识性的认识与觉悟，是人类文化史上最光荣的一种胜利，也是最透彻的一种快乐。果然是这部分哲理的思想，统辖得往这人群社会全体的活动，这社会就上了正轨；反面说，这部分思想要是失去了它那总指挥的地位，那就坏了，种种体力和智力的活动，就随时随地有发生冲突的可能，这重心的抽去是种种不平衡现象主要的原因。现在的中国就吃亏在没有了这个重心，结果什么都豁了边，都不合式了。我们这老大国家，说也可惨，在这百年来，根本就没有思想可说。从安逸到宽松，从宽松到怠惰，从怠惰到着忙，从着忙到瞎闯，从瞎闯到混乱，这几个形容词我想可以概括近百年来中国的思想史,——简单说，它完全放弃了总指挥的地位。没有了统系，没有了目标，没有了和谐，结果是现代的中国：一团混乱。

混乱，混乱，哪儿都是的。因为思想的无能，所以引起种种混乱的现象,这是一步。再从这种种的混乱，更影响到思想本体，使它也传染了这混乱。好比一个人因为身体软弱才受外感，得了种种的病，这病的蔓延又回过来销蚀病人有限的精力，使他变成更软弱了，这是第二步。经济，政治，社会，哪儿不是蹊跷，哪儿不是混乱？这影响到个人方面是理智与感情的不平衡，感情不受理智的节制就是意气，意气永远是浮的，浅的，无结果的；因为意气占了上风，结果是错误的活动。为了不曾辨认清楚的目标，我们的文人变成了政客，研究科学的，做了非科学的官，学生抛弃了学问的寻求，工人做了野心家的牺牲。这种种混乱现象影响到我们青年是造成烦闷心理的原因的一个。

这一个征候——混乱——又过渡到第二个征候——变态。什么是人群社会的常态？人群是感情的结合。虽则尽有好奇的思想家告诉我们人是互杀互害的，或是人的团结是基本于怕惧的本能，虽则就在有秩序上轨道的社会里，我们也看得见恶性的表现，我们还是相信社会的纪纲是靠着积极的感情来维系的。这是说在一常态社会天平上，情爱的分量一定超过仇恨的分量，互助的精神一定超过互害互杀的现象。但在一个社会没有了负有指导使命的思想的中心的情形之下，种种离奇的变态的现象，都是可能的产生了。

一个社会不能供给正当的职业时，它即使有严厉的法令，也不能禁止盗匪的横行。一个社会不能保障安全，奖励恒业恒心，结果原来正当的商人，都变成了拿妻子生命财产来做买空卖空的投机家。我们只要翻开我们的日报：就可以知道这现代的社会是常态是变态。笼统一点说，他们现在只有两个阶级可分，一个是执行恐怖的主体，强盗，军队，土匪，绑匪，政客，野心的政治家，所有得势的投机家都是的，他们实行的，不论明的暗的，直接间接都是一种恐怖主义。还有一个是被恐怖的。前一阶级永远拿着杀人的利器或是类似的东西在威吓着，压迫着，要求满足他们的私欲。后一阶级永远在地上爬着，发着抖，喊救命，这不是变态吗？这变态的现象表现在思想上就是种种荒谬的主义离奇的主张。笼统说，我们现在听得见的主义主张，除了平庸不足道的，大都是计算领着我们向死路上走的。这不是变态吗？

这种种变态现象影响到我们青年，又是造成烦闷心理的原因的一个。

这混乱与变态的观众又协同造成了第三种的现象——一切标准的颠倒。人类的生活的条件，不仅仅是衣食住；"人之异于禽兽者几希"，我们一讲到人道，就不能脱离相当的道德观念。这比是无形的空气，他的清鲜是我们健康生活的必要条件。我们不能没有理想，没有信念，我们真生命的寄托决不在单纯的衣食间。我们崇拜英雄！广义的英雄——因为在他们事业上表现的品性里，我们可以感到精神的满足与灵感，鼓动我们更高尚的天性，勇敢的发挥人道的伟大。你崇拜你的爱人，因为她代表的是女性的美德。你崇拜当代的政治家，因为他们代表的是无私心的努力。你崇拜思想家，因为他们代表的是寻求真理的勇敢。这崇拜的涵义就是标准。时代的风尚尽管变迁，但道义的标准是永远不动摇的。这些道义的准则，我们问时代要求的是随时给我们这些道义准则的一个具体的表现。仿佛是在渺茫的人生道上给悬着几颗照路的明星。但现在给我们的是什么？我们何尝没有热烈的崇拜心？我们何尝不在这一件那一件事上，或是这一个人物那一个人物的身上安放过我们迫切的期望。但是，但是，还用我说吗！有哪一件事不使我们重大的迷惑，失望，悲伤？说到人的方面，哪有比普遍的人格的破产更可悲悼的？在不知哪一种魔鬼主义的秋风里，我们眼见我们心目中的偶像败叶似的一个个全掉了下来！眼见一个个道义的标准，都叫丑恶的人格给沾上了不可清洗的污秽！标准是没有了的。这种种道德方面人格方面颠倒的现象，影响到我们青年，又是造成烦闷心理的原因的一个。

跟着这种种症候还有一个惊心的现象，是一般创作活动的消沉，这也是当然的结果。因为文艺创作活动的条件是和平有秩序的社会状态，常态的生活，以及理想主义的根据。我们现在却只有混乱，变态，以及精神生活的破产。这仿佛是拿毒药放进了人生的泉源，从这里流出来的思想，哪还有什么真善美的表现？

这时代病的症候是说不尽的，这是最复杂的一种病，但单就我们上面说到的几点看来，我们似乎已经可以采得一点消息，至少我个人是这么想。——那一点消息就是生命的枯窘，或是活力的衰耗。我们所以得病是为我们生活的组织上缺少了思想的重心，它的使命是领导与指挥。但这又为什么呢？我的解释，是我们这民族已经到了一个活力枯窘的时期。生命之流的本身，已经是近于干涸了：再加之我们现得的病，又是直接克伐生命本体的致命症候，我们怎能受得住？这话可又讲远了，但又不能不从本原上讲起。我们第一要记得我们这民族是老得不堪的一个民族。我们知道什么东西都有它天限的寿命；一种树只能青多少年，过了这期限就得衰，一种花也只能开几度花，过此就为死（虽则从另一种看法，它们都是永生的，因为它们本身虽得死，它们的种子还是有机会继续发长）。我们这棵树在人类的树林里，已经算得是寿命极长的了。我们的血统比较又是纯粹的，就连我们的近邻西藏满蒙的民族都等于不和我们混合[①]。还有一个特点是我们历来因为四民制的结果，士之子恒为士，商之子恒为商，思想这任务完全为士民阶级的专利，又因为经济制度的关系，活力最充足的农民简直没有机会读书，因为士民阶级形成了一种孤单的地位。我们要知道知识是一种堕落，尤其从活力的观点看，这士民阶级是特别堕落的一个阶级，再加之我们旧教育观念的偏窄，单就知识论，我们思想本能活动的范围简直是荒谬的狭小。我们只有几本书，一套无生命的陈腐的文字，是我们惟一的工具。这情形就比是本来是一个海湾，和大海是相通的，但后来因为沙地的胀起，这一湾水渐渐隔离它所从来的海，而变成了湖。这湖原先也许还承受得着几股山水的来源，但后来又经过陵谷的变迁，这部分的来源也断绝了，结果这湖又干成一只小潭，乃至一小潭的止水，长满了青苔与萍梗，纯迟迟的眼看得见就可以完全干涸了去的一个东西。这是我们受教育的士民阶级的相仿情形。现在所谓知识亦无非是这潭死水里比较泥草松动些风来还多少吹得皱的一洼臭水，别瞧它矜矜自喜，可怜它能有多少前程？还能有多少生命？

所以我们这病，虽则症候不止一种，虽然看来复杂，归根只是中医所谓气血两亏的一种本原病。我们现在所感觉的烦闷，也只见沉浸在这一洼离死不远的臭水里的气闷，还有什么可说的？水因为不流所以滋生了草，这水草的涨性，又帮助浸干这有限的水。同样的，我们的活力因为断绝了来源，所以发生了种种本原性的病症，这些病又回过来侵蚀本原，帮助消尽这点仅存的活力。

病性既是如此，那不是完全绝望了吗？

那也不能这么容易。一棵大树的凋零，一个民族的衰歇，决不是一朝一夕的事儿。我们当然还是要命。只是怎么要法，是我们的问题。我说过我们的病根是在失去了思想的重心，那又是原因于活力的单薄。在事实上，我们这读书阶级形成了一种极孤单的状况，一来因为阶级关系它和民族里活力最充足的农民阶级完全隔绝了，二来因为畸形教育以及社会的风尚的结果，它在生活方面是极端的城市化，腐化，奢侈化，惰化，完全脱离了大自然健全的影响变成自蚀的一种蛀虫，在智力活动方面，只偏向于纤巧的浅薄的诡辩的乃至于程式化的一道，再没有创造的力量的表示，渐次的完全失去了它自

① 本文所用“民族”一词，从全文来看当指整个中华民族，但这里又单指汉民族，显然不妥。

身的尊严以及统辖领导全社会活动的无上的权威。这一没有了统帅，种种紊乱的现象就都跟着来了。

这畸形的发展是值得寻味的。一方面你有你的读书阶级，中了过度文明的毒，一天一天望腐化僵化的方向走，但你却不能否认它智力的发达，只因为道义标准的颠倒以及理想主义的缺乏，它的活动也全不是在正理上。就说这一堂的翩翩年少——尤其是文化最发旺的江浙的青年，十个虑有九个是弱不禁风的。但问题还不全在体力的单薄，尤其是智力活动本身是有了病，它只有毒性的戟刺，没有健全的来源，没有天然的滋养。纤巧的新奇的思想不是我们需要的，我们要的是从丰满的生命与强健的活力里流露出来纯正的健全的思想，那才是有力量的思想。

同时我们再看看占我们民族十分之八九的农民阶级。他们生活的简单，脑筋的简单，感情的简单，意识的疏浅，文化的定住，几于使他们形成一种仅仅有生物作用的人类。他们的肌肉是发达的，他们是能工作的，但因为教育的不普及，他们智力的活动简直的没有机会，结果按照生物学的公例，因无用而退化，他们的脑筋简直不行的了。乡下的孩子当然比城市的孩子不灵，粗人的子弟当然比上不书香人的子弟，这是一定的。但我们现在为救这文化的性命，非得赶快就有健全的活力来补充我们受足了过度文明的毒的读书阶级不可。也有人说这读书阶级是不可救药的了，希望如其有，是在我们民族里还未经开化的农民阶级。我的意思是我们应得利用这部分未开凿的精力来补充我们开凿过分的士民阶级。讲到实施，第一得先打破这无形的阶级界限以及省分界限。通婚和婚是必要的，比较的说，广东湖南乃至北方人比江浙人健全得多，乡下人比城里人健全得多，所以江浙人和北方人非得尽量的通婚，城市人非得与农人尽量的通婚不可。但是这话说着容易，实际上是极困难的。讲到结婚，谁愿意放弃自身的艳福，为的是渺茫的民族的前途上，哪一个翩翩的少年甘心放着窈窕风流的江南女郎不要，而去乡村找粗蠢的大姑娘作配，谁肯不就近结识血统逼近的姨妹表妹乃至于同学妹，而肯远去异乡到口音不相通的外省人中间去寻配偶？这是难的我知道。但希望并不见完全没有——这希望完全是在教育上。第一我们得赶快认清这时代病无非是一种本原病，什么混乱的变态的现象，都无非是显示生命的缺乏。这种种病，又都就是直接克伐生命的，所以我们为要文化与思想的健全，不能不想方法开通路子，使这几洼孤立的呆定的死水重复得到天然泉水的接济，重复灵活起来，一切的障碍与淤塞自然会得消灭——思想非得直接从生命的本体里热烈的迸裂出来才有力量，才是力量。这过度文明的人种非得带它回到生命的本源上去不可，它非得重新生过根不可。按着这个目标，我们在教育上就不能不极力推广教育的机会到健全的农民阶级里去，同时奖励阶级间的通婚。假如国家的力量可以干涉到个人婚姻的话，我们尽可以用强迫的方法叫你们这些翩翩的少年都去娶乡下大姑娘子，而同时把我们窈窕风流的女郎去嫁给农民做媳妇。况且谁都知道，我们现在择偶的标准本身就是不健全的。女人要嫁给金钱，奢侈，虚荣，女性的男子；男人的口味也是同样的不妥当。什么都是不健全的，喔，这毒气充塞的文明社会！在我们理想实现的那一天，我们这文化如其有救的话，将来的青年男女一定可以兼有士民与农民的特长，体力与智力得到均平的发展，从这类健全的生命树上，我们可以盼望吃得着美丽鲜甜的思想的果子！

至于我们个人方面，我也有一部分的意见，只是今天时光局促了怕没有机会发挥，但总结一句话，我们要认清我们是什么病，这病毒是在我们一个个你我的身体上，血液里，无容讳言的。只要我们不认错了病多少总有办法。我的意见是要多多接近自然，因为自然是健全的纯正的影响，这里面有无穷尽性灵的滋养与启发与灵感。这完全靠我们各个自觉的修养。我们先得要立志不做时代和时光的奴隶，我们要做我们思想和生命的主人，这暂时的沉闷决不能压倒我们的理想，我们正应得感谢这深刻的沉闷，因为在这里，我们才感悟着一些自度的消息，如我方才说的，我们还是得努力，我们还是得坚持，我们的态度是积极的。正如我两年前《落叶》的结束是喊一声 Everlasting Yea，我今天还是要你们跟着我来喊一声 Everlasting Yea！

（原刊《秋》，良友图书印刷公司 1931 年 11 月初版）

《猛虎集》序文

在诗集子前面说话不是一件容易讨好的事。说得近于夸张了自己面上说不过去，过分谦恭又似乎对不起读者。最干脆的办法是什么话也不提，好歹让诗篇它们自身去承当。但书店不肯同意；他们说如其作者不来几句序言书店做广告就无从着笔。作者对于生意是完全外行，但他至少也知道书卖得好不仅是书店有利益，他自己的版税也跟着像样，所以书店的意思，他是不能不尊敬的。事实上我已经费了三个晚上，想写一篇可以帮助广告的序。可是不相干，一行行写下来只是仍旧给涂掉，稿纸糟蹋了不少张，诗集的序终究还是写不成。

况且写诗人一提起写诗他就不由得伤心。世界上再没有比写诗更惨的事；不但惨，而且寒伧。就说一件事，我是天生不长髭须的，但为了一些破烂的句子，就我也不知曾经捻断了多少根想象的长须！

这姑且不去说它。我记得我印第二集诗的时间曾经表示过此后不再写诗一类的话。现在如何又来了一集，虽则转眼间四个年头已经过去。就算这些诗全是这四年内写的（实在有几首要早到十三年份），每年平均也只得十首，一个月还派不到一首，况且又多是短短一橛的。诗固然不能论长短，如同 Whistler 说画幅是不能用田亩来丈量的。但事实是咱们这年头一口气总是透不长——诗永远是小诗，戏永远是独幕，小说永远是短篇。每回我望到莎士比亚的戏，但丁的《神曲》，歌德的《浮士德》一类作品比方说，我就不由得感到气馁，觉得我们即使有一些声音，那声音是微细得随时可以用一个小拇指给掐死的。天呀，哪天我们才可以在创作里看到使人起敬的东西？哪天我们这些细嗓子才可以豁免混充大花脸的急涨的苦恼？

说到我自己的写诗，那是再没有更意外的事了。我查过我的家谱，从永乐以来我们家里没有写过一行可供传诵的诗句。在二十四岁以前我对于诗的兴味还不如我对于相对论或民约论的兴味。我父亲送我出洋留学是要我将来进“金融界”的，我自己最高的野心是想做一个中国的 Hamilton! 在二十四岁以前，诗，不论新旧，于我是完全没有相干。我这样一个人如果真会成为一个诗人——那还有什么话说？

但生命的把戏是不可思议的！我们都是受支配的善良的生灵，哪件事我们作得了主？整十年前我吹着了一阵奇异的风，也许照着了什么奇异的月色，从此起我的思想就倾向于分行的抒写。一份深刻的忧郁占定了我；这忧郁，我信，竟于渐渐的潜化了我的气质。

话虽如此，我的尘俗的成分并没有甘心退让过；诗灵的稀小的翅膀，尽他们在那里腾扑，还是没有力量带了这整份的累赘往天外飞的。且不说诗化生活一类的理想那是谈何容易实现，就说平常在实际生活的压迫中偶尔挣出八行十二行的诗句都是够艰难的。尤其是最近几年，有时候自己想着了都害怕：日子悠悠的过去内心竟可以一无消息，不透一点亮，不见丝纹的动。我常常疑心这一次是真的干了完了的。如同契玦腊的一身美是向神道通融得来限定日子要交还的，我也时常疑虑到我这些写诗的日子也是什么神道因为怜悯我的愚蠢暂时借给我享用的非分的奢侈。我希望他们可怜一个人可怜到底！

一眨眼十年已经过去了。诗虽则连续的写，自信还是薄弱到极点。“写是这样写下了，”我常自己想，“但准知道这就能算是诗吗？”就经验说，从一点意思的晃动到一篇诗的完成，这中间几乎没有一次不经过唐僧取经似的苦难的。诗不仅是一种分娩，它并且往往是难产！这份甘苦是只有当事人自己知道。一个诗人，到了修养极高的境界，如同泰戈尔先生，比方说，也许可以一张口就有精圆的珠子吐出来，这事实上我亲眼见过的不打谎，但像我这样既无天才又少修养的人如何说得上？

只有一个时期我的诗情真有些像是山洪暴发，不分方向的乱冲。那就是我最早写诗的那半年，生命受了一种伟大力量的震撼，什么半成熟的未成熟的意念都在指顾间散作缤纷的花雨。我那时是绝无依傍，也不知顾虑，心头有什么郁积，就付托腕底胡乱给爬梳了去，救命似的迫切，哪还顾得了什么美丑！我在短期内写了很多，但几乎全部都是见不得人面的。这是一个教训。

我的第一集诗——《志摩的诗》——是我十一年回国后两年内写的；在这集子里初期的汹涌性虽已消减，但大部分还是情感的无关阑的泛滥，什么诗的艺术或技巧都谈不到。这问题一直要到民国十五年我和一多今甫一群朋友在《晨报副镌》刊行《诗刊》时方才开始讨论到。一多不仅是诗人，他也是最有兴味探讨诗的理论和艺术的一个人。我想这五六年来我们几个写诗的朋友多少都受到《死水》的作者的影响。我的笔本来是最不受羁勒的一匹野马，看到了一多的谨严的作品我方才憬悟到我自己的野性；但我素性的落拓始终不容我追随一多他们在诗的理论方面下过任何细密的功夫。

我的第二集诗——《翡冷翠的一夜》——可以说是我的生活上的又一个较大的波折的留痕。我把诗稿送给一多看，他回信说：“这比《志摩的诗》确乎是进步了——一个绝大的进步”。他的好话我是最愿意听的，但我在诗的“技巧”方面还是那样楞生生的丝毫没有把握。

最近这几年生活不仅是极平凡，简直是到了枯窘的深处。跟着诗的产量也尽“向瘦小里耗”。要不是去年在中大认识了梦家和玮德两个年青的诗人，他们对于诗的热情在无形中又鼓动了我奄奄的诗心。第二次又印《诗刊》，我对于诗的兴味，我信，竟可以销沉到几于完全没有。今年在六个月内在上海与北京间来回奔波了八次，遭了母丧，又有别的不少烦心的事，人是疲乏极了的，但继续的行动与北京的风光却又在无意中摇活了我久蛰的性灵。抬起头居然又见到天了。眼睛睁开了心也跟着开始了跳动，嫩芽的青紫，劳苦社会的光与影，悲欢的图案，一切的动，一切的静，重复在我的眼前展开，有声色与有情感的世界重复为我存在；这仿佛是为了要挽救一个曾经有单纯信仰的流入怀疑的颓废，那在帷幕中隐藏着的神通又在那里栩栩的生动，显示它的博大与精微，要他认清方向，再别错走了路。

我希望这是我的一个真的复活的机会，说也奇怪，一方面虽则明知这些偶尔写下的诗句，尽是些“破破烂烂”的，万谈不到什么久长的生命，但在作者自己，总觉得写得成诗的不是一件坏事，这至少证明一点性灵还在那里挣扎，还有它的一口气。我这次印行这第三集诗没有别的话说，我只要籍此告慰我的朋友，让他们知道我还有一口气，还想在实际生活的重重压迫下透出一些声响来的。

你们不能更多的责备。我觉得我已是满头的血水，能不低头已算是好的。你们也不用提醒我这是什么日子；不用告诉我这遍地的灾荒，与现有的以及在隐伏中的更大的变乱，不用向我说正今天就有千万人在大水里和身子浸着，或是有千千万人在极度的饥饿中叫救命；也不用劝告我说几行有韵或无韵的诗句是救不活半条人命的；更不用指点我说我的思想是落伍或是我的韵脚是根据不合时宜的意识形态的……这些，还有别的很多，我知道，我全知道；你们一说到只是叫我难受又难受。我再没有别的话说，我只要你们记得有一种天教歌唱的鸟不到呕血不住口，它的歌里有它独自知道的别一个世界的愉快，也有它独自知道的悲哀与伤痛的鲜明；诗人也是一种痴鸟，他把他的柔软的心窝紧抵着蔷薇的花刺，口里不住的唱着星月的光辉与人类的希望，非到他的心血滴出来把白花染成大红花不住口。他的痛苦与快乐是浑成的一片。

致陆小曼

（十七封）

致陆小曼

（1925 年 3 月 3 日）

小曼：这实在是太惨了，怎叫我爱你的不难受？假如你这番深沉的冤屈，有人写成了小说故事，一定可使千百个同情的读者滴泪。何况今天我处在这最尴尬最难堪的地位，怎禁得不咬牙切齿的恨，肝肠迸裂的痛心呢？真的太惨了。我的乖！你前生作的是什么孽，今生要你来受这样惨酷的报应？无论折断一枝花，尚且是残忍的行为，何况这生生的糟蹋一个最美最纯洁最可爱的灵魂？真是太难了。你的四围全是细精铁壁你便有翅膀也难飞。咳，眼看着一只洁白美丽的稚羊，让那满面横肉的屠夫擎着利刀向着它刀刀见血的蹂躏谋杀——旁边站着不少的看客。那羊主人也许在内，不但不动怜惜反而称赞屠夫的手段，好像他们都挂着馋涎想分尝美味的羊羔哪。咳！这简直的不能想。实有的与想象的悲惨的故事我亦闻见过不少。但我爱，你现在所身受的却是谁都不曾想到过，更有谁有胆量来写？我劝你早些看哈代那本 *Jude The Obscure* 吧。那书里的女子 Sue, 你一定很同情她。哈代写的结果叫人不忍卒读。但你得明白作者的意思。将来有机会我对你细讲。咳！我真不知道你申冤的日子在哪一天！实在是没有一个人能明白你，不明白也算了，一班人还来绝对的冤你。阿呸！狗屁的礼教，狗屁的家庭，狗屁的社会，去你们的。青天里白白的出太阳；这群人血管的水全是冰凉的。我现在可以放怀地对你说，我腔子里一天还有热血，你就一天有我的同情与帮助。我大胆的承受你的爱，珍重你的爱，永保你的爱。我如其凭爱的恩惠，还能从性灵里放射出一丝一缕的光亮，这光亮全是你的。你尽量用吧！假如你能在我的人格思想里发现有些须的滋养与温暖，这也全是你的，你尽量使吧！最初我听见人家诬蔑你的时候，我就热烈的对他们宣言，我说：你们听着，先前我不认识她，我没有权利替她说话；现在我认识了她，我绝对的替她辩护。我敢说如其女人的心曾经有过纯洁的，她就是一个。Her heart is as pure and unsoiled as any women's heart can be; and her soul as noble.

现在更进一层了，你听着这分别。先前我自己仿佛站得高些，我的眼是往下望的。那时我怜你惜你疼你的感情是斜着下来到你身上来的；渐渐的我觉得我看法不对，我不应站得比你高些，我只能平看着你。我站在你的正对面，我的泪丝的光芒与你的泪丝的光芒针对着，交换着。你的灵性渐渐的化入了我的，我也与你一样的觉悟了，一个新来的影响在我的人格中四布的贯彻。——现在我连平视都不敢了。我从你的苦恼与悲惨的情感里憬悟了你的高洁的灵魂的真际。这是上帝神光的反映，我自己不由的低降了下去。现在我只能仰着头献给你我有限的真情与真爱，声明我的惊讶与赞美。不错，勇敢，胆量，怕什么？前途当然是光亮的，没有也得叫他有一个。灵魂有时可以到最黑暗的地狱里去游行，但一点神灵的光亮却永远在灵魂本身的中心点着。——况且你不是确信你已经找着了你的真归宿、真想望，实现了你的梦，来让这伟大的灵魂的结合毁灭一切的阻碍，创造一切的价值，往前走吧！再也不必迟疑。

你要告诉我什么？尽量的告诉我，像一条河流似的，尽量把他的积聚交给无边的大海。像一朵高爽的葵花，对着和暖的阳光，一瓣瓣的展露她的秘密。你要我的安慰，你当然有我的安慰，只要我有，我能给，你要什么有什么。我只要你做到你自己说的一句话。——“Fighton”。即使命运叫你得到最后胜利之前碰着了不可躲避的死，我的爱！那时你就死。因为死就是成功，就是胜利。一切有我在，一切有爱在。同时你努力的方向得自己认清，再不容丝毫的含糊，让步牺牲是有的，但什么事都有个限度，有个止境。你这样一朵希有的奇葩，决不是为一对庸俗的父母，为一个庸懦兼残忍的丈夫牺牲来的。你对上帝负有责任；你对自己负有责任；尤其你对你新发现的爱负有责任。你已往的牺牲已经是够了，你再不能轻易糟蹋一分半分的黄金光阴。人间的关系是相对的，尽职也有个道理。灵魂是要救度的，肉体也不能永久让人家侮辱蹂躏；因为就是肉体也含有灵性的。总之一句话：时候已经到了，你得 Assert your own personality。你的心肠太软，这是你一辈子吃亏的原因。但以后可再不能过分的含糊了。因为灵与肉实在是不能绝对分家的。要不然 Nora 何必一定得抛弃她的家，永别她的儿女，重新投入渺茫的世界里去？她为的就是她自己的人格与性灵的尊严。侮辱与蹂躏是不应得容许的。且不忙，慢慢的来。不必悲观，不必厌世，只要你抱定主意往前走，决不会走过头，前面有人等着你。以后的信，你得好好的收藏起来，将来或许有用。在你伸冤出气时的将来，但暂时切不可泄漏。切切！

摩　1925 年 3 月 3 日

致陆小曼

（1925 年 3 月 10 日）

龙龙：我的肝肠寸寸的断了。今晚再不好好的给你一封信，再不把我的心给你看，我就不配爱你，就不配受你的爱。我的小龙呀，这实在是太难受了，我现在不愿别的，只愿我伴着你一同吃苦——你方才心头一阵阵的绞痛，我在旁边只是咬紧牙关闭着眼替你熬着。龙呀，让你血液里的讨命鬼来找着我吧，叫我眼看你这样生生的受罪，我什么意念都变了灰了！你吃现鲜鲜的苦是真的，叫我怨谁去？离别当然是你今晚纵酒的大原因，我先前只怪我自己不留意，害你吃成这样。但转想你的苦分明不全是酒醉的苦，假如今晚你不喝酒，我到了相当的时刻，得硬着头皮对你说再会，那时你就会舒服了吗？再回头受逼迫的时候就会比醉酒的病苦强吗？咳！你自己说得对，顶好是醉死了完事，不死也得醉，醉了多少可以自由发泄，不比死闷在心窝里好吗？所以我一想到你横竖是吃苦，我的心就硬了。我只恨你不该留这许多人在一起喝，这人一多就糟；要是单是你与我对喝，那时要醉就同醉，要死也死在我们热烈情焰上；醉也是一体，死也是一体；要哭让眼泪和成一起，要心跳让你我的胸膛贴紧在一起；这不是在极苦里实现了我们想望的极乐，从醉的大门走进了大解脱的境界；只要我们的灵魂合成了一体，这不就满足了我们最高的想望？

啊，我的龙，这时候你睡熟了没有？你的呼吸调匀了没有？你的灵魂暂时平安了没有？你知不知道你的爱正在含着两眼热泪，在这深夜里和你说话，想你，疼你，安慰你，爱你？我好恨呀，这一层层的隔膜，真的全是隔膜；这仿佛是你淹在水里挣扎着要命，他们却掷下瓦片石块来，算是救渡你！我好恨呀，这酒的力量还不够大，方才我站在旁边，我是完全准备了的，我知道我的龙儿的心坎儿只嚷着："我冷呀，我要他的热胸膛偎着我；我痛呀，我要我的他搂着我；我倦呀，我要在他的手臂内得到我最想望的安息与舒服！"——但是实际上只能在旁边站着看，我稍微的一帮助，就受人干涉，意思说："不劳费心，这不关你的事，请你早去休息吧，她不用你管。"哼，你不用我管！我这难受，你大约也有些觉着吧。方才你接连了叫着："我不是醉，只是难受，只是心里苦。"你那话一声声像是钢铁锥子刺着我的心：愤，慨，恨，急的各种情绪就像潮水似的涌上胸头。那时我就觉得什么都不怕，勇气像天一般的高，只要你一句话出口，什么事我都干！为你，我抛弃了一切只是本分；为你，我还顾得什么性命与名誉？——真的，假如你方才说出了一半句着边际着颜色的话，此刻你我的命运早已变定了方向都难说哩！

你多美呀，我醉后的小龙！你那惨白的颜色与静定的眉目使我想象起你最后解脱时的形容，使我觉着一种逼迫赞美崇拜的激震，使我觉着一种美满的和谐。——龙，我的至爱，将来你永诀尘俗的俄顷，不能没有我在你的最近的边旁；你最后的呼吸一定得明白报告这世间你的心是谁的，你的爱是谁的，你的灵魂是谁的。龙呀，你应当知道我是怎样的爱你；你占有我的爱，我的灵，我的肉，我的“整个儿”永远在我爱的身旁旋转着，永久的缠绕着。真的，龙龙！你已经激动了我的痴情，我说出来你不要怕，我有时真想拉你一同死去，去到绝对的死的寂灭里去实现完全的爱，去到普通的黑暗里去寻求惟一的光明。——咳！今晚要是你有一杯毒药在近旁，此时你我竟许早已在极乐世界了。说也怪，我真的不沾恋这形式的生命，我只求一个同伴，有了同伴我就情愿欣欣的瞑目。龙龙，你不是已经答应做我永久的同伴了吗？我再不能放松你，我的心肝，你是我的，你是我这一辈子惟一的成就，你是我的生命我的诗，你完全是我的，一个个细胞都是我的。——你要说半个不字叫天雷打死我完事！

我在十几个钟头内就要走了，丢开你走了，你怨我忍心不是？我也自认我这回不得不硬一硬心肠，你也明白我这回去是我精神的与知识的“散拿吐瑾”，我受益就是你受益。我此去得加倍的用心，你在这时期内也得加倍的奋斗。我信你的勇气，这回就是你试验，实证你勇气的机会。我人虽走，我的心不离开你；要知道在我与你的中间有的是无形的精神线，彼此的悲欢喜怒此后是相通的，你信不信？（身无彩凤双飞翼，心有灵犀一点通。）我再也不必嘱咐，你已经有了努力方向，我预知你一定成功。你这回冲锋上去，死了也是成功，有我在这里，阿龙，放大胆子上前去吧！彼此不要辜负了，再会！

摩　3月10日早3时

我不愿意替你规定生活，但我要你注意缰子一次拉紧了是不得松的，你得咬紧牙齿暂时对一切的游戏娱乐应酬说一声再会，你干脆的得谢绝一切的朋友。你得彻底的刻苦，你不能纵容你的 Whims，再不能管闲事，管闲事空惹一身骚；也再不能发脾气。记住，只要你耐得住半年，只要你决意等我，回来时一定使你满意欢喜，这都是可能的；天下没有不可能的事——只要你有信心，有勇气，腔子里有热血，灵魂里有真爱。龙呀！我的孤注就押在你的身上了！

再如失望，我的生机也该灭绝了。

最后一句话，只有 S 是惟一有益的真朋友。

3月10日早

致陆小曼

（1925年3月11日）

方才无数美丽的雅致的信笺都叫你们抢了去，害我一片纸都找不着，此刻过西北时写一个字条给丁在君是撕下一张报纸角来写的，你看这多窘；幸亏这位先生是丁老夫子的同事，说来也是熟人，承他作成，翻了满箱子替我寻出这几张纸来，要不然我到奉天前只好搁笔，笔倒有，左边小口袋内就是一排三支。

方才那百子放得恼人，害得我这铁心汉也觉着又有了些心酸，你们送客的有掉眼泪的没有？（啊啊臭美！）小曼，我只见你双手掩着耳朵，满面的惊慌，惊了就不悲，所以我推想你也没掉眼泪。但在满月夜分别，咳！我孤孤单单的一挥手，你们全站着看我走，也不伸手拉一拉，样儿也不装装，真可气。我想送我的里面，至少有一半是巴不得我走的，还有一半是“你走也好，走吧”。车出了站，我独自的晃着脑袋看天看夜，稍微有些难受，小停也就好了。

我倒想起去年五月间那晚我离京向西时的情景，那时更凄怆些，简直的悲，我站在车尾巴上，大半个黄澄澄的月亮在东南角上升起，车轮咯噔咯噔响着，W还大声叫“徐志摩哭了”（不确）；但我那时虽则不曾失声，眼泪可是有的。怪不得我，你知道我那时怎样的心理，仿佛一个在俄国吃了大败仗往后退的拿破伦，天茫茫，地茫茫，心更茫茫，叫我不掉眼泪怎么着？但今夜可不同，上次是向西，向西是追落日，你碰破了脑袋都追不着，今晚是向东，向东是迎朝日，只要你认定方向，伸着手臂迎上去；迟早一轮旭红的朝日会得涌入你的怀中的。这一有希望，心头就痛快，暂时的小悱恻也就上口有味，半酸不甜的。生滋滋的像是啃大鲜果，有味！

娘那里真得替我磕脑袋道歉，我不但存心去恭恭敬敬的辞行，我还预备了要对她说哪，谁知道下午六神无主的把她忘了，难怪令尊大人相信我是荒唐，这还不够荒唐吗？你替我告罪去，我真不应该，你有什么神通，小曼，可以替我“包荒“？

天津已经过了（以上是昨晚写的，写至此，倦不可支，闭目就睡，睡醒便坐着发呆的想，再隔一两点钟就过奉天了），韩所长现在车上，真巧，这一路有他同行，不怕了。方才我想打电话，我的确打了，你没有接着吗？往窗外望，左边黄澄澄的土直到天边，右边黄澄澄的地直到天边；这半天，天色也不清明，叫人看着生闷。方才遥望锦州城那座塔，有些像西湖上那座雷峰，像那倒坍了的雷峰，这又增添了我无限的惆怅。但我这独自的吁嗟，有谁听着来？

你今天上我的屋子里去过没有？希望沈先生已经把我的东西拾起来，一切零星小件可以塞在那两个手提箱里，没有钥匙，贴上张封条也好，存在社里楼上我想够妥当了。还有我的书顶好也想法子点一点。你知道我怎样的爱书，我最恨叫人随便拖散，除了一两个我准许随便拿的（你自己一个）之外，一概不许借出，这你得告诉沈先生。至少得过一个多月才能盼望看你的信。这还不是刑罚？你快写了寄吧，别忘 Via Siberia，要不是一信就得走两个月。

志摩　星二奉天

致陆小曼

（1925 年 3 月 14 日）

小曼：昨夜过满洲里，有冯定一招呼，他也认识你的。难关总算过了，但一路来还是小心翼翼的只怕“红先生”们打进门来麻烦，多谢天，到现在为止，一切平安顺利。今天下午三时到赤塔，也有朋友来招呼，这国际通车真不坏，我运气格外好，独自一间大屋子，舒服极了。我闭着眼想，假如我有一天与“她”度蜜月，就这西伯利亚也不坏；天冷算什么？心窝里热就够了！路上饮食可有些麻烦，昨夜到今天下午简直没有东西吃，我这茶桶没有茶灌顶难过，昨夜真饿，翻箱子也翻不出吃的来，就只陈博生送我的那罐福建肉松伺候着我，但那干束束的，也没法子吃。想起倒有些怨你青果也不曾给我买几个；上床睡时没得睡衣换，又得怨你那几天出了神，一点也不中用了。但是我决不怪你，你知道，我随便这么说就是了。

同车有一个意大利人极有趣，很谈得上。他的胡子比你头发多得多，他吃烟的时候我老怕他着火，德国人有好几个，蠢的多，中国人有两个（学生），不相干。英美法人一个都没有。再过六天，就到莫斯科，我还想到彼得堡去玩哪！这回真可惜了，早知道西伯利亚这样容易走，我理清一个提包，把小曼装在里面带走不好吗？不说笑话，我走了以后你这几天的生活怎样的过法？我时刻都惦记着你，你赶快写信寄英国吧，要是我人到英国没有你的信，那我可真要怨了。你几时搬回家去，既然决定搬，早搬为是，房子收拾整齐些，好定心读书做事。这几天身体怎样？散拿吐瑾一定得不间断的吃，记着我的话！心跳还来否？什么细小事情都愿意你告诉我，能定心的写几篇小说，不管好坏，我一定有奖。你见着的是哪几个人，戏看否？早上什么时候起来，都得告诉我。我想给晨报写通信，老是提心不起，火车里写东西真不容易，家信也懒得写，可否恳你的情，常常为我转告我的客中情形。写信寄浙江硖石徐申如先生。说起我临行忘了一本金冬心梅花册，他的梅花真美，不信我画几朵你看。

摩　3 月 14 日

致陆小曼

（1925年3月18日）

小曼，好几天没信寄你，但我这几天真是想家的厉害；每晚（白天也是的）一闭上眼就回北京，什么奇怪的花样都在梦里变出来。曼，这西伯利亚的充军真有些儿苦，我又晕车，看书不舒服，写东西更烦，车上空气又坏，东西也难吃，这真是何苦来！同车的人不是带着家眷走，便是回家去的。他们在车上多过一天便离家近一天，就只我这傻瓜甘心抛却暖和热闹的北京，到这荒凉的境界里来叫苦！

再隔一个星期到柏林，又得对付张幼仪了，我口虽硬，心头可是不免发腻。小曼你懂得不是？这一来，柏林又变成一个无趣味的难关，所以总要在意大利等着老头以后，我才能鼓起游兴来玩；但这单身的玩，兴趣终是有限的。我要是一年前出来，我的心里就不同；那时倒是破釜沉舟的决绝不比这一次身心两处，梦魂都不得安稳。但是曼，你们放心，我决不颓丧，更不追悔；这次欧游的教育是不可少的。稍微吃点小苦算什么，那还不是应该的。你知道我并没有多么不可摇动的大天才，我这两年文字生涯差不多是逼出来的。要不是私下里吃苦，命途上颠扑，谁知道我灵魂里有没有音乐？安乐是害人的，像我最近在北京的生活是不可以为常的；假如我在新月社的生活继续下去，要不了两年，徐志摩不堕落也堕落了，我的笔尖上再也没有光芒，我的心上再没有新鲜的跳动，那我就完了——"泯然众人矣"！到那时候我一定自惭形秽，再也不敢谬托谁的知己，竟许在政治场中鬼混，涂上满面的窑煤。——咳！那才叫做出丑哩！要知道堕落也要有天才，许多人连堕落都不够资格，我自信我够，所以更危险。因此我力自振拔，这回出来清一清头脑，补足了我自己的教育再说。——爱我的，期望我成才的，都好像是我恩主，又像债主，我真的又感激又怕他们！小曼，你也得尽你的力量帮助我望清明的天空上腾，谨防我一滑足陷入泥混的深潭，从此不得救度。小曼，你知道我绝对不慕荣华，不羡名利，——我只求对得起我自己。

将来我回国后的生活的确是问题，照我自己理想，简直想丢开北京。你不知道我多么爱山林的清闲。前年我在家乡山中，去年在庐山时，我的性灵是天天新鲜，天天活动的。创作是一种无上的快乐，何况这自然而然像山溪似的流着。——我只要一天出产一首短诗，我就满意；所以我很想望欧洲回去后，到西湖山里（离家近些）去住几时；但须有一个条件：至少得有一个人陪着我。前年胡适在烟霞洞养病，有他的表妹与他作伴，我说他们是神仙似的生活，我当时很羡慕他们。这种的生活——在山林清幽处与一如意友人共处——是我理想的幸福，也是培养、保全一个诗人性灵的必要生活。你说是否？小曼！朋友像子美他们，固然他们也很爱我器重我，但他们却不了解我，——他们期望我做一点事业，譬如要我办报等等。但他们哪能知道我灵魂的想望，我真的志愿，他们永远端详不到的。男朋友里真期望我的，怕只有张彭春一个，女友里叔华是我一个同志，但我现在只想望"她"能做我的伴侣，给我安慰，给我快乐；除了"她"这茫茫大地上叫我更问谁要去？

这类话暂时不提，我来讲些路上的情形给你听听：——我上一封信上不是说在这国际车上我独占一大间卧室，舒服极了不是？好，乐极生悲，昨晚就来了报应！昨夜到一个大站，那地名不知有多长，我怎么也念不上来。未到以前就有人来警告我说：前站有两位客人上前，你的占有权满期了。我就起了恐慌，去问那和善的老车役。他张着口对我笑笑说："不错，两个客人要到你房里，而且是两位老太太！"（此地是男女同房的，不管是谁！）我说你不要开玩笑，他说："那你看着，要是老太太还算是你的幸气，像这样荒凉的地方哪里有好客人来。"过了一阵，车到了站。我下去散步回来，果然，房间里有新来的行李，一只帆布提箱，两个铺盖，一只蔑篮装食物的。我看这情形不对，就问间壁房里人，来了些什么客人。间壁一位肥美的德国太太回答我："来人不是好对付的，徐先生这回怕你要吃苦了！"不像是好对付的，唉！来了两位：一矮，一高；矮的青脸，高的黑脸；青的穿黑，黑的穿青，一个像老母鸭，一个像猫头鹰；衣襟上都戴着列宁小照的徽章，分明是红党里的将军！我马上赔笑脸凑上去说话，不成；高的那位只会三句英语，青脸的那位一字不提。说了半天，不得要领。再过一歇，她们在饭厅里，我回房来，老车役进来铺床。他就笑着问我："那两位老太太好不好？"我恨恨地说："别打趣了！我真着急不知道来人是什么路道！"正说时，他掀起一个垫子，露出两柄明晃晃上足子弹的手枪，他就拿在手里一漾，笑着说："你看，她们就是这个路道！"

今天早上醒来，恭喜，我的头还是好好的在我脖子上安着！小曼，你要看了她们两位好汉的尊容，准吓得你心跳，浑身抖擞！

俄国的东西贵死了，可恨！车里饭坏的不成话，贵的更不成话。一杯可可五毛钱像泥水，还得看西崽大爷们的嘴脸！地方是真冷，决不是人住的！一路风景可真美，我想专写一封晨报通信，讲西伯利亚。

小曼，现在我这里下午六时，北京约在八时半，你许正在吃饭。同谁？讲些什么？为什么我听不见？咳！我恨不得——不写了，一心只想到狄更生那里看信去！

志摩　3月18日 Omsk

致陆小曼

（1925 年 4 月 10 日）

小曼：我一个人在伦敦瞎逛，现在在“采花楼”一个人喝乌龙茶，等吃饭，再隔一点钟去看 John Barrymore 的“Hamlet”，这次到英国来就为看戏。你要一时不得我的信，我怕你有些着急，我也不知怎的总是懒得动笔；虽则我没有一天不想把那天的经验整个儿告诉你。说也奇怪，我还是每晚做梦回北京，十次里有九次见着你，每次的情景总不同。难道真的像张幼仪他们挖苦我说：我只到欧洲来了一双腿，“心”有别用的，还说肠胃都不曾带来（因为我胃口不好）！你们那里有谁做梦，会见了我的魂没有？我也愿意知道。我到现在还不曾接到中国来的半个字；狄更生不在康桥，他那里不知有我的信没有，怕掉了，我真着急。我想别人也许没有信，小曼你总该有。可是到哪一天才可以得到你的信，我自己都不知道！我这次来一路上坟送葬，惘惘极了。我有一天想立刻买票到印度去还了心愿完事；又想立刻回头赶回中国，也许有机会与我的爱一同到小林深处过夏去，强如在欧洲做流氓。其实到今天为止我还是没有想定规要流到哪里去。感情是我的指南，冲动是我的风。

这永远是“今日不知明日事”的办法。印度我总得去，老头在不在我都得去，这比菩萨面前许下的心愿还要紧。照我现在的主意是至迟六月初动身到印度，八九月间可回国，那就快乐了不是？

我前晚到伦敦的，这里大半朋友全不在，春假旅行去了。只见着那美术家 Roger Frys 翻中国诗的 Arthur Waley。昨晚我住在他那里，今晚又得做流氓了。今天看完了戏，明早就回巴黎，张女士等着要跟我上意大利玩去。我们打算先玩威尼斯，再去佛洛伦斯与罗马，她只有两星期就得回柏林去上学，我一个人还得往南；想到 Sicily 去洗澡，再回头来。我这一时一点心的平安都没有，烦极了。“先生”那里信也一封没有着笔，诗半行也没有。——如其有什么可提的成绩，也许就只晚上的梦，那倒不少，并且多的是花样，要是有法子理下来时，早已成书了！

这回旅行太糟了，本来的打算多如意多美，泰戈尔一跑，我就没了落儿；我倒不怨他，我怨的他的书记那恩厚之小鬼，一面催我出来，一面让老头回去，也不给我个消息，害我白跑一趟。同时他倒舒服；你知道他本来是个不名一文的光棍，现在可大抖了。他做了 Mrs. Willard Straight 的老爷，她是全世界最富女人的一个，在美国顶有名的。这小鬼不是平地一声雷，脑袋上都装了金了吗？我有电报给他，已经四天了，也不得回电，想是在蜜月里蜜昏了，哪管得我在这儿空宕！

小曼你近来怎样？身体怎样？你的心跳病我最怕，你知道你每日一发病，我的心好像也掉了下去似的。近来发不发？我盼望不再来了。你的心绪怎样？这话其实不必问，不问我也猜着。真是要命，这距离不是假的，一封信来回至少得四十天。我问话也没有用，还不如到梦里去问吧！说起现在无线电的应用真是可惊，我在伦敦可以听到北京饭店礼拜天下午的音乐或是旧金山市政所里的演说，你说奇不奇？现在德国差不多每家都装了听音机，就是有限制（每天有报什么时候听什么），并且自己不能发电，将来，我想无线电话有了普遍的设备，距离与空间就不成问题了。

比如我在伦敦就可以要北京电话与你直接谈天，你说多 wonderful!

在曼殊斐儿坟前写的那张信片，到了没有？我想另做一首诗。

但是你可知道她的丈夫已经再娶了，也是一个有钱女人。那虽则没有什么，曼殊斐儿也不会见怪，但我总觉得有些尴尬，我的东道都输了！你那篇 Something Childish 改好了没有？近来做些什么事？英国寒伧得很，没有东西寄给你，到了意大利再买好玩儿的寄给你，你乖乖的等着吧！

摩　4月10日伦敦

致陆小曼

（1926年2月6日）

眉眉！接续报告，车又误点，二时半近三时才到老站。苦了王麻子直等了两个钟头，下车即运行李上船。舱间没你的床位大，得挤四个人，气味当然不佳。这三天想不得舒服，但亦无法。船明早十时开，今晚未有住处。文伯家有客住满，在君不在家，家中仅其夫人，不便投宿。也许住南开，稍远些就是。也许去国民饭店，好好的洗一个澡，睡一觉，明天上路。那还可以打电话给你，盼望你在家；不在，骂你。

奇士林吃饭，买了一大盒好吃糖，就叫他们寄了，想至迟明晚可到。现在在南开中学张伯苓处，问他要纸笔写信，他问写给谁，我说不相干的，仲述在旁解释一句："顶相干的。"方才看见电话机，就想打，但有些不好意思。回头说吧，如住客栈一定打。这半天不见，你觉得怎样？好像今晚还是照样见你似的。眉眉，好好养息吧！我要你听一句话，你爱我，就该听话。晚上早睡，早上至迟十时得起身。好在扰乱的摩走了，你要早睡还不容易？初起一两夜许觉不便，但扭了过来就顺了。还有更要紧的一句话，你得照做。每天太阳好，到公园去，叫Lilia伴你，至少至少每两天一次！

记住太阳光是健康惟一的来源，比什么药都好。

我愈想愈觉得生活有改样的必要。这一时还是糊涂，非努力想法改革不可。眉眉你一定的听我话；你不听，我不乐！

今晚范静先生请正昌吃饭。晚上有余叔岩，我可不看了。文伯的新车子漂亮极了，在北方我所见的顶有taste的一辆，内外部是暗蓝色，里面是顶厚的蓝绒，窗靠是真柚木，你一定欢喜。只可惜摩不是银行家，眉眉没有福享。但眉眉也有别人享不到的福气对不对？也许是摩的臭美？

眉，我临行不曾给你去看，你可以问Lilia老金，要书七号拿去。且看你你连Maugham的"Rain"都没有看哪。

你日记写不写？盼望你写，算是你给我的礼，不厌其详，随时涂什么都好。我写了一忽儿，就得去吃饭。此信明日下午四五时可到，那时我已经在大海中了。告诉叔华他们准备灯节热闹。别等到临时。眉眉，给你一把顶香顶醉人的梅花。

你的亲摩　2月6日下午2时

致陆小曼

（1926 年 2 月 7 日）

眉眉：上船了，挤得不堪；站在地方都没有，别说坐。这时候写字也得拿纸贴着板壁写，真要命！票价临时飞涨，上了船，还得敲了十二块钱的竹杠去。上边大菜间也早满了，这回买到票，还算是运气，比我早买的都没买到。

文伯昨晚伴我谈天，谈他这几年的经过。这人真有心计，真厉害，我们朋友中谁都比不上他。我也对他讲些我的事，他懂我很深；别看这麻脸。到塘沽了，吃过饭，睡过觉，讲些细情给你听了。同房有两位：（一个定位没有来）一是清华学生，新从美国回的；一是姓杨，躺着尽抽大烟，一天抽“两把膏子”的一个鸦片老生。徐志摩大名可不小，他一请教大名，连说“真是三生有幸”。我的床位靠窗，圆圆的一块，望得见外面风景；但没法坐，只能躺，看看书，冥想想而已。写字苦极了，这样贴着壁写，手酸不堪。吃饭像是喂马，一长条的算是桌子，活像你们家的马槽，用具的龌龊就不用提了；饭菜除了白菜，绝对放不下筷去。饭米倒还好，白净得很。昨天吃奇士林，正昌，今天这样吃法，分别可不小！这其实真不能算苦。我看看海，心胸就宽。何况心头永远有眉眉我爱蜜甜的影子，什么苦我吃不下去？别说这小不方便！

船家多宁波佬，妙极了。

得寄信了，不写了，到烟台再写。

向爹娘请安。

你的摩摩　2 月 7 日

致陆小曼

（1926 年 2 月 26 日）

眉眉乖乖：今天托沈久之带京网篮一只，内有火腿茶菊，以及家用托买的两包。你一双鞋也带去，看适用否，缎鞋年前已卖完，这双尺寸恰好，但不怎么好。茶菊你替我留下一点，我要送别人，今天我又替你买了一双我自以为极得意的鞋，你一定喜欢，北京一定买不到，是外国做来的，价钱可不小。你的大衣料顶麻烦，我看过，也问过，但始终没有买，也许不买，到北京再说。你说要厚呢夹大衣，那还不是冬天用的，薄的倒有好看的，怕又买不合式。天台橘子倒有，临走时再买，早买要坏。火腿恐不十分好，包头裹的好，我还想去买些，自己带。

适之真可恶，他又不走了！赔款委员会仍在上海开，他得在此接洽，他不久搬去沧洲别墅。

昨晚有人请我妈听戏，我也陪了去，听的你说是什么？就是上次你想听没听着的《新玉堂春》。尚小云唱的真不坏，下回再有，一定请眉眉听去。

朱素云也配得好，昨晚戏园里挤得简直是水泄不通。戏情虽则简单，却是情形有趣，三堂会审后，穿蓝的官与王金龙作对。他知道王三一定去监牢里会苏三，故意守他们正在监牢里绸缪的时候，带了衙役去查监，吓得王三涂了满面窑煤，装疯混了出去。后来穿红的官做好人，调和了他们，审清了案子，苏三挂红出狱。苏三到客店里去梳妆一节，小云做得极好，结局拜天地团圆，成全了一对恩爱夫妻。这戏不坏。但我看时只想着眉眉，她说不定几时候怎样坐立不安的等着我哩！眉眉，我真的心烦，什么事也做不成，今天想写一点给副刊，提了笔直发愣，什么也没有写成。大约我在见眉之前，什么事都不用想了，这几十天就算是白活的，真坑人！思想也乱得很，一时高飞，一时沉低，像在梦里似的，与人谈话也是心不在焉的慌。眉眉，不知道你怎样？我没有你简直不能做人过日子。什么繁华，什么声色，都是甘蔗渣，前天有人很热心的要介绍电影明星，我一点也没兴趣，一概婉辞谢绝。上海可不了，这班所谓明星，简直是“火腿”的变相，哪里还是干净的职业，眉眉，你想上银幕的意思趁早打消了罢！我看你还是往文学美术方面，耐心的做去。不要贪快，以你的聪明，只要耐心，什么事不成，你真的争口气，羞羞这势利世界也好！你近来身体怎样，没有信来真急人。昨天有船到，今天还是没有信，大概你压根儿就没有写。我本该明天赶到京和我的爱眉宝贝同过元宵的，谁知我们还得磨折，天罚我们冷清清的一个在南，一个在北，冷眼看人家热闹，自己伤心！新月社一定什么举动也没有，风景煞尽的了！你今晚一定特别的难过，满望摩摩元宵回京，谁知还是这形单影只的！你也只能自己譬解譬解，将来我们温柔的福分厚着，蜜甜的日子多着；名分定了，谁还抢得了？我今晚仍伴妈睡，爸在杭未回。昨晚在第一台见一女，长得真美，妈都看呆了，那一双大眼真惊人，少有得见的。见时再详说。

堂上请安。

摩问候　元宵前夜

致陆小曼

（1926年2月27日）

眉我的乖，昨晚写了信，托沈久之带走，他又得后天才走，我恨不能打长电给你；将来无线电实行后，那就便了。本来你知道一百五十年前寄信，不但在中国是麻烦不堪的事，俗语说的一纸家书值万金，就在外国也是十二分的不方便。在英国邮政是分区域的，越远越贵，从伦敦寄信到苏格兰要花不少的钱。后来有一个叫威廉什么的，他住在伦敦，他的爱人在苏格兰，通信又慢又贵。他气极了，就想了一个办法，就是现在邮政的制度。寄信不论远近，在国内收费一律。他在议会上了一个条陈，叫做“辨士信”，意思是一辨士可以寄一封信。这条陈提出议会时，大家哄堂大笑，有一个有名的政治家宣言，他一辈子从不曾听见过这样荒谬透顶的主张，说这个人一定是疯的，怎么一辨士可以寄信到苏格兰，不是太匪夷所思了！但后来这位情急先生的主张竟然普遍实行了。现在我们邮政有这样利便，追溯原委，也还全亏了“恋爱的灵感”，你说有趣不？不但这一打仗，什么都停顿了。手边又没有青鸟，这灵犀耿耿，向何处慰情去？从前欧洲大战时，邦交断绝时，邮政不通，有隔了五年才寄到的信！现在我们中间，只差了二三千里路，但为政治捣乱，害得我们信都不得如意的通。将来飞机邮政一定得实行，那就不碍事了，眉眉你也一定有同样的感想，方才派人去买船票了，至迟三日四日不能不动身。再要走不成，我一定得疯了！这来已经是够危险，李景林已取马厂，第三军无能，天津旦夕可下。假如在我赶到之前，京津要是又断了，那真怎么好！我立定主意冒险也得赶进京。眉，天保佑，你等着吧。今天与徐振飞谈得极投机，他也懂得我，银行界中就他与王文伯有趣，此外市侩居多，例如子美。怎好，今天还不是元宵？你我中秋不曾过成，新年没有同乐，元宵又毁了。眉爱，你怎样想我，我是“心头如火”！振铎邀我去吃饭，有几个文学家要会我，我得喝几杯，眉眉，我祝福你！元宵。

你的顶亲亲的摩摩

致陆小曼

（1928 年 6 月 17 日）

亲爱的，离开了你又是整一天过去了。我来报告你船上的日子是怎么过的。我好久没有甜甜的睡了，这一时尤其是累，昨天起可有了休息了；所以我想以后生活觉得太倦了的时候，只要坐船，就可以养过来。长江船实在是好，我回国后至少我得同你来回汉口坐一次。你是城里长大的孩子，不知道乡居水居的风味，更不知道海上河上的风光，这样的生活实在是太窄了，你身体坏一半也是离天然健康的生活太远的原故。你坐船或许怕晕，但走长江乃至走太平洋决不至于。因为这样的海程其实说不上是航海，尤其在房间里，要不是海水和机轮的声响，你简直可以疑心这船是停着的。昨晚给你写了信，就洗澡上床睡，一睡就着，因为太倦了，一直睡到今早上十点钟才起来。早饭已吃不着，只喝一杯奶茶，穿衣服最是一个问题，昨晚上吃饭，我穿新做那件米色华丝纱，外罩春舫式的坎肩，照照镜子，还不至于难看。文伯也穿了一件艳绿色的绸衫子，两个人联袂而行，趾高气扬的进餐堂去，我倒懊恼中国衣带太少了，尤其那件新做蓝的夹衫，我想你给我寄纽约去。只消挂号寄，不会遗失的；也许有张单子得填，你就给我寄吧，用得着的。还有人和里我看中了一种料子，只要去信给田先生，他知道给染什么颜色。染得了，让拿出来叫云裳按新做那件尺寸做，安一个嫩黄色的极薄绸里子最好；因为我那件旧的黄夹衫已经褪色，宴会时不能穿了。你给我去信给爸爸，或是他还在上海。让老高去通知关照人和要那料子。我想你可以替我办吧。还有衬里的绸裤褂（扎脚管的）最好也给做一套，料子也可以到人和要去，只是你得说明白材料及颜色。你每回寄信的时候不妨加上“Via Vancouver”也许可以快些。

今天早上我换了洋服，白哔叽裤，灰法兰绒褂子，费了我好多时候，才给打扮上了，真费事，最糟是我的脖子确先从十四寸半长到了十五寸，而我的衣领等等都还是十四寸半结果是受罪，尤其是瑞午送我那件特别 shirt，领子特别小，正怕不能穿，那真可惜。穿洋服是真不舒服，脖子，腰，脚全上了镣铐，行动都感到拘束，哪有我们的服装合理，西洋就是这件事情欠通，晚上还是中装。

饭食也还要得，我胃口也有渐次增加的趋向。最好一样东西是桔子，真正的金山桔子，那个儿的大，味道之好，同上海卖的是没有比的。吃了中饭到甲板上散步，走七转合一哩，我们是宽袍大袖，走路斯文得很。有两个牙齿雪白的英国女人走得快极了，我们走小半转，她们走一转。船上是静极了的，因为这是英国船，客人都是些老头儿，文伯管他们叫做 retired burglars，因为他们全是在东方赚饱了钱回家去的。年轻女人虽则也有几个，但都看不上眼，倒是一位似乎福建人的中国女人长得还不坏，可惜她身边永远有两个年轻人拥护着，说的话也是我们没法懂的所以也只能看看。到现在为止，我们跟谁都没有交谈过，除了房间里的 boy，看情形我们在船上结识朋友的机会是少得很，英国人本来是难得开口，我们也不一定要认识他们。船上的设备和布置真是不坏；今天下午我们到各处去走了一圈，最上层的甲板是叫 Sundeck 可以太阳浴。那三个烟囱之粗，晚上看见真吓人。一个游泳池真不坏，碧清的水逗人得很，我可惜不会游水，否则天热了，一天浸在里面都可以。健身房也不坏，小孩子另有陈设玩具的屋子，图书室也好，只有是书少而不好。音乐也还要得，晚上可以跳舞，但没人跳。电影也有，没有映过。我们也到三等烟舱里去参观了，那真叫我骇住了，简直是一个 China town 的变相，都是赤膊赤脚的，横七竖八的躺着，此外摆有十几只长方的桌子，每桌上都有一两人坐着，许多人围着。我先不懂，文伯说了，我才知道是“摊”，赌是用一大把棋子合在碗下，你可以放注，庄家手拿一根竹条，四颗四颗的拨着数，到最后剩下的几颗定输赢。看情形进出也不小，因为每家跟前都是有一厚叠的钞票，这真是非凡，赌风之盛，一至于此！还有一件奇事，你随便什么时候可以叫广东女人来陪，乌呼！中华的文明。

下午望见有名的岛山，但海上看不见飞鸟。方才望见一列的灯火，那是长崎，我们经过不停。明日可到神户，有济远来接我们，文伯或许不上岸。我大概去东京，再到横滨，可以给你寄些小玩意儿，只是得买日本货，不爱国了，不碍吗?

我方才随笔写了一短篇《卞昆冈》的小跋，寄给你，看过交给上沅付印，你可以改动，你自己有话的时候不妨另写一段或是附在后面都可以。只是得快些，因为正文早已印齐，等我们的序跋和小鹣的图案了，这你也得马上逼着他动手，再迟不行了！再伯生他们如果真演，来请你参观批评的话，你非得去，标准也不可太高了，现在先求有人演，那才看出戏的可能性，将来我回来，自然还得演过。不要忘了我的话。同时这夏天我真想你能写一两个短戏试试，有什么结构想到的就写信给我，我可以帮你想想。我对于话剧是有无穷愿望的，你非得大大的帮我的忙，乖囡！

你身体怎样，昨天早起了不太累吗？冷东西千万少吃，多多保重，省得我在外提心吊胆的！

妈那里你去信了没有？如未，马上就写。她一个人在也是怪可怜的。爸爸娘大概是得等竞武信，再定搬不搬。你一人在家各事都得警醒留神，晚上早睡，白天早起，各事也有个接洽，否则你迟睡，淑秀也不早起，一家子就没有管事的人了，那可不好。

文伯方才说美国汉玉不容易卖，因为他们不承认汉玉，且看怎样。明儿再写了，亲爱的，哥哥亲吻你一百次，祝你健安。

摩摩　17日夜

致陆小曼

（1928年6月18日）

亲爱的：我现在一个人在火车里往东京去，车子震荡得很凶，但这是我和你写信的时光，让我在睡前和你谈谈这一天的经过。济远隔两天就可以见你，此信到，一定远在他后，你可以从他知道我到日时的气色等等。他带回去一束手绢，是我替你匆匆买得的，不一定别致；到东京时有机会再去看看，如有好的，另寄给你。这真是难解决，一面为爱国，我们决不能买日货，但到了此地看各样东西之玲巧，又不能不爱。济远说：你若来，一定得装几箱回去才过瘾。说起我让他过长崎时买一筐日本大樱桃给你，不知他能记得否。日本的枇杷大极了，但不好吃。白樱桃亦美观，但不知可口不？我们的船从昨晚起即转入——岛国的内海，九州各岛灯火辉煌，于海波澎湃夜色苍茫中，各具风趣。今晨起看内海风景，美极了，水是绿的，岛屿是青的，天是蓝的；最相成趣的是那些小渔船一个个扬着各色的渔帆，黄的，蓝的，白的，灰的，在轻波间浮游。我照了几张，但因背日光，怕不见好。饭后船停在神户口外，日本人上船来验护照。我上函说起比较看得的中国的女子，大约是避绑票一类，全家到日本上岸。我和文伯说这样好，一船上男的全是蠢，女的全是丑，此去十余日如何受得了。我就想象如果乖你同来的话，我们可以多么堂皇的并肩而行，叫一船人尽都侧目！大锋头非得到外国出，明年咱们一定得去西洋——单是为呼吸海上清新的空气也是值得的。

船到四时才靠岸，我上午发无线电给济远的，他所以约了鲍振青来接，另外同来一两个新闻记者，问这样问那样的，被我几句滑话给敷衍过去了，但相是得照一个的，明天的神户报上可见我们的尊容了。上岸以后，就坐汽车乱跑，街上新式的雪佛洛来跑车最多，买了一点东西，就去山里看雌雄泷瀑布，当年叔华的兄姊淹死或闪死的地方。我喜欢神户的山，一进去就扑鼻的清香，一般凉爽气侵袭你的肘腋，妙得很。一路上去有卖零星手艺及玩具的小铺子，我和文伯买了两根刻花的手杖，我们到雌雄泷池边去坐谈了一阵，暝色从林木的青翠里浓浓的沁出，飞泉的声响充满了薄暮的空山，这是东方山水独到的妙处。下山到济远寓里小憩；说起洗澡，济远说现在不仅通伯敢于和别的女人一起洗，就是叔华都不怕和别的男性共浴，这是可咋舌的一种文明！

我们要了大葱面点饥，是葱而不臭，颇入味，鲍君为我发电报，只有平安两字，但怕你们还得请教小鹣，因为用日文发要比英文便宜几倍的价钱。出来又吃鳗饭，又为鲍君照相（此摄影大约可见时报）赶上车，我在船上买的一等票，但此趟急行车只有睡车二等而无一等，睡车又无空位，怕只得坐这一宵了。明早九时才到东京，通伯想必来接。后日去横滨上船，想去日光或箱根一玩，不知有时候否，曼，你想我不？你身体见好不？你无时不在我切念中，你千万保重，处处加爱，你已写信否？过了后天，你得过一个月才得我信，但我一定每天给你写，只怕你现在精神不好，信过长了使你心烦。我知道你不喜欢我说哲理话，但你知道你哥哥爱是深入骨髓的。我亲吻你一千次。

摩摩 18 日

致陆小曼

（1928 年 6 月 25 日）

六月二十五：明天我们船过子午线，得多一天。今天是二十五，明天本应二十六，但还是二十五；所以我们在船上的多一个礼拜一，要多活一天。不幸我们是要回来的，这捡来的一天还是要丢掉的。这道理你懂不懂？小孩子！我们船是向东北走的，所以愈来愈冷。这几天太太小姐们简直皮小氅都穿出来了。但过了明天，我们又转向东南，天气就一天暖似一天。到了Victoria 就与上海相差不远了。美国东部纽约以南一定已经很热，穿这断命的外国衣服，我真有点怕，但怕也得挨。

船上吃饱睡足，精神养得好多，面色也渐渐是样儿了。不比在上海时，人人都带些晦气色。身体好了，心神也宁静了。要不然我昨晚的信如何写得出？那你一看就觉得这是两样了。上海的生活想想真是糟。陷在里面时，愈陷愈深；自己也觉不到这最危险，但你一跳出时，就知道生活是不应得这样的。

这两天船上稍为有点生气，前今两晚举行一种变相的赌博：赌的是船走的里数，信上说是说不明白的。但是 auction sweep 一种拍卖倒是有点趣味——赌博的趣味当然。我们输了几块钱。今天下午，我们赛马，有句老话是：船顶上跑马，意思是走投无路。但我们却真的在船上举行赛马了。我说给你听：地上铺一条划成六行二十格的毯子，拿六只马——木马当然，放在出发的一头，然后拿三个大色子掷在地上；如其掷出来是一二三，那第一第二第三三只马就各自跑上一格；如其接着掷三个一点，那第一只马就跳上了三步。这样谁先跑完二十格，就得香槟。买票每票是半元，随你买几票。票价所得的总数全归香槟，按票数分得，每票得若干。比如六马共卖一百张票，那就是五十元。香槟马假如是第一马，买的有十票，那每票就派着十元。今天一共举行三赛，两次普通，一次“跳浜”；我们赢得了两块钱，也算是好玩。

第二个六月二十五：今天可纪念的是晚上吃了一餐中国饭，一碗汤是鲍鱼鸡片，颇可口，另有广东咸鱼草菇球等四盆菜。我吃了一碗半饭，半瓶白酒，同船另有一对中国人；男姓李，女姓宋，订了婚的，是广东李济琛的秘书；今晚一起吃饭，饭后又打两圈麻将。我因为多喝了酒，多吃了烟，颇不好受；头有些晕，赶快逃回房来睡下了。

今天我把古董给文伯看：他说这不行，外国人最讲考据，你非得把古董的历史原原本本的说明不可。他又说：三代铜器是不含金质的，字体也太整齐，不见得怎样古；这究竟是几时出土，经过谁的手，经过谁评定，这都得有。凡是有名的铜器在考古书上都可以查得的。这克炉是什么时代，什么铸的，为什么叫“克”？我走得匆促，不曾详细问明，请瑞午给我从详（而且须有根据，要靠得住）即速来一个信，信面添上——“Via Geattle”，可以快一个礼拜。还有那瓶子是明朝什么年代，怎样的来历，也要知道。汉玉我今天才打开看，怎么爸爸只给我些普通的。我上次见过一些药铲什么好些的，一样都没有，颇有些失望。但我当然去尽力试卖。文伯说此事颇不易做，因为你第一得走门路，第二近来美国人做冤大头也已经做出了头。近来很精明了。中国什么路货色什么行市，他们都知道。第二即使有了买主，介绍人的佣金一定不小，比如济远说在日本卖画，卖价五千，卖主真到手的不过三千，因为八大那张画他也没有敢卖，而且还有我们身分的关系，万一他们找出证据来说东西靠不住，我们要说大话，那很难为情。不过他倒是有这一路的熟人，且碰碰运气去看。竞武他们到了上海没有？我很挂念他们，要是来了，你可以不感寂寞，家里也有人照应了；如未到来信如何说法，我不另写信了；他们早晚到，你让他们看信就得。

我和文伯谈话，得益很多。他倒是在暗里最关切我们的一个朋友。他会出主意，你是知道的。但他这几年来单身人在银行界最近在政界怎样的做事，我也才完全知道，以后再讲给你听。他现在背着一身债为要买一个清白，出去做事才立足得住。在一般人看来，他是一个大傻子；因为他放过明明不少可以发财的机会不要，这是他的品格，也显出他志不在小，也就是他够得上做我们朋友的地方。他倒很佩服娘，说她不但有能干而有思想，将来或许可以出来做做事。在船上是个极好反省的机会。我愈想愈觉得我俩有赶快 wake up 的必要。上海这种疏松生活实在是要不得，我非得把你身体先治好，然后再定出一个规模来，另辟一个世界，做些旁人做不到的事业，也叫爸娘吐气。

我也到年纪了，再不能做大少爷，马虎过日。近来感受种种的烦恼，这都是生活不上正轨的缘故。曼，你果然爱我，你得想想我的一生，想想我俩共同的幸福；先求养好身体，再来做积极的事，一无事做是危险的，饱食暖衣无所用心，决不是好事。我这几个月身体如能见好，至少得赶紧认真学画和读些正书。要来就得认真，不能自哄自，我切实的希望你能听摩的话。你起居如何？早上何时起来？这第一要紧——生活革命的初步。

摩亲吻你

致陆小曼

（1928 年 7 月 2 日）

曼：不知怎的车老不走了，有人说前面碰了车；这可不是玩，在车上不比在船上，拘束得很，什么都不合式，虽则这车已是再好没有的了。我们单独占一个房间，另花七十美金，你说多贵！

前昨的经过始终不曾说给你听，现在补说吧！

Victoria 这是有钱人休息的一个海岛，人口有六七万；天气最好，至热不过八十度，至冷不逾四十，草帽，白鞋是看不见的。住家的房子有很好玩的，各种的颜色玲巧得很，花木哪儿都是，简直找不到一家无花草的人家。这一季尤其各色的绣球花，红白的月季，还有长条的黄花，紫的香草，连绵不断的全是花。空气本来就清，再加花香，妙不可言。街道的干净也不必说。我们坐车游玩时正九时，家家的主妇正铺了床，把被单到廊下来的晒太阳。送牛奶的赶着空车过去，街上静得很；偶尔有一两个小孩在街心里玩。但最好的地方当然是海滨；近望海里，群岛罗列，白鸟飞翔，已是一种极闲适之景致；远望更佳，夏令配克高峰都是戴着雪帽的，在朝阳里煊耀；这使人尘俗之念，一时解化。我是个崇拜自然者，见此如何不倾倒！游罢去皇后旅馆小憩；这旅馆也大极了，花园尤佳，竟是个繁花世界，草地之可爱，更是中国所不可得见。

中午有本地广东人邀请吃面，到一北京楼；面食不见佳，却有一特点；女堂倌是也。她那神情你若见了，一定要笑，我说你听。

姑娘是琼州生长的女娃！
生来粗眉大眼刮刮叫的英雄相，
打扮得像一朵荷花透水鲜，
黑绸裙，白丝袜，粉红的绸衫，
再配上一小方围腰，
她走道儿是玲丁当，
她开口时是有些儿风骚；
一双手倒是十指尖；
她跟你斟上酒又倒上茶……

据说这些打扮得娇艳的女堂倌，颇得洋人的喜欢。因为中国菜馆的生意不坏，她们又是走码头的，在加拿大西美名城子轮流做招待的。她们也会几只山歌，但不是大老板，她们是不赏脸的。下午四时上船，从维多利亚到西雅图，这船虽小，却甚有趣。客人多得很，女人尤多。在船上，我们不说女人没有好看的吗？现在好了，越向内地走，女人好看的似乎越多；这船上就有不少看得过的。但我倦极了，一上船就睡着了。这船上有好玩的，一组女人的音乐队，大约不是俄国便是波兰人！打扮得也有些妖形怪气的，胡乱吹打了半天，但听的人实在不如看的人多！船上的风景也好，我也无心看，因为到岸就得检验行李过难关。八时半到西雅图，还好，大约是金问泗的电报，领馆里派人来接，也多亏了他；出了些小费。行李居然安然过去。现在无妨了，只求得到主儿卖得掉，否则原货带回，也够扫兴的不是？当晚为护照行李足足弄了两小时，累得很；一到客栈，吃了饭，就上床睡。不到半夜又醒了，总是似梦非梦的见着你，怎么也睡不着。临睡前额角在一块玻璃角上撞了一个窟窿，腿上也磕出了血，大约是小晦气，不要紧的，你们放心。昨天早上起来去车站买票，弄行李，离开车尚有一小时，雇一辆汽车去玩西雅图城，这是一个山城，街道不是上，就是下，有的峻险极了，看了都害怕。山顶就一只长八十里的大湖叫 Lake Washington，可惜天阴，望不清。但山里住家可太舒服了。十一时上车。车头是电气的，在万山中间开行，说不尽的好玩。但今朝又过好风景，我还睡着错过了！可惜，后天是美国共和纪念日，我们正在芝加哥。我要睡了，再会！妹妹！

摩　7月2日

致陆小曼

（1928 年 10 月 4 日）

爱眉：久久不写中国字，写来反而觉得不顺手。我有一个怪癖，总不喜欢用外国笔墨写中国字，说不出的一种别扭，其实还不是一样的。昨天是十月三号按阳历是我俩的大喜纪念日，但我想不用它，还是从旧历以八月二十七孔老先生生日那天作为我们纪念的好；因为我们当初挑的本来是孔诞日而不是十月三日，那你有什么意味？昨晚与老李喝了一杯 cocktail，再吃饭倒觉得脸烘热了一两个钟头。同船一班英国鬼子都是粗俗到万分，每晚不是赌钱赛马，就是跳舞闹，酒间里当然永远是满座的。这班人一无可谈，真是怪，一出国的英国鬼子都是这样的粗伧可鄙。那群舞女（Bawoard Company）不必说，都是那一套，成天光着大腿子，打着红脸红嘴赶男鬼胡闹，淫骚粗丑的应有尽有。此外的女人大半都是印度或缅甸去传教的一群干瘪老太婆，年纪轻些的，比如那牛津姑娘（要算她还有几分清气），说也真妙，大都是送上门去结婚的，我最初只发现那位牛津姑娘（她名字叫 Sidebottom 多难听！）是新嫁娘，谁知接连又发现至九个之多，全是准备流血去的！单是一张饭桌上，就有六个大新娘你说多妙！这班新娘子，按东方人看来也真看不惯，除了真丑的，否则每人也都有一个临时朋友，成天成晚的拥在一起，分明她们良心上也不觉得什么不自然这真是洋人洋气！

我在船上饭量倒是特别好，菜单上的名色总得要过半，这两星期除了看书（也看了十来本书），多半时候就在上层甲板看天看海。我的眼望得极远的天边，我的心也飞去天的那一边。眉你不觉得吗，我每每凭栏远眺的时候，我的思绪总是紧绕在我爱的左右，有时想起你的病态可怜，就不禁心酸滴泪，每晚的星月是我的良伴。

自从开船以来，每晚我都见到月，不是送她西没，就是迎她东升。有时老李伴着我，我们就看着海天也谈着海天，满不管下层船客的闹，我们别有胸襟，别有怀抱，别有天地！

乖眉，我想你极了，一离马赛，就觉到归心如箭，恨不能一脚就往回赶。此去印度真是没法子，为还几年来的一个愿心，在老头升天以前再见他一次，也算尽我的心。像这样抛弃了我爱，远涉重洋来访友，也可以对得住他的了。所以我完全无意留连，放着中印度无数的名胜异迹，我全不管，一到孟买（Bombay）就赶去 Calcutta 见了老头，再顺路到大吉岭，瞻仰喜马拉雅的丰采，就上船迳行回沪。眉眉我心肝，你身体见好否？半月来又无消息，叫我如何放心得下，这信不知能否如期赶到？但是快了，再一个月你我又可交抱相慰的了！香港电到时，盼知照我父。

摩的热吻

致陆小曼

（1931 年 10 月 29 日）

至爱妻眉：今天是九月十九，你二十八年前出世的日子。我不在家中，不能与你对饮一杯蜜酒，为你庆祝安康。这几日秋风凄冷，秋月光明；更使游子思念家庭。又因为归思已动，更觉百无聊赖，独自惆怅。遥想闺中，当亦同此情景。今天洵美等来否？也许他们不知道，还是每天似的，只有瑞午一人陪着你吞吐烟霞。

眉爱，你知我是怎样的想念你！你信上什么“恐怕成病”的话，说得闪烁，使我不安。终究你这一月来身体有否见佳？如果我在家你不得休养，我出外你仍不得休养，那不是难了吗？前天和奚若谈起生活，为之相对生愁。但他与我同意，现在只有再试试，你从我来北平住一时，看是如何。你的身体当然宜北不宜南！

爱，你何以如此固执，忍心与我分离两地？上半年来去频频，又遭大故，倒还不觉得如何。这次可不同，如果我现在不回，到年假尚有两个多月。虽然光阴易逝，但我们恩爱夫妇，是否有此分离之必要？眉，你到哪天才肯听从我的主张？我一人在此，处处觉得不合适；你又不肯来，我又为责任所羁，真是难死人也！

百里那里，我未回信，因为等少蝶来信，再作计较。竞武如果虚张声势，结果反使我们原有交易不得着落，他们两造，都无所谓；我这千载难逢的一次外快又遭打击，这我可不能甘休！竞武现在何处你得把这情形老实告诉他才是。你送兴业五百元是哪一天？请即告我。因为我二十以前共送六百元付账，银行二十三来信，尚欠四百元，连本月房租共欠五百有余。如果你那五百元是在二十三以后，那便还好，否则我又该着急得不了了！请速告我。

车怎样了？绝对不能再养了！

大雨家贝当路那块地立即要出卖，他要我们给他想法。他想要五万两，此事瑞午有去路否？请立即回信。如瑞午无甚把握，我即另函别人设法。事成我要二厘五的一半。如果有人要，最高出价多少，立即来信，卖否由大雨决定。

明日我叫图南汇给你二百元家用（十一月份），但千万不可到手就宽，我们的穷运还没有到底；自己再不小心，更不堪设想。我如有不花钱飞机坐，立即回去，不管生意成否。我真想你，想极了！

摩吻　10 月 29 日